COLLECTION FOLIO

Antoine
de Saint-Exupéry

Carnets

Texte intégral

Avant-propos et notes
de Nathalie des Vallières

Introduction de Pierre Chevrier

Gallimard

AVANT-PROPOS

de Nathalie des Vallières

Comme beaucoup d'écrivains, Antoine de Saint-Exupéry consignait dans de petits carnets qu'il portait constamment sur lui des notes écrites ou quelquefois griffonnées à la hâte, dès qu'il ressentait le besoin d'exprimer une pensée. Dans ces pages, rédigées au jour le jour sans qu'aucune date n'apparaisse, Saint-Exupéry ne fait aucune révélation sur sa vie personnelle. S'il mentionne un proche, c'est souvent avec la simple initiale de son nom ou de son prénom. Rien d'intimiste dans ces écrits. Aucun brouillon ne pouvant servir de trame à ses œuvres futures. Leur contenu se révèle être avant tout des réflexions d'ordre politique, social, économique, philosophique, scientifique ou religieux. On n'y trouve que très peu de références littéraires, excepté quelques allusions à Baudelaire, Gide ou Molière.

L'originalité de ces pages est due au fait que Saint-Exupéry passe d'un sujet à l'autre sans cohésion apparente, sans qu'aucun lien, si ce n'est le lien intellectuel, ne les relie entre elles. Les regrou-

per par thèmes aurait donné un résultat moins vivant et peut-être même itératif. Les publier telles quelles permet de saisir le rebondissement de la pensée de l'auteur et de constater le cheminement de celle-ci, et son évolution, après réflexion. Chaque carnet se termine par une liste d'adresses.

Pas toujours faciles à déchiffrer, parce que écrits souvent dans des conditions de confort sommaire, les Carnets *de Saint-Exupéry se composent de cinq volumes précédés d'un* Agenda. *Ce dernier date de la guerre d'Espagne, alors que Saint-Exupéry couvrait un reportage sur le front de Madrid. On peut y déceler plusieurs écritures différentes, notamment dans les renseignements ou les adresses qui y sont notés. Excepté les premières pages, on y trouve surtout des consignes, des adresses, et il se termine par un poème en langue espagnole datant de l'époque des campagnes napoléoniennes.*

Écrits de fin 1935 à 1940, les Carnets *proprement dits nous révèlent les pensées et les interrogations d'un homme qui traverse la période de mutation que subit la civilisation européenne à la veille et au début de la Seconde Guerre mondiale. Interrogations politiques sur le bien-fondé des mouvements d'extrême droite, interrogations économiques devant la course aux armements, interrogations scientifiques à un moment où les hommes commencent à mettre en application leurs découvertes... Les* Carnets *s'arrêtent au moment où Saint-Exupéry arrive à New York, fin 1940, pour demander une aide militaire aux États-Unis. Pendant sa période américaine, les notes écrites disparaissent au profit de rouleaux enregistrés sur dictaphone, instrument qui séduit Saint-Exupéry, toujours épris de progrès techniques.*

Ce qui surprend dans ces Carnets, *c'est le grand éclectisme de ses pensées. Curieux de tout, Saint-Exupéry est à l'image de l'humaniste de la Renaissance, du gentilhomme du* XVIIe*, capable de s'intéresser autant à la mécanique qu'à la littérature, à la physique qu'il maîtrise parfaitement qu'à l'économie qu'il analyse avec brio. Il est étonnant de constater la précision avec laquelle il analyse tous les phénomènes qui lui posent problème, utilisant le vocabulaire scientifique approprié, qui contraste avec la poésie que l'on a l'habitude de rencontrer dans ses œuvres romanesques. L'intérêt qu'il prend pour tous les phénomènes d'aérodynamisme lui permettra de déposer une douzaine de brevets d'inventions à l'Institut national de la propriété industrielle, entre 1934 et 1940. Si ces inventions n'ont jamais été exploitées en France, certaines d'entre elles seront mises en application aux États-Unis après la guerre.*

La lecture des Carnets *de Saint-Exupéry ne se fait pas comme celle d'un roman. Elle nécessite presque la présence d'une encyclopédie permettant d'éclairer les propos de l'auteur et de les replacer dans leur contexte historique. On y retrouve de nombreuses personnalités du monde scientifique et économique. Si leur nom paraît familier à un homme qui vivait à cette époque, ce sont souvent des inconnus pour ceux qui sont nés après la guerre. Quant aux termes techniques, ils demandent quel-*

quefois une recherche approfondie pour mieux cibler la portée des réflexions. Ces Carnets *sont donc une incitation à mieux connaître une période qui reste avant tout marquée par l'événementiel. À un moment de l'Histoire où il était dangereux d'exprimer des pensées différentes de celles qui étaient imposées, ces* Carnets *nous dévoilent la richesse intellectuelle que développait dans l'ombre un homme épris de langage et de liberté.*

N. V.

INTRODUCTION
de Pierre Chevrier

Saint-Exupéry portait, dans la poche intérieure de sa veste, un mince carnet relié de cuir souple, sur lequel il consignait ses réflexions sur les sujets les plus divers. Il est aisé, à la lecture de ses notes, de discerner celles qui lui serviront d'aide-mémoire pour un travail ultérieur, celles qu'il développe pour clarifier sa propre pensée, celles qui surgissent en lui comme une exclamation.

Les carnets, au nombre de six, s'échelonnent de 1935 à 1942 environ. Le premier en date n'est guère qu'un agenda utilisé pour le reportage que fit l'auteur sur le front de Madrid. Le dernier en date, sur lequel figurent nombre d'adresses américaines, comporte beaucoup de pages vierges.

Pendant son exil aux États-Unis, Saint-Exupéry délaisse ses carnets. Pressé par ses éditeurs, il écrit successivement Pilote de guerre, Lettre à un otage *et* Le Petit Prince. *D'autre part, lui qu'amusent les belles machines, il a reçu un dictaphone auquel il confie son travail avant de se coucher. Quant aux pensées qui lui tiennent le plus à cœur, elles vont grossir chaque jour le volumineux manuscrit de* Citadelle.

Le déchiffrage des carnets fut difficile. Car, même lorsque l'auteur est à sa table, il écrit petit, avec le dos de la plume, et emploie des abréviations et des signes mathématiques. Ailleurs, l'on devine, par le graphisme perturbé, que Saint-Exupéry est soumis aux secousses d'une voiture ou d'un avion.

Saint-Exupéry n'a jamais envisagé la parution de ses carnets et, bien que ceux-ci ne comportent aucune confidence d'ordre intime, la publication de tels écrits posthumes (l'histoire littéraire en témoigne) suscite toujours des problèmes. « Il faut décanter », répétait Saint-Exupéry. Or, ces notes, prises au cours de son incessante quête, n'ont pas subi l'épreuve du temps de réflexion.

Les questions que posait leur publication furent discutées lors de la première édition. Fallait-il regrouper les pensées par un classement plus ou moins artificiel ou procéder à une sélection ? Fallait-il respecter l'ordre chronologique, au risque d'obliger le lecteur à lire, contre son gré, une page consacrée aux salaires[1] *ou à l'entropie ?*

L'avantage, pour le lecteur, d'un choix et d'une suite logique paraissait l'emporter dans un premier temps. Parmi les personnalités consultées alors, Albert Camus avait préconisé la parution intégrale desdits Carnets.

L'ordre chronologique, que nous suivons aujour-

1. De nombreux paragraphes se rattachent au domaine économique, que Saint-Exupéry explorait en autodidacte.

d'hui, dans cette édition longtemps attendue, a le mérite de présenter dans toute sa spontanéité la pensée de Saint-Exupéry. Pensée où alternent les boutades, les interrogations passionnées, et la reprise des thèmes fondamentaux. Elle met en lumière sa curiosité d'esprit — où l'intuition supplée parfois à la connaissance — qui le conduit, en précurseur, vers le principe de l'A.D.N. ou vers l'avion à réaction.

Elle permet d'entendre un homme s'exprimer hors de toute intention littéraire.

Pierre Chevrier.

AVERTISSEMENT DE L'ÉDITEUR

La présente édition est conforme à l'édition de 1994 établie pour la Bibliothèque de la Pléiade. Elle est redevable aux éditions précédentes de 1953 et 1975, donnant des rectifications de noms propres, portant une attention plus grande à la ponctuation de Saint-Exupéry, peu orthodoxe mais expressive.

Certaines lectures douteuses apparaissent entre crochets. Les mots illisibles sont indiqués, les abréviations sont transcrites. Ainsi des flèches montantes ou descendantes sont traduites par « tend vers », « croît » ou « décroît ». Les signes « infini » et « somme » ont été développés en toutes lettres.

PRINCIPALES DATES

Principales dates de la biographie de Saint-Exupéry, durant la période de rédaction des *Carnets*.

1935 *Avril-mai.* Voyage à Moscou pour *Paris-Soir.* Tournée de conférences pour Air France, sur les côtes méditerranéennes. Rencontre de Balbo à Tripoli.

1936 *Janvier.* Raid vers Saigon et accident de Libye.
9 février. Quitte la rue de Chanaleilles et s'installe au Lutétia.
Août. Reportage en Espagne pour *L'Intransigeant.*

1937 *Juin.* Nouveau reportage en Espagne pour *Paris-Soir.*
Juillet. Voyage en Allemagne à bord de son « Simoun ».

1938 *Janvier.* Séjour à New York, pour préparer le raid New York-Terre de Feu.
Février. Accident du Guatemala.
Mars. Convalescence à New York.
Juin. Préface au livre d'A. M. Lindberg *Le vent se lève.*

Juillet. New York, pour traduction de *Terre des hommes (Wind, Sand and Stars).*

1939 *Février.* Parution de *Terre des hommes.*
Mars. Voyage en Allemagne.
Juillet. Traversée de l'Atlantique Nord sur le « Lt-de-Vaisseau-Paris », piloté par Guillaumet.
Août. Sur demande de ses éditeurs américains, repart pour New York.
26 août. Retour au Havre.
4 septembre. Mobilisé à Toulouse.
3 novembre. Affecté au groupe 2/33 de grande reconnaissance.

1940 *22 mai.* Mission sur Arras, trame de *Pilote de guerre.*
9 juin. Dernière mission de guerre.
20 juin. Saint-Exupéry pilote un Farman quadrimoteur vers Alger, où son escadrille doit être réformée.
16 novembre. Arrivée au Portugal via l'Afrique du Nord (la traversée de l'Espagne lui étant interdite par le régime Franco).
27 novembre. Apprend la mort de Guillaumet, abattu en Méditerranée.
Décembre. Départ pour les États-Unis.

CARNETS

AGENDA

On a pu croire qu'ils étaient intelligents ces combinards de 1926, qui ne jouaient pas le jeu. Mais plus personne ne le joue, et leur handicap devient nul. Mais l'homme est détruit.

Celui qui riait des questions [déloyales], ne voyant pas qu'il s'appuyait sur ces soubassements. Profiter de... n'est pas intelligence.

Une fois pour toutes, je refuse les dilemmes. Je n'admets plus que les antinomies. On veut me faire prisonnier sur l'Espagne (pour ou contre) ou sur les Croix-de-Feu (il n'est plus temps...) ce langage n'est pas le mien.

Je ne sais ni distinguer le moyen du but (l'ordre qui les divise est un ordre pédagogique — *a posteriori*) ni l'attaque de la défense.

Car la vie crée le mouvement. Comment saurais-je jamais si j'en suis arrivé au but ? Ou si je trempe encore dans le moyen ? Et par ailleurs c'est ce dont je m'occupe que je fonde (si j'attaque ou si je défends la classe). Seule est attractive une synthèse plus vaste.

Le concept de classe est la première brèche à cette universalité (peut-être pour y revenir). Refusez, dit Lénine, cette pauvre communauté. On vous dit frères pour vous exploiter. Brisez ces embrassements : ils vous maintiennent dans l'esclavage. Et l'universalité soudain n'est plus permise que dans la classe. Si quelque chose me tente encore dans la droite, c'est que malgré tout cette universalité elle la sauve. Franco peut embrasser la blanchisseuse (et en dehors de tout intérêt), mais le camarade terrassier ne peut plus embrasser Franco.

N'y a-t-il, pour briser la puissance financière de Franco, que cette division sans remède ? Car si je prêche la division, je fonde la division et, Franco mort, elle s'appliquera à autre chose qu'à Franco.

Tout va plus loin que l'objet défini. Il s'agit ici d'une attitude, non vis-à-vis de Franco, mais de l'homme.

Ou bien il faut considérer Franco comme un monstre extérieur à l'espèce humaine, ce qui est absurde. Mais pour sauver l'universalité, on est bien obligé d'inventer ces images monstrueuses… On sent si bien que l'on attaque l'homme !

Les phénomènes se déroulant dans le temps, ne sont-ils plus affectés par la présence de matière, au même titre que des phénomènes se déroulant dans l'espace ? (Et je sais déjà que le [quantum] (présence matière) affecte le cycle vital.)

Si je leur dis « il est ignoble de votre part de salir la mémoire de Mermoz, pour la simple raison qu'il exprimait une politique » ; et si vous exigez de moi que je m'explique, alors je n'ai rien à répondre.

Le rationnel ici n'intervient point. Et en effet, du point de vue de la logique, je puis dire que Mermoz servant l'erreur, en l'écrasant, c'est la vérité que je sers… ou le contraire.

Mais je refuse de raisonner là-dessus. Je fais un choix. Je dis : une civilisation de l'homme est respectée au-delà de ses idées, voilà ma civilisation. Je pars de cet axiome, je n'y aboutis pas. Je cherche dans les hommes les parts universelles parce que j'ai besoin, pour m'y promener, d'un grand Empire.

Ils parlent de l'émigration avec l'attitude de s'en indigner.

Et moi je comprends mal. Car si je défends ma patrie, c'est au titre qu'elle représente une civilisation, des concepts, un langage, un certain type d'homme. La commune mesure de ces hommes n'est point, au titre où je la protège, la sonorité d'un vocabulaire. Provençaux et Bretons sont français.

Mais si ma patrie se divise, il est possible que je me découvre plus voisin d'un étranger fondé par la même religion, la même morale, les mêmes valeurs, que d'un Français qui n'aurait plus rien de commun avec moi que la sonorité d'un langage dont le contenu même aurait changé. Ce stupide patriotisme du XXe siècle n'est plus que du mauvais esprit d'équipe. Il coïncide avec l'enthousiasme d'une équipe fondée sur la seule couleur du maillot et négligeant les parentés vraies. Les pères de ces émigrés communiquaient encore entre eux en latin. Il y avait vraiment, alors, communauté humaine.

Il est de gauche parce qu'il « aime » les masses. Et moi parce que je ne les aime pas.

Moi j'aime l'espèce.

L'argent et l'objet avilissent. Et la liberté sexuelle. Pourquoi ?

Le sacrifice grandit. Pourquoi ?

La grande loi est la suivante : si je cherche un faisceau de preuves tendant à démontrer quoi que ce soit (l'œuvre par exemple ou le rôle de la franc-maçonnerie), je le découvrirai. Et il ne prouvera rien, car l'efficacité seule…

Connerie des marxistes quand ils considèrent que la religion est inutile pour l'individu « tel qu'il existe », croyant à l'universalité essentielle de l'individu. (Et les entraves d'une morale autre que sociale paraissent dès lors arbitraires.) Mais c'est que l'action, précisément, en fut autrement fondamentale. Deux exemples : celui de Bergson à propos du vocabulaire de l'amour humain emprunté au vocabulaire mystique : naissance du renoncement de l'amour (et cependant Orphée ? et Platon ? et Bérénice ?) naissance de l'universel : se sacrifier « pour » les hommes à travers un seul, auquel on ne demande point de reconnaissance injurieuse. Ce n'est point cet individu restreint qui a mérité un tel don. (Et cependant les sacrifices sociaux illustres ?)

Mais je puis répondre à mes objections. Peut-être est-ce l'amour-chevalerie qui naquit de l'amour mystique. Peut-être est-ce la charité et non le sens de la tribu qui naquit de l'universel ?

Il reste à écrire l'histoire de l'homme. De ses concepts, donc : de ses sentiments (clavier disponible), de ses mouvements possibles. Il faut absolument distinguer l'absolu de sa nature de l'ensemencement relatif de ce terrain. Montrer qu'il a varié sans qu'ait varié son patrimoine biologique (trop peu de générations, ensemencement possible de races qui forment des rameaux d'âge différent). On ne peut partir que d'un tel chapitre pour dépouiller le marxisme de sa grande part de balivernes humaines. Il régit bien le mécanisme des sociétés, très mal la formation de l'homme.

Naissance d'une religion et des concepts qu'elle ensemencera. On voit assez bien ce qui se passerait chez Staline.

Serge*. Comment, vous, si *[un mot illisible]*, refusez-vous ce qui... Croyez-vous donc être ainsi par nature ?

* Les astérisques renvoient aux notes placées en fin d'ouvrage, p. 335.

Livre : la réaction du sauveteur contre ceux qui le remercient.

Le capital ayant été gérant des salaires de ses administrés (part plus-value), est gérant ensuite de leurs affaires.

Chantages genre B. C'est dans la mesure où vous m'aimez encore, où vous êtes généreuse, droite, propre et pure de sang, que je vais encore vous tourmenter.

Si je dis : je vous tue, je tourmente la pente basse. Et il y a là un droit, peu civilisé d'ailleurs, mais c'est « le droit du plus fort ».

L'autre, le droit du plus faible.

Il n'est rien de plus ignoble que la mutilation, destinée à peser.

[autre main]

Rubia Hidalgo
Chef de presse à Valence

[Écriture de Saint-Exupéry]

[quatre mots douteux] Queue de cerise
Cenerason
La Presle

Carlos Deplat
Valence secrétaire d'Alvarez del Vayo
Ministère des Affaires étrangères
(voiture).

	courrier Albacete	
Alicante	voir consul France	
	(de Berne).	
Albacete	commandant	Vidal
		Guzmann
	sinon Frente P. Calle Major	
	demander René → cher (de préférence)	
	gouverneur	
	et aviation	
	si coucher Grand Hôtel	
	café → chef	
	voiture.	
	↓	
Madrid	arriver le matin	
	passant par Guadalajara	
	31 Rue Guzman el Bueno	
	Lt-colonel Ortega de la part	
	du capitaine Jack (non avec lui).	

Interview Miaja (Ct).

76 Calle Velasquez, demander (Ct) Carlos qui commande 1er régiment (en réalité la colonne internationale)

et demander à M. Juanito bon hôtel et laissez-passer.

Hôtel national (8 jours d'abord).

En face voir Nicoletti, Ct brigade Garibaldi, 29 Luchana.

Commission générale de la défense. Antone.
Puerta del Sol à l'ancien ministère Finances — *le matin*.

Olagna 20 km Madrid
aviation russe.

Voir gouverneur Tolède s'il est là.
Sinon demander à Ortega de le voir.

[autre main]

Albacete.

Cher Ortega,

Vous seriez bien aimable de piloter et aider mon ami de Saint-Exupéry qui veut faire un reportage vrai sur l'Espagne.

Capitaine Jack
(Irun — Hernani)

[Écriture de Saint-Exupéry]

Salaire des ouvriers à Toulouse. Ils prélevaient 50 % des bénéfices, alors que le capital n'usait pour lui que…

Car, dans une certaine mesure, il ne peut être remplacé que par l'État (et sans doute bien moins bien). Le capital, en effet, finançait les peintres — les extracteurs de diamants, plus généralement les créations de luxe et d'art. Et la grandeur spirituelle de la nation n'était point liée à ce que ces objets fussent ou non entreposés chez les capitalistes, mais fussent produits. Lié seulement à ce que la société produisît cette fleur. Car c'est la joie créatrice répandue et permise qui compte — non la destinée du stock. (Une danse meurt bien sur place et aucun capitaliste n'en accapare le souvenir.) Le capital accaparant les grands tableaux que d'ailleurs il peut, pour les montrer, en céder à l'État (legs), à sa mort permet aux peintres de vivre. Mais les bénéfices déversés chez les ouvriers de Toulouse ne serviront en rien la cause du spirituel. Ils abandonneront à leurs prières les moribonds de la pensée, avec une excuse morale dénuée de sens, qui est la suivante : « Le pain d'abord. » Mais l'activité de leurs peintres ne diminuerait en rien le pain à céder. En 1932, si l'économie fonctionnait bien, il y aurait assez de pain.

La contradiction de l'anarchie : le culte de l'individu, mais une fois épanoui, celui qui peut être lumière pour les hommes, il ne peut jouer aucun rôle (son talent oratoire seul entre comme critère, car c'est le seul moyen d'empire sur la force). Et il n'est point de roi pour imposer, au besoin, un Vauban bègue mais génial.

Car on la retrouve toujours cette contradiction. Comment imposer à la force — qui est la force — l'intelligence, quand la force, par définition, ne sait pas la juger.

Le bonheur de l'homme se fait contre lui. Et sa grandeur. On ne cite point le sacrifice sauf au cours de l'élan.

L'enfant joue. À partir de quel instant a-t-il des « opinions » qui vaillent la mort ?

1° Ville front.
2° Voir Uriaja et Anton, et demander l'accompagnement d'un officier.

Casa del Campo, à la moindre difficulté voir le colonel Romero, qui accompagnera aux lignes.

Ciudad universitaire 5e brigade
Voir colonel Rivera (artillerie)
Demander à descendre dans les boyaux jusque dans l'hôpital clinique.

Voir Guadalajara — voir le colonel Juan Ara.

Brinhuega, s'arrêter au Palacio Ibari (villa prise par les chars d'assaut).

Junta de defense Madrid Miaja
secrétaire de la Junta maxima de Dios
le voir chez lui et donnera grande facilité
voir Anton Miaja maxima de Dios

Arrivée à Madrid
Calle Alcala
Consejo de defense Miaja (8 h du soir)
Avoir permission de photographie

Papiers à avoir :

[Un mot illisible] conducta por la zona de Vanguardia avec permis de photographier.

1re liste d'échange

b) 3 premiers noms réclamés vont être fusillés
c) Professeur Alas : recteur de l'université d'Oviedo
d) Albarez Builla : haut commissaire au Maroc (Tétouan)
e) Jaune : député socialiste fusillé à Palma de Majorque

Décret récent : « Tous les prisonniers de guerre seront toujours respectés dans leur *[un mot illisible]* et ne seront jugés qu'après décision du gouvernement. » Si démontre qu'ont pris les armes contre car volonté réintégration dans l'armée.

Déjeuner à Valverde de Jucar
à 220 km (environ) de Valencia
à 34 km (exactement) de Motilla del Palancar

Au bas du village, à gauche, avant le 2e tournant. Pas d'enseigne mais beaucoup d'autos arrêtées.

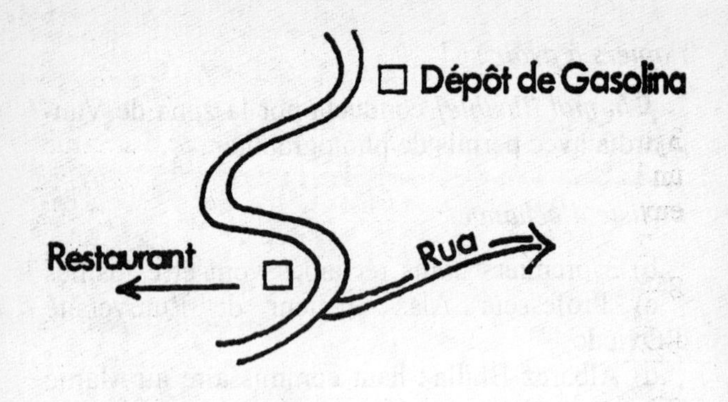

Patronato Turismo
(bureau de la gare)

Commisseria de guerra.

Vendredi 12 h general Miaja.

Exprouseda 32 18 h 30
tram n° 8 → hippodrome
Loreño.

Anton 43133 *Gomez*.

maxima de Dios 53327
5 paseo de las Castellanas.

Vargas allians antifascista 63362.

L'impression psychologique que, loin d'être frustré de sa vie, tout à coup il va s'accomplir. Et il va sous un tank. [Dissociation] dans le temps.

Boulangers réunis dans un théâtre.

Décident de 18 à 45 ans disposer au 1er appel, en 3 jours 3 000 h sont présents. État-major a fait former un bataillon de 800 — et les autres travaillent pour eux. Syndicat donne différence entre gain et travail.

Tous les métiers, imprimeurs, arts graphiques, garçons de café, ont constitué bataillons.

Industrie boulangère a été seulement contrôlée. Patron reste patron. 20 ptas par jour (boulangers, pâtissiers, confiseurs, minotiers) *[un mot illisible]*

Ravitaille est Madrid — 440 tonnes de farine — 150 camions — valeur envoi 44 wagons.

Si on envoie 1 000 camions, problème non résolu cause route.

Les ouvriers prennent ces charges pour le triomphe industriel — 12 heures de travail — industrie qui tombe en ruine n'intéresse pas les ouvriers. On dit : ne nous intéresse pas vous ruiner, mais point de bénéfices en temps de guerre.

Panification peu d'argent car achète à 60 jours, revend au comptant.

Minotier beaucoup d'argent, parce que achète au comptant et vend à 60 jours.

Une fabrique de panification, 120 000 kilos élevée par ouvriers à 138 000 kilos 6 millions de trésorerie.

À citer. Un patron-gérant qui intervient dans syndicat qui nivelle les achats, laisse payer et administrer le patron, mais ne le laisse disposer de l'argent sinon pour l'industrie.

On doit importer — les bénéfices sont obtenus par importation. Depuis 1931 sans importer. Depuis 1936 on importe

causes mauvaise récolte
blés en territoire rebelle.

Ne pas permettre balance ordinaire de 1936 juin-sept. Énorme bénéfice même s'il est joint à *[un mot illisible]* guerre.

1919. Grève pour augmentation de salaires. 3 jours de grève gagnés pleinement et peur *[deux mots illisibles]* de travail (représentant patron démarche, peuple). On autorise augmentation pain, et protestations car charge industrie et non peuple, et le gouvernement n'augmenta pain et essaya l'expérience sans augmentation.

Gouvernement occupe usine pain et nomme délégués directeurs qui sont d'anciens militaires. 80 000 ptas de perte en une semaine. Pain va augmenter. Le syndicat a assumé le déficit si on le laisse administrer.

On laisse au suivant 1/2 puis 2/3 et on absorbe le déficit et on aboutit à 300 000 ptas de bénéfice en 11 jours (en payant les salaires augmentés).

1919. Après démonstration d'une augmentation prix, retourne industrie aux patrons sans augmentation de prix.

1923. Maire monarchiste prélève pain à 15 centimes. Patrons d'augmenter pain de 2 centimes. Mais le syndicat décida que pain devait baisser de 7 centimes.

Le patron accepte baisse 2 centimes.

Maire dit 15.

Syndicat 17 à 10.

Maire dit à syndicat que doit s'engager à administrer l'industrie et la lui donne. Dans les premiers 8 jours perd argent, dans les 20 jours suivants donne 20 000 ptas bénéfices.

Franco informant gouvernement qui félicite le maire de Madrid, et dans le privé le blâme. Hommage au maire et lui offre ministère Intérieur, et l'industrie retourne aux patrons, et quelques mois après le prix du pain augmente. Syndicat de Artes biancas → farines. Le plus vieil affilié à la U.G.T. Candeal 1er secteur de Artes biancas. Pain à levure naturelle. (Français

---

1934. Gouvernement octobre. Le gouvernement de Gil Robles* a décidé les ouvriers à commencer travail avec perte droits pain. Le syndicat Artes biancas a pu signer un pacte. Pour retourner au travail demain, sortir de toutes ces fatigues solidaires les syndicats farines.

Pacte d'une réunion de gouvernement militaire de Madrid. Que l'on donne au syndicat de Artes biancas les sommes pour la lutte.

Pendant les 3 semaines suivantes. *[Deux lignes illisibles.]*

Si sont 7 000 affiliés à ce travail pour 12 ans, ou refusent charge (b), ou tous les affiliés gagnent leurs salaires.

Si un ouvrier en chômage travaille le soir pour remplir place représ. syndicat paie le reste.

S'il travaille 7 jours, les jours qu'il travaille en plus, il paie le syndicat. Tous les ouvriers affiliés au syndicat travaillent le *[un mot illisible]* salaire.

Demander voir front Carabancel*.

[Trois mots illisibles.]

Les visages. Au restaurant, que seraient-ils si devinaient ? Qu'il est vain d'agir en considérant l'homme constant. C'est avec lui que le monde reste mouvant.

Les brys coups de fouet aux droites.

Sergent Marcel Rouche.
Brigada mixta 42 2e bataillon 3e compagnie Sexta division Madrid.
Comité Ingles lista 39.

L'homme oppose ici à la femme, à cette coquetterie du corps, cette indifférence à la mutilation.

Ces visages encore fermés, mais qui portaient ce qui pouvait les embellir.

Maximo Huete, commissario del Estate Mayor, 16552.

Dulcimida.

Raphaël Bobea, kilomètre 56
maison droite de la route de Sarragosse.

Problèmes

a) le maintien du « respect »
b) le maintien de l'universel.
On peut respecter l'homme même inférieur, en dehors de l'égalité.

Un commissaire parle de la signification de la lutte.
(cours par mil. non payés, problème culturel)
autre commissaire : la lutte a varié d'aspect, guerre d'invasion actuelle.

Le bombardement qui forge Madrid.
Marteau-enclume.

Dignité dans les relations.

Valises.
Calle de preciados (angle rue de Tétouan) à droite.
Rue de l'Arenal (puerta del Sol)
(à droite en partant Puerta del Sol).
En face du ministère guerre.
Bargellos (rua del Alcala).

[autre main]

Benjamin, Valencia, calle del Mar, 23
José Membrives Vasquez
Commandante Ier B^{on}.
71 brigada
Guadalajara

[Écriture de Saint-Exupéry]

Le grand lit de la vie dans le poste proche de la tranchée.

[d'une autre main]

Jefe de la 71ª brigada mixta
Commandante Eduardo Rubís Funes.

[de la main de Saint-Exupéry]

Luis Pérez

Polygono Guadalajara

Commissario del segundo batallón de la 71

Guadalajara
Commandant Hans Ct la II brigade
chef d'état-major Ludwig Rem.

[d'une autre main]

Yo digo que no es verdad
Dicen que mata el sufrir

Y yo digo que no es verdad
que si el sufrir diera la muerte
a donde estaría yo
después de verte marchar.

[de la main de Saint-Exupéry]

Je dis que ce n'est pas vrai
Que la souffrance fait mourir
Et je dis que ce n'est pas vrai
Car si la souffrance
Infligeait la mort, où serais-je,
Moi, après t'avoir vu partir* ?

« La legenda del vaisseau »
Santullo y Vert
La Revoltosa (chap)
mes camarades, je vous remercie de votre accueil.
Et puisque vous

Sans doute cette unité du mariage. Réunir l'homme en un seul homme. Ce qui gêne, ce qui te pousse à la bassesse est justement qu'il soit divers. Je peux, dit-elle (la discipline religieuse) te condenser.

[d'une autre écriture]

Que yo he sentido
una voz dolorosa
allá por tierras lejanas.
Que cayó un soldado
en el suelo, diciendo :
papa y mama, yo en esta [tierra]

me muero.
Soldado en Melilla
herido en el suelo cayó
porque al ruido del cañón
la retirada no la oyó.
El como pudo
arrastrando de rodillas
detrás de la trinchera se metió.
Y le decía a sus companeros
con pena muy grande.
¡Por Dios ! no dejarme aquí
que no lo siento por mí,
que lo siento por mis hermanillos
que se quedan huerfanitos
y no tienen los pobres
a nadie en el mundo más que a mí
¡Tener piedad !
de este pobre que te habla militar...

[d'une autre écriture]

Francisca Perez y Perez, calle de Alonso Pesgueva nº 18, Valladolid

. . . .

J. Roger Pons, 32 Boulevard Péreire, Paris VIII, Tel : WAG 58-99

. . . .

Teniente Coronel Jefe del IV Cuerpo de Ejercito del Ejercito del Centro de Espana : Juan Arce

. . . .

[de la main de Saint-Exupéry]

Torija (*[deux mots illisibles]*), commandant *[un mot illisible]* de la contre-offensive *[deux mots illisibles]* internationale.

Alborada del gracioso, disque Pathé enregistré par Carmen Gilbert.

Italiens 20 000 3 généraux
En face 6 500 h (2 divisions) couvrant un front de 30 km
contre-attaque < 15 000 avec armement inférieur.
Dans la fuite *[deux mots illisibles]*
71 brigade après 25 septembre
8-10-11 mars
11 commencement de la déroute
reconquête de [Huesca] et de Brihuega
(48 49 71 50)
Colonel Lacalle
Objectifs d'après les documents
↓
Guadalajara
Pastrana
couper la route de Cuenca
(relation avec Valencia)
↓
Madrid

Colonel
Lt-colonel

Entrée à [Trihueca]
Déménagèrent les quarante blessés qui n'avaient pu être évacués, les alignèrent sur le bord de la route, sans soins, et le lendemain la moitié morts.

À [Miralzio] fusillèrent les 25 prisonniers. Un officier sachant 1/2 l'italien ne se sauva qu'en se faisant passer pour Italien.

Brigade « Alicante Rojo ».

[Page finale de noms et d'adresses en vrac, où l'on peut lire :]

Carlo Rim Valdor 07-54
Cne Bouillon 14, chaussée du Bois Abbeville (Somme)
[Un nom illisible] 20 Grosvenor Square London WI Mayfair 24-58
Alain de la Falaise Maillot 12-61
Le compas gyroscopique Doat
Les phénomènes gyroscopiques Lucas

CARNET I

[Le manuscrit du carnet qui débute ici porte l'indication « 35-36 ». Il s'ouvre sur les lignes suivantes de l'auteur :]

En cas de perte, prière rapporter contre forte récompense (200 francs) à Antoine de Saint-Exupéry, hôtel Lutetia, Boulevard Raspail, Paris — En cas d'absence, prière au Lutetia d'acquitter cette récompense en versant ces deux cents francs pour moi.

1 Je ne puis faire entendre aux hommes quelle serait leur commodité s'ils possédaient un langage. Je ne puis faire entendre à ceux qui ont vécu avant Descartes combien le monde leur apparaîtrait clair s'ils se rangeaient sous le signe de certains concepts.

Cependant ils conçoivent le pouvoir dans l'ordre des phénomènes naturels, et ils ont appelé science l'élaboration d'un langage dont Descartes leur a appris qu'il pourrait se montrer efficace. Ils acceptent dans ce domaine que des points de vue différents suffisent à créer dans le monde l'ordre et le désordre et que l'ordre n'est jamais qu'une forme de langage. Ils conçoivent que dans le domaine de la nature l'homme soit capable de saisir. Mais aucun Descartes (sinon Marx cependant) ne leur a enseigné qu'il s'agissait là d'une vérité beaucoup plus générale et que l'homme pouvait aussi comprendre l'homme.

Leurs contradictions économiques et sociales, les hommes, ils les considèrent comme absolues, irréductibles et elles sont telles en effet dans l'ordre du langage qu'ils parlent. Je puis démontrer quelque chose aux hommes — et ils me suivent — mais je ne puis leur faire entendre en quoi cette démonstration n'est devenue possible que grâce à ces points de vue qui sont des concepts (MV^2*, MV*, le bacille, le soleil-centre, la classe sociale, la science-possible, etc.). Je ne puis leur faire entendre qu'il n'y a point d'ordre dans la nature mais exclusivement dans l'homme, ou plus exactement, que c'est l'homme qui crée l'ordre dans la nature et que la première découverte a été de lui faire ce crédit.

Le système que je propose ne sera pas, en fin de compte, une brochette d'inventions : je ne puis faire entendre aux hommes qu'il n'y a jamais d'invention (découverte d'une « loi » antérieure) (l'homme en quelque sorte, dans la science, découvre sa divinité).

Je ne puis faire entendre qu'un certain point de vue sera fertile et refondra les antinomies parce que les hommes croient au désordre en soi comme ils pouvaient croire avant Descartes aux contradictions naturelles, à la confusion naturelle. Ils ne savent pas que l'équation différentielle est « une façon de regarder». Ils cherchent à tirer les lois de l'absurde, à relier des termes, quand simplement il est un langage à trouver dans l'ordre duquel il n'y a plus d'absurde. Ils ne savent pas que le même événement est à la fois absurde et non absurde, confus et clair, contradictoire et cohérent.

Et ils ont déjà amassé tant de matériaux et formé tant de mythes (qui sont les termes correctifs de la physique mathématique newtonienne) pour rendre compte de cette inaptitude à «saisir» qui caractérise l'homme dans les sciences sociales et économiques, qu'ils renonceront difficilement à ce point de vue inefficace…

Il serait vraiment curieux que l'homme par son seul langage saisît le monde extérieur et le rendît cohérent — et non lui-même ni ce qui touche sa propre vie…

2 Les concepts psychanalytiques.

3 Si le capital était seul à réinvestir, à standard de vie égal et à réinvestissements possibles décroissants, les bénéfices tendraient naturellement vers zéro. Mais l'essence de la société capitaliste est que le capitalisme y est prolétarien et que celui-là qui place son argent ne sait pas quelle démarche il effectue ainsi ni quelles sont les possibilités de réinvestissement. Or, si l'on admet à la fois que le gros financier ne gère en fin de compte qu'une multitude d'intérêts particuliers…

4 Si le réinvestissement avait toujours été «possible» au titre où joue seule un rôle la main-d'œuvre disponible, jamais la banque américaine n'eût fait crédit, car

a) puisqu'il s'agissait de compléter un certain pouvoir d'achat, pourquoi eût-elle préféré le compléter chez le salarié A, déjà utilisé, plutôt que dans le salarié B édificateur ?

b) et cela alors que chez A, en contrepartie de son prêt elle n'obtient comme caution que le travail aléatoire (maladie, mort) d'où elle perdra aussi la rente de son argent, alors que B lui fournira en garantie la seule richesse vraie : la possession du nouveau moyen de production.

Si la banque a imaginé le crédit, c'est que les rentrées y excédaient le réemploi (et non dans l'image que le pouvoir d'achat était insuffisant).

5 Identité du crédit, du budget en déficit, du scandale financier.

6 Indépendance absolue du problème de l'organisation de la production et de celui de la distribution.

a) Le problème de l'organisation est lié au standard de vie permis à l'époque « E » sur le territoire.

b) Le problème de la distribution n'est lié qu'à l'économie.

7 Priorité de l'économique sur le social. Si je définis l'économie « science de la distribution » et que je sache distribuer, non seulement ma surproduction n'a point de sens — mais mon chômeur non plus. S'il travaillait — *a priori* je saurais distribuer son travail.

8 Une des raisons qui font que le concept de classe est périmé c'est qu'au point de vue économique le prolétariat lui-même joue le rôle d'un capitalisme.

9 L'argent-banque (définir, dégager concept) qui tendait vers achat machines neuves, ne pouvant point s'en procurer, tend vers achat machines anciennes. D'où la montée de valeur des actions (offre, demande) en 1929. Rien ne se passe en principe sinon que le pouvoir d'achat ou de réemploi est transféré des mains des acheteurs dans celles des vendeurs. Cette permutation ne modifie pas en principe la masse à utiliser. Cependant, *a priori*, elle était tout d'abord entièrement dirigée vers le réinvestissement (puisqu'elle réinvestit même en actions nouvelles). Ayant changé de mains, elle peut en partie être dirigée vers l'achat (on peut vendre une action pour consommer). Donc en période de prospérité trois voies pour les sommes bancaires :

a) les salaires nouveaux dans la mesure où ils sont impossibles,

b) le crédit (dettes augmentent)

c) l'achat des actions (valeur croissante).

Remarque sous toutes réserves : la valeur de l'usine devient telle qu'elle est impossible à amortir, surtout si j'ai acheté mon action à crédit.

10 On ne découvre pas que la circulation joue un rôle par sa « vitesse » — on le conçoit.

11 La mystique, bien sûr, mais dilemme : voulez-vous mourir pour mourir ou pour les hommes ? Vous ne voulez pas vivre sans que votre vie ait un sens, c'est entendu — mais le sens du bridge vous suffit-il ? Même pas chez vous une mystique nationale car vous faites [menacer] la nation. Vous défendez, à cause de votre jeu même, ce qui va le plus fortement s'opposer à elle (Hitler, Mussolini).

12 On découvre cependant la circulation du sang. Mais ne s'agit-il pas ici de dire : « on observe » ?

13 Y a-t-il, par exemple, une clef des problèmes sexuels ou plus simplement un « langage ». Autrement dit, la découverte se fait-elle en sondant vers l'extérieur ou en regroupant selon des concepts neufs des évidences déjà étalées ?

14 Jusqu'à quel point une [moue] est-elle simplement un langage ?

15 Une modification dans l'ordre naturel ne peut guère être qu'un désastre — ainsi l'introduction d'un lièvre en Australie, ainsi la destruction des pumas en Patagonie (ainsi peut-être certaines conséquences antisélection de la médecine). En effet l'équilibre est chaque fois rompu, le contraire ne se développant pas assez vite. Peut-être en est-il de même dans l'ordre humain.

16 M. vient de m'exposer le problème juif en Allemagne. Les juifs allemands étaient très bien.

Les juifs polonais très mal. Et ça devient la question juive qui entraîne tant d'injustices.

Jusqu'à quel point les juifs allemands se sentent-ils blessés par des attaques trop extensives. À quel point se sentent-ils en tant que juifs ? Quelle démarcation pourraient-ils imposer entre leur sang (qui ne joue aucun rôle) et leur formation qui est tout ?

Et n'est-ce pas un remarquable exemple de la fertilité des concepts ? Le concept aryen et non aryen sépare mal. La coupure trop grossière range de part et d'autre les éléments qu'un classement meilleur eût séparés différemment.

Comme toujours on a à la fois raison et tort, et la définition même détermine les hommes.

17 Un pays n'est point, comme disent les journaux, « victime de ses politiciens ». Il est victime de son absence d'armature conceptuelle capable de saisir le monde et d'ordonner les événements. C'est un problème de langage dont les politiciens sont, comme les autres, tributaires. Les politiciens n'ont point à fonder de concept. Ceci est travail de l'esprit. C'est à ce titre que l'esprit mène le monde.

On est habile, oui, peut-être, mais on l'est en fonction d'un langage. On croit sur la foi d'apparences que l'habileté mène le monde, quand c'est le langage.

18 « J'ai décompliqué », disait Hitler. C'est vrai. Le concept aryen décomplique. Mais cependant aussi mal que celui de classe qui décomplique aussi. Mais obligatoirement il est injuste jusqu'à ce que le monde se soit ordonné parfaitement en fonction de lui. Le prolétaire est né de Marx…

Se méfier ici d'une contradiction. Je dis : classe n'est plus valable… je dis : classe est *devenue*.

19 Tout de même… l'amour [auréole] et l'apporte.

20 Il faut tout de même faire quelque chose des hommes. C'est le seul problème important : d'abord celui des relations humaines…

Et parlant de charité et d'universel j'ai oublié le plus important : l'amour. Quel est l'effet de cet amour éprouvé sans support charnel ? (Car c'est réduire à des niaiseries que de dire : les mystiques transposent leur sensualité.) On oublie un peu trop qu'il y a aussi cet effort prolongé pour faire naître l'amour dans les âmes arides… Ce fantastique effort de la prière de tous les jours qui tend à éduquer d'abord le cœur (et l'essence de ce dieu aimé que m'importe… On admettrait bien comme belle et utile cette civilisation qui apprendrait l'amour de la femme comme celle de cette chevalerie qui en enseignait le respect). Et qui peut me baigner le cœur comme la créature, qui me déçoive ?

Réduite à exploitation etc. — *[un mot illisible]* — sottises ! Que m'importe à moi l'imagerie sinon ce qu'elle charrie ? D'ailleurs que puis-je attendre qui soit au-delà des symboles ?

Méthode

Relire les livres de l'enfance oubliant entièrement la part naïve qui n'a point d'effet, mais notant tout le long les prières, les concepts charriés par cette imagerie. Étudier si l'homme privé de cette onde bienfaisante ne tend pas vers le gigolo 1936.

Cathédrale aussi qui honore en l'homme une part qui de toute évidence est la plus haute.

21 Admettre formellement ce point de vue : sans cette religion l'homme tend vers le barbare. À moins que… Mais ensemencé, comme tout système conceptuel, le christianisme a abouti à des contradictions internes et n'habite plus de nos jours le malaise social.

22 Sous ce jour : quel travail refaire peut-être en Russie… Sur l'homme qui ne reçoit plus toutes ces graines…

23 Pourquoi lire la religion sur ce plan mystique imbécile ? Ou cause première ou dogme ou authenticité des légendes. Je ne demande point cette lecture à ceux qui [refusent] les concepts sociaux. L'imagerie religieuse n'enlève rien à la religion.

24 Vendredi : sacrifice. Et j'ai déjà chanté universel, amour, sacrifice. Et sacrifice m'intéresse au point de vue temporel. À quel titre le radiologue n'est-il pas né de cette lignée ?

Que le concept de Dieu (et non la récompense) facilite-t-il donc bien ce sacrifice. Qui demeure, sinon, le fait de si peu…

Et que l'on ne me vienne pas parler de récompense. Quand le frère part au bagne pour sauver son frère, on conçoit bien qu'il le ferait sans religion. La récompense lui suffit de son amour exprimé. Mais ce frère aimable peut manquer. Alors que Dieu facilite donc bien cette démarche ! Qu'il rend donc clair et désirable ce mouvement obscur ! (Mais cet amour déjà n'était que symbole du divin.)

25 Que cette vérité absolue est donc peu importante en ce qui concerne l'essence de l'homme. Supposez-le ayant appris une chimie fausse et une fausse géographie. Cependant l'homme reste le même. Qu'ils jouent un rôle (et changent l'homme) ces concepts ensemencés.

26 C'est ici l'instant de répéter que l'instinct d'identité est plus fort que celui de conservation…

27 Il faut bien trouver un support pour exiger de l'enfant ce sacrifice de son plaisir. Si on lui parle d'éduquer sa volonté, alors, l'orgueil. Si on lui parle du [don] au pauvre (à la créature) ce n'est plus peut-être que l'acte du membre du syndicat, une cotisation ou un impôt. Mais le sacrifice pour le sacrifice… Il a certainement un sens de formation, mais sans le concept dieu, par où l'ensemencer dans l'enfant ?

28 Autres concepts les invisibles trésors (Sahara, jadis Reine*) et c'est toujours un concept que je pleure (oui, le général russe et ses décorations démonétisées)… Cette identité menacée, et, dans le cas de Mermoz, ce luxe intérieur.

29 Les néo-catholiques — Maritain* — quand ils ne seront plus attaqués dans leur foi par la critique historique des textes… ils ne savent pas clairement exprimer pourquoi ils peuvent sans gêne se situer à l'extérieur de la logique : cependant ils ont raison. Ils ont le droit de considérer leurs concepts en tant que vérité — et de la sauver. Cette vérité est plus efficace (et sans doute aussi forte) que la vérité historique.

Mais mieux vaudrait qu'il n'y eût point antinomie entre l'observation nouvelle et le système conceptuel.

30 J'ai donc défini un certain nombre de concepts strictement religieux :

La charité
L'amour
Les trésors invisibles
Le sacrifice
L'universel
(Les concepts de bon et de mal rentrant sans doute dans les concepts sociaux).

31 Mon système ne peut être plus vrai : il ne peut être que plus commode. Laissez-moi donc l'exprimer entièrement car si je puis vous frapper par une vérité il m'est impossible de le faire par une commodité. Je ne découvre pas d'« évidences ».

32 Mon système englobe trois chapitres : science et je n'ai de vérité qu'à la lumière de l'ordre que les concepts créent dans la nature, mes vérités ne sont jamais évidentes, n'ont jamais de justification *a priori*.

Sociologie (classe) dans mon langage crée ou non l'ordre.

Et enfin, le fondement de l'homme par des concepts sociaux, qui ne sont qu'arbitraires et ne tiennent leur justification que de l'homme qu'ils ont créé.

D'une façon générale, je n'atteins de vérité que symbolique.

33 Je puis partir de l'inverse cube de la distance mais change alors toutes mes autres définitions.

34 L'erreur fondamentale de B est d'imaginer qu'il pourra donner une justification rationnelle *a priori* du socialisme (qui se justifierait antérieurement aux conséquences). Et il s'enferme ainsi dans des contradictions issues d'une erreur originelle sur la vérité.

35 En fin de compte et exclusivement la qualité des relations humaines.

36 Dieu. La règle du jeu ne se situe pas de façon irritante dans la densité arbitraire d'un individu mais en dehors c'est-à-dire dans Dieu. C'est-à-dire dans tout et dans rien. Dieu est le parfait support symbolique de ce qui est à la fois inaccessible et absolu.

37 Quand vous aviez dit (F.*) : Je vais vous expliquer psychanalytiquement, je ne suis pas plus avancé. Je pensais bien déjà être cohérent et un.

Expliquer par d'autres points de vue un processus ne ruine en rien la valeur du processus. C'est le vent dans les voiles qui conduit au pays. Mais le vent n'est point le pays ni la voile. Mais je ne marcherai dans une direction qu'à condition d'être animé. Et je range le monde dans mes catégories intérieures. Et ainsi je le crée. Et le monde créé devient vérité forte ou vérité faible.

L'intérêt pour expliquer le capitalisme, comme c'est insuffisant !

Freud aime sa fille et crée la psychanalyse, cela réduit-il la psychanalyse à un amour d'un homme pour sa fille ? Cela n'exprime-t-il pas simplement que l'homme est un qui aime sa fille et fonde la psychanalyse ? Et voilà sans doute un des plus beaux exemples où le concept de causalité mal utilisé conduit à des non-sens.

Concept d'« accompagnement ».

Le besoin irrésistible qu'a Freud d'« expliquer » lui fait confondre la causalité et l'accompagnement.

Il exprimera un des plans symboliques du mouvement intérieur par un autre de ses plans symboliques.

38 Cette action individuelle ne s'explique pas dans le cas de Hes* parce qu'il va trop vite. Car cette excroissance eût pu prendre n'importe quel vêtement symbolique. Elle n'est qu'un ferment qui « rend compte ».

39 Cas de la religion. L'Amérique a besoin d'être ensemencée par *un concept* que charrierait un mouvement religieux.

40 J'ai compris ce que c'était que faire comprendre et convertir.

41 Nous avons encore les [yeux *ou* jeux] des pirates mais plus les *[un mot illisible]* des pirates.

42 Sertillanges* : ensemble de réactions. Si je parle des incroyants comme d'une armée.
Et ainsi aussi monstrueux de parler de l'ensemble des réactions des conservateurs.

43 Révolution dans ce champ de blé de Haute-Savoie : faire logique et détruire une race d'hommes ?

44 Voilà pourquoi me gêne tant celui qui croit faire une découverte et qui dit « il est bien évident que… » car rien n'est évident ni même vrai. Une découverte est le choix d'un concept et n'est jamais « évidente », au titre où elle se déduisait d'une théorie et d'un mode de pensée. Elle ne se justifie que par sa fertilité (elle « s'oppose » au contraire à la théorie).

45 L'homme par son langage ordonne l'univers et, quand les concepts en jeu ne créent plus l'ordre, il change ses concepts pour d'autres créant ainsi un ordre plus général. Tel est le seul mais véritable progrès scientifique. Et je sais bien que je renoncerai bientôt à mon ensemble de notions conceptuelles, qu'elles deviendront toutes fausses, au titre où le profane entend ce mot. Mais peu m'importe à moi qui ne prétends qu'ordonner le monde de plus en plus et trouver dans ce but le meilleur langage « actuel ».

46 Plus haut ce n'est point « opposer » mais « se situer en dehors ».

47 Le monde entier contre Clément Vautel* qui croit représenter « le sens commun » quand il ne représente qu'un type d'homme et le plus bas.

48 Et l'autre [Gallus*], qui dira : avant tout je cherche ma paix et le libre jeu de mon jeu quand il pourrait choisir comme jeu celui de l'esprit et non son bridge familial.

49 Ai-je dit que Pasteur ne découvrait pas le microbe ?

50 En 1840 les grands propriétaires s'opposaient à leurs salariés qui bâtissaient *pour eux* les premiers châteaux, les premiers produits et les premières machines. Mais de plus en plus, avec les progrès du machinisme, leur prospérité a coïncidé avec celle de leurs salariés car désormais les grands propriétaires bâtissaient des voitures pour les vendre à leurs salariés.

Outre qu'il est de plus en plus difficile de situer dans une classe ou l'autre l'ingénieur ou le directeur d'industrie, le concept de classe pour la raison qui précède, a perdu son efficacité. Il n'éclaire plus le malaise.

51 Ainsi à l'aube du christianisme les relations humaines confuses ont été éclairées par la charité et l'universel. Mais…

52 Il m'est impossible d'écrire une explication rationnelle, une attaque rationnelle, une démonstration rationnelle ou même une défense rationnelle — car il n'y a point de vérité.

Je puis seulement proposer mon langage comme plus apte à saisir le monde. Voyez, jugez et choisissez…

Et les hommes irrésistiblement croient dans le langage le plus commode — bien qu'au premier abord ils ne peuvent que me refuser.

53 Rapports du rationnel et de l'irrationnel. Tel est au fond le problème. (Antinomie ; dans l'ordre humain… contingence… etc.)

54 Peut-être n'y a-t-il point de découverte. Peut-être la découverte est-elle simplement d'« exposer », de lier, d'ordonner. (La déduction tend vers l'ordonnance et, selon les concepts, vers une certaine ordonnance.) En psychanalyse on ne sait rien et l'on a seulement retrouvé le circuit des associations mentales. On a seulement formulé qu'il y a fleuve continu. Mais la direction prise par le fleuve reste un mystère. Le concept, en science, c'est la direction. C'est elle l'acte créateur. C'est l'introduction du « sens » dans le paysage. Et nos syllogismes ne servent plus qu'à ordonner dans ce sens-là mon paysage. Après quoi j'y vois clair.

55 Je prends possession du monde par les mots. Mais il y a évidemment des observations, et certaines d'entre elles sont provoquées par mes concepts. Et ceci serait-ce au nom de l'Analogie ?

56 L'analogie serait-elle permise comme méthode par l'unité de l'esprit humain ? Y a-t-il une différence de nature entre la démarche de Paracelse* inventant le salicylate de soude et telle « déduction » scientifique ? (Non Newton*. Car ce que fonde Newton c'est le concept).

57 Je dis : « Tout se passe comme si… et si tout se passe comme si… il doit se passer encore cela. » Puis vient un jour où cela ne se passe point *[deux mots illisibles]* ou se passe ceci qui n'est point prévu, contenu dans mon si… Alors je change d'analogie et je dis : « Tout se passe, plus généralement, comme si… » Et la science repart.

Mais mon concept, mon $\frac{mm'}{r^2}$ * était-il autre chose que l'analogie de Paracelse ? Et la science n'est-elle pas née de la croyance à la vertu de l'analogie à l'(universalité) de l'esprit humain (mot impropre, il faudrait dire : à ce que l'homme est l'image de Dieu).

Ce que Descartes a apporté n'est-ce pas une méthode pour choisir valablement les « points analogues » ?

58 Ils sont purement empiriques, mes concepts. Ce sont leurs efficacités qui les fondent. Non empiriques mais arbitraires. Je ne démontre pas $\frac{1}{r^2}$* ni aucun axiome. Mais l'interaction est telle que je les redémontre (sophisme), ou, si l'on veut, que la nature me les montre (par définition).

Mais par quelle voie Descartes, ce [lucide], les a-t-il rendus tellement efficaces ?

59 Tout est synthèse, plus ou moins, et jamais de façon nulle. Systèmes de maniaques : ils ont toujours pas mal de preuves, mais infertiles, voilà le seul critérium.

60 Quand je me heurte à la complexité croissante de la science contemporaine, je sens la science devenir de plus en plus difficile.

Et cependant elle était encore plus difficile quand on a abordé l'étude de la nature, qui était autrement contradictoire et confuse pour le langage alors parlé.

Il faudrait un nouveau langage.

61 Il n'y a point de concepts civils car comment seraient-ils ensemencés ? À moins qu'Hitler parlât de morale et d'amour, ce qui le rendrait ridicule. Et sans ensemencement religieux comment y aurait-il des relations humaines qui ne seraient point force et chantage ?

62 Même la S.D.N.*, fruit prolongé du christianisme quoique sous forme séculière ?

63 Puisqu'en Russie rien ne freine l'accession à la culture et au pouvoir, le « peuple » ou la « masse » s'y définit comme la caste, comme la catégorie humaine la moins évoluée, la moins cultivée, la moins affinée — et surtout la moins apte à le devenir puisque la sélection a joué.

Alors que signifie volonté du peuple, volonté et pouvoir de la masse sinon suprématie inadmissible de la matière sur l'esprit ?

Seul... Ici le peuple se définit comme peut-être ce qu'il y a de mieux.

64 Qu'ils n'y comprennent donc rien, les croyants, avec leurs histoires de boutiques — grand navire pour l'humanité — et seul navire.

65 La vérité ne réside pas dans le texte mais dans la « topographie » du texte (les importances relatives). Ainsi C.* parlant des miens.

66 La race humaine vaut cent fois plus que les principes économiques.

67 Qu'appelle-t-on le peuple ? Pour moi c'est le minotier que j'ai vu à Thonon — et le maire. Mais en cas de révolution, ce sont les polytechniciens ou ces gens-là.

68 Tout le monde est d'accord sur une révolution aristocratique à économie valable.

69 Mon immense difficulté à distinguer les buts de la gauche des buts de la droite française.

Que reproche au marxisme le Colonel* ? Que reprochent au Colonel les gauches ?

70 Gauches qui ne sont d'ailleurs nullement marxistes mais super-démocrates (mythe bas du cumul).

71 On agit toujours comme si les gens « savaient ». On ne peut concevoir qu'ils ne sachent rien. Or Tual* ne sait *rien* des droites et le Colonel *rien* de la gauche.

Il y a à la base une prodigieuse incompréhension, une ignorance abyssale des « faits ». *Aucun* fasciste n'a lu *Sous la schlague des nazis*. *Aucun* front populaire n'a lu les articles du nouvelliste sur les troubles d'Espagne — autrement monstrueux d'ailleurs.

72 Tout est discuté comme par Tual sur un plan électoral de plaidoirie sentimentale « Le peuple admirable… » Et moi je ne sais ce que cela veut dire, sinon que ceux qui souffrent et partagent sont en général plus profondément humains que les égoïstes heureux. Or ma révolution ayant pour but d'amener le peuple à être heureux… je ne puis tout de même pas souhaiter une société du règne le plus bas, c'est-à-dire la crapule et le miséreux, par priorité sur l'aristocrate et le savant et le peuple, au titre où je l'aurai élevé au rang d'homme.

73 Écrire sous la forme de méditations :
méditation sur le peuple…

méditation sur le phénomène religieux
méditation sur la masse — et son pouvoir.

74 Ce n'est qu'un mythe mais c'est le seul qui nous contente, « le bon tyran ». Ce n'est qu'un mythe car rien ne nous fait prévoir un mode de sélection qui le crée nécessairement bon. Et c'est le seul qui nous contente car ce ne peuvent être que les éléments supérieurs d'une collectivité qui puissent prévoir et préparer le bonheur des autres, une certaine justice, etc.

C'est au titre où il existe un « bon tyran » que les manœuvres et palefreniers d'U.R.S.S. n'assassinent pas les savants.

75 Car ils sont tout prêts à assassiner. Car celui qui ne possède rien ou possède peu est absolument disponible pour le pillage. Si on lui dit : « C'est ta bêtise qui te range à ton rang » ce lui est une raison de haine de plus contre une intelligence qui ne lui échoit pas en partage. Au nom de quoi admirerait-il ?

Il admire sous le joug du bon tyran.

76 Est-ce que les idées se discutent sous le simple angle des massacres qu'elles provoquent ? Je suis bien avancé quand il s'en observe de part et d'autre ! Qu'il y ait eu un mort de plus à Berlin ou à Madrid !…

Mais tout de même, en regard, en Allemagne : libération d'une race humaine (je devrais écrire « création »)

À Madrid, libération *[un mot illisible]*.

Je n'hésite pas.

77 Mais pourquoi, dites-moi, est-ce la seconde forme de violence qui se réclame du marxisme ?

78 La question du nationalisme dans le monde peut se définir sur deux plans.

Tout d'abord le système économique revu par les hommes est tel que chaque territoire — par définition — doit exporter plus d'heures de travail qu'il n'en importe, ce qui est évidemment impossible. De cette antinomie élémentaire naissent les contradictions diverses et coupures du système. La tendance vers les réglementations douanières impossibles exaspère les sentiments nationaux.

Mais, cette réserve faite, il reste que se trouvent opposés dans le monde deux concepts différents de nation.

L'intérêt est un bel exemple de concept qui, par nature, ne peut devenir faux, mais qui devient inefficace. Car je puis l'étendre, insensiblement jusqu'au paradoxe : il est de l'intérêt du martyr de se faire supplicier, du peintre de crever de faim pour son art, de Mermoz de défendre le capitalisme, etc. Et quand j'ai expliqué les actes des hommes par un tel mobile, je n'ai rien expliqué encore.

Il en va de même de l'instinct sexuel freudien qui à force de s'étendre trop (parce que point de vue peut-être inefficace) équivaut à l'instinct de conservation, à l'amour, à l'instinct vital.

79 Votez contre vos maîtres, a dit Bergery*, et je n'admets pas ces appels démagogiques. Ou bien :

Peuple choisis-toi des chefs et non des maîtres. Car ils possèdent mais ne conduisent pas. (Le fascisme unit, réunit les chefs et les maîtres.)

80 Les races françaises : le mécanicien grand seigneur.

81 L'incroyable méconnaissance des uns par les autres.

82 Si je définis leur malaise, je les sauve.

83 Rappel à développer plus loin : la Russie a développé (*ma* Russie) la synthèse de la machine et de l'humain.

84 … les nations telles que la France, l'Angleterre et les États-Unis pour lesquelles un territoire est un domaine déjà achevé et tel que la population qu'il nourrit doit être adaptée à ses richesses naturelles. Cette population doit être fonction non de la superficie mais des possibilités agricoles (mais industrielles aussi car elle peut échanger ses produits). Un pays est riche au titre où il offre beaucoup par rapport à sa population — pauvre au titre où il offre peu. Le concept d'une nation riche ou pauvre en soi n'a point de sens. Elle est forte ou faible, oui.

… Les nations à mission qui n'ont point encore adhéré au concept « anglais » de territoire telles que l'Italie, l'Allemagne ou le Japon, elles sont pauvres parce que la population qui les charge est supérieure aux potentiels agricoles + échanges agricoles. Elles ne tendent point par contre à réduire cette surcharge d'hommes et prêchent les enfants. Car pour fonder un Empire, pour étendre une civilisation, pour faire la guerre, en conséquence, il faut ces enfants. Ceci n'est point d'origine religieuse car l'Angleterre est plus religieuse que l'Allemagne. Ceci tire son origine d'une notion de mission, « Pangermanisme, l'Orient aux Jaunes, l'Empire romain ». De telles nations qui ont fait des enfants pour en coloniser des territoires ont évidemment besoin ensuite de territoires neufs. Mais l'unité territoriale ne sera point alors achevée. Car sur les territoires A + a, les mêmes concepts de mission ensemenceront les hommes. Et il leur faudra bientôt A + a + b… c'est-à-dire, en fin de compte, le globe terrestre.

Une fois encore elles n'ont point tort au titre où l'on fait une erreur. Elles peuvent prétendre suivre ici les lois de la vie et soumettre le monde à la sélection. Elles peuvent prétendre que l'idée de grandeur seule élargit l'homme — et cette tendance à l'universalité. Elles peuvent valablement prétendre que l'homme réduit à n'être que lui-même, qui se contente de son auge et de son petit de remplacement, qui accepte son lot d'idées sans prétendre pour elles à l'universalité est un homme satisfait, un homme mort.

Quand un Croix-de-Feu* défend ou Hitler ou Mussolini, il rentre bien dans son attitude une part d'intérêt : ce sont de bons exemples pour la défense de ses biens, mais nous avons vu que l'intérêt défend bien peu de chose. Et pour la part désintéressée de sa défense, ce nationaliste apparaît d'abord comme contradictoire avec soi-même. Et en effet si ce qu'il souhaite d'abord c'est la grandeur de sa nation il doit tendre à contrecarrer cet esprit d'expansion qui s'enflera chez nos voisins de plus en plus. L'Italie victorieuse est autrement forte que vaincue pour réclamer la Tunisie. Et ce n'est point le gain de l'Éthiopie* — même si fertile — qui réduira sa tendance à former des hommes pour sauver ou fonder l'Empire romain. Et nous aurons en face de nous deux ennemis héréditaires.

Mais au fond le nationaliste n'est point seulement l'homme qui éprouve pour sa Patrie un certain amour. C'est surtout l'homme qui joue un certain jeu. C'est-à-dire qui cherche à sauver en lui un certain type d'homme : celui qui tend à être universel. Celui qui tend au combat pour la vie et à la sélection. Celui qui tend au dévouement (une certaine forme) au sacrifice. Celui qui symbolise sa propre grandeur par l'Empire et se ressent dans cet Empire. Bref une certaine dignité. Et pour jouer un jeu il faut être deux. Si le voisin croit à ce jeu : l'homme est sauvé.

Oui mais un type d'homme. Et ici encore voici qu'un concept, aussi noble fût-il, est périmé. Car la grandeur de l'homme réside aussi dans les arts, les sciences, les bibliothèques. Or ce concept de mission la menace car la voie même de la mission est dorénavant destructrice. Je paie trop cher par une guerre d'aujourd'hui le prix de mon jeu et d'avance j'assassine l'homme que je prétends créer. L'antinomie est ici flagrante parce que l'organisme social a évolué et a incorporé des éléments neufs. Ainsi l'univers du physicien quand il perfectionne ses mesures. Il est en possession de données qui commencent à se contredire.

Ici encore je ne pourrais que faire un choix. Rien ne me démontre que j'ai tort ou raison.

85 Curieux cet homme qui, au nom d'une bible rigide, admire le Japonais qui enfante pour tuer parce qu'il se « multiplie » !

86 Sophisme Sertillanges. Dans *Les Sources de la croyance en Dieu* le Père Sertillanges divise les hommes en croyants et en incroyants. Aussitôt en naît l'image de l'armée des incroyants dressée contre la phalange des croyants. Et une basse injure antireligieuse de soutien et une sotte thèse biologique de maniaque dévalorisent Lamarck* ou Poincaré*, généraux de la même armée. L'énoncé seul de ces catégories commodes pour la guerre mais inefficaces pour créer de l'ordre dans le monde a déjà faussé le problème. Il y a en effet seulement des hommes qui croient et des hommes qui ne croient pas, mais une frontière efficace ne passe pas entre ces deux groupes mais, de chaque côté de la frontière, sont classés des hommes de ces deux groupes.

Absurde la notion de classe, et d'industriel, et d'exploiteur. Il n'est que des hommes. L'énoncé des catégories ici avait déjà faussé tout.

Progrès de l'humanité = richesse conceptuelle.

87 Il y a du beau mais aussi du déplaisant dans l'accueil fait à Gide* par les masses populaires. Ce besoin qu'ont les hommes non élevés de compromettre, d'user et d'utiliser jusqu'à la corde…

Un certain type de relations humaines. La vérité plus qu'une autre ? Non, mais si je l'exprime fortement, alors il deviendra la vérité.

88 Ceux de droite, n'ont-ils pas fait porter le problème d'abord sur les relations humaines. Démodés, mal exprimés, mais non tellement mal sentis, *[quatre mots illisibles et phrase inachevée]*

89 C'est à cause de la haine subie et des injustices, lorsqu'ils me croyaient d'un autre parti que je ne veux pas de leur amitié et amour même. Toujours prêts à salir, vils comme ils sont. Il leur faut la trique.

90 Parce qu'il faut un chapitre sur la muflerie dans les relations humaines.

91 Ce pauvre Vautel, dans une démocratie, travaille à la ruine de l'homme. Il est pour l'homme de bon sens et de sens commun sans comprendre que rien n'y rentre de ce qu'ont tendu — et si lentement — à édifier civilisations, religions, etc. (y compris justice, *[un mot illisible]* et universel). Aucun de ces efforts conceptuels ne sont conservés dans le bon sens, ni l'amour pour Mozart, ni un certain amour lui-même, ni la charité. Chaque fois qu'il aperçoit dans l'homme cette superstructure spirituelle il la prend en chasse. Il ne la décèle pas toujours et prend pour l'homme vrai cette part qu'il n'a pas su encore déceler mais il tend à ramener l'homme à un tube digestif et à un appareil reproducteur. J'aime ou non les choux en dehors (probablement) de toute civilisation. Mais c'est déjà faux pour la femme qui n'a point le même goût, cueillie Reine ou dans une maison de rendez-vous. Et c'est précisément ce qui lui échappe, même si peut-être il le savait, par la part d'homme — que le langage aux concepts cachés maintient en lui —, ces différences de goût.

92 Le but justifie les moyens. Oui, mais quand les moyens ne sont pas contradictoires au but. Faire une révolution de gauche pour que l'homme soit honoré (ou ce qui est beau dans l'homme), bien. Mais non par la voie de la calomnie, de la compromission et du chantage qui est manque de respect de l'homme ou de ce qui, dans l'homme, est beau.

93 Où me conduisez-vous, vous qui croyez que l'homme se perpétue en se nourrissant et en se reproduisant ? Vous qui ne sentez rien de l'importance de la superstructure spirituelle ? Ce ne sont pas vos projets (ils me plaisent) c'est votre ignorance qui m'épouvante. Vous vivez encore d'une source qui vous fait hommes. Mais comme vous ignorez que c'est elle qui vous fait hommes vous menacez (pour des gains autrement moins essentiels) de la tarir.

Tant que je n'ai pas mieux je tiens à mes « cadres traditionnels »… et c'est cela, dans le beau sens, être conservateurs.

Vous l'ignorez aussi vous qui croyez que l'intérêt guide les hommes, formule commode et qui, nous l'avons vu, ne peut même pas être fausse. Commode mais inefficace.

Eh, bien sûr qu'il est de mon intérêt de perpétuer mon espèce, mon image d'homme ! Au moins si l'on dénomme intérêt cet instinct de l'humain (la réponse à cet...) mais c'est peut-être aussi l'intérêt de l'espèce.

Vous m'offrez un plus bel immeuble, une meilleure voiture, un air plus pur... mais quel homme pour les habiter ?

94 Je suis épouvanté de la difficulté à faire dériver l'autorité d'autre chose que de Dieu. On ensemence par le haut.

95 Point de vue important : il n'est nullement immoral de la part de L. B.* de nommer *[un mot illisible]* grand officier de la LG* car les hommes ne sont point créés pour la LG mais elle pour eux. Et son sourire amusé devant le scandale provoqué est, en surface, une marque d'intelligence. Ce n'est point cette distinction accordée à l'ordure qui me scandalise. C'est cette imprévoyance qui dévalorise gratuitement une valeur lentement créée. Pourquoi user cette occasion d'honorer les hommes, qui le méritent, quand il est déjà si peu de moyens — en France surtout — de les honorer ?

En fin de compte L. B. ne voit point de raison de les honorer et c'est, en fin de compte, la grandeur de l'homme qu'il méprise. C'est pourquoi il est bas.

Il pourrait répondre : je ne vois point que la vraie grandeur ait besoin de distinction. Et ceci non plus n'est pas valable. En ruinant le signe on ruine l'objet du signe. Car au même titre que la croix c'est le vocable, le concept même de grandeur qui serait alors inutile. Sans concept de grandeur où la chercher ? Le vrai vertueux est tout de même celui qui peut se qualifier de vertueux. Sinon où est la vertu ?

96 Et je puis tirer encore de ces remarques un bel exemple de structure conceptuelle d'une société car il m'est permis d'affirmer « le signe de distinction est une honte pour l'homme » ou « honore l'homme ». Et les deux sont vrais selon les systèmes qui les enrobent et forment un certain type d'homme. Mais en dehors d'une philosophie générale de civilisation ces affirmations sont incohérentes.

97 Antinomies religieuses. Aujourd'hui où j'accorde tant de valeur à la critique historique je dois me résigner à ne point l'exercer. Aujourd'hui où je répudie la tradition orale je dois m'y soumettre. Aujourd'hui où le christianisme est un élément conservateur de défense d'une certaine propriété je dois le concilier avec les évangiles. Aujourd'hui où l'analyse du monde m'a découragé du merveilleux, je dois donner ma foi à celui d'une époque qui ne savait pas analyser. Aujourd'hui que la science bat en brèche tant de positions de repli, je dois sans en être gêné dans mes croyances les occuper successivement. Aujourd'hui où l'on doute du sens du mot « cause » je dois maintenir celui de « Cause première ». Aujourd'hui où le finalisme s'est révélé inefficace il me faut demeurer finaliste.

Oui mais les concepts transmis comptent seuls. Que suis-je devenu sans ces concepts ? Ce sont bien eux que je puis appeler la grâce. Ensemencement de l'homme.

98 Mais le christianisme ne s'opposait à rien dans le monde romain. Aujourd'hui il entre en conflit avec des chapitres de ma pensée auxquels j'ai le droit de tenir. J'ai le droit de tenir aussi aux valeurs religieuses. Mais j'ai le droit de regretter qu'en ne conciliant plus le monde elle ne présente plus cette évidente synthèse qu'elle offrait au monde romain.

Je n'ai plus de langage cohérent.

99 Pour éviter dans la civilisation des coupures graves dont on ignore de quels dangers elles menacent l'homme — pour être juste aussi — la propriété des moyens de production étant abolie, les moyens de vivre des propriétaires seront unis sur le plan « travail » mais ils seront changés d'industrie (vers une industrie évidemment analogue pour utiliser leurs compétences).

100 Quand Jules Romains dit : « Il y a une classe hors classe et qui est définie par l'annuaire du téléphone », il a raison, mais il ne sait pas l'intégrer dans une philosophie.

101 La décroissance de la foi et l'accroissement des crimes : encore une baliverne : il fallait au Moyen Âge, siècle de foi, hors le *[un mot illisible]*, le supplice en public. L'U.R.S.S. n'accroît pas les crimes (concept homologue). L'esprit bourgeois sévit aussi contre les crimes.

102 Saison des raisins et des pommes — maintenant en chaque saison… tend vers la mort (civilisation).

103 L'abominable haine qui projette au-dehors des images tellement fausses. Ainsi nous pour les Maures* qui crachaient. Et ils eussent supprimé et détruit cette image.

104 Gauche : le même matériel verbal qu'à l'époque où Renault fabriquait des voitures pour Renault.

105 Gardez-vous de ce désir inconscient de maintenir des partis… parce qu'ils sont dégénérescence. C'est à ce titre que le patriote français défend cet Hitler dont il mourra.

106 Si le Croix-de-Feu brise ses cadres conceptuels, ne le refusez pas !

107 Psychanalyse. Pourquoi ne point admettre l'unité fondamentale de l'individu, car ce qui a donné lieu à tel refoulement grave chez X n'a rien provoqué chez Y. Et chez X même telle cause de refoulement s'est révélée inopérante. Ceci implique une prédisposition (organique) à l'action ou plutôt au retentissement de l'occasion A. C'est dans la liaison du langage social et du terrain organique que se posent les problèmes. Dans la soudure, et l'instant de soudure de l'homme social et de l'homme espèce…

Bien avant l'occasion A l'individu portait en lui sa destinée et sa névrose.

Il y a des objections mais de l'étude systématique sur les jumeaux élevés ensemble depuis… jusqu'à six ou sept ans et sur cent qui ont été séparés à l'aube, on peut déduire par comparaison des destinées s'ils n'ont pas été ensemencés des mêmes refoulements.

Mais autre chose. Un individu est un tout. Et la greffe d'un langage donne tel résultat sur tel terrain. Or le terrain dépend du climat, de la nourriture, de la chaleur. (Ainsi les mouches deviennent noires ou grises selon le milieu.) Il ne peut pas ne pas y avoir action du milieu sur le psychisme. Et de la divergence des destinées en fonction d'une séparation plus [prématurée]. On ne peut point déduire absolument que les refoulements subis étaient déjà inscrits et non occasionnels. Car le terrain n'est plus le même.

Hypothèse de travail.

D'ailleurs dans le cas des jumeaux liés il est de fortes chances pour que le refoulement parallèle ne dérive point de la même occasion.

Inversement. La destinée implique les mêmes refoulements.

Mon psychanalyste ne découvre qu'une commune mesure de plusieurs symboles. Et cette commune mesure définit une part de l'individu. Elle est un gène psychique « révélé » comme l'est par le microscope un chromosome.

Maintenant pourquoi l'organisme total, livrant ce gène psychique, en détruit-il les effets à venir ?

108 Et pourquoi le gène psychique ne définirait-il pas aussi la maladie, s'il définit si bien déjà la destinée ? Rendre « consciente »... la maladie... ne fait pas prévoir par analogie que... Et qu'est-ce que « rendre conscient » quand il s'agit de la maladie ? Je ne le sais mais je sais que c'est opérer la liaison entre le système nerveux et le système sympathique. C'est cette liaison que je saisis mal. Mais en quoi le système nerveux dirigerait-il le sympathique ? et inversement ?

109 Cela ne me gêne point que Kaganovitch*, chef d'industrie, soit en même temps membre du gouvernement. Cela ne me gênerait pas que Renault* le fût, même par personne interposée. Ce qui me gêne, c'est qu'il impose une économie imbécile.

110 Je ne puis tout de même pas me rejeter vers la gauche parce que les droites refusent de comprendre les aspirations de ceux-ci. Ces voyous disent-ils... Et cela parce que les gauches comprennent bien moins encore ceux-là !

111 Le parti communiste a peut-être plus que le parti socialiste l'idée de grandeur, c'est pourquoi l'homme qui a besoin de foi y tend.

112 C'est le contact avec l'outil — et l'entraide — qui rend l'ouvrier grand. C'est la possession et la rivalité égoïste qui rend le paysan juste.

113 Ah ! cette fiction de classe moyenne. L'égoïsme de L. Renault qui consiste à s'appuyer sur cent mille égoïsmes.

J'ai jusqu'à la morsure au cœur la nostalgie d'un certain type d'homme…

114 Le prolétarien : créer le *[inachevé]*

115 Le marxisme qui tue le christianisme : toute philosophie générale descend jusqu'au plus humble en se transformant pour lui en images simples mais s'ensemence-t-il de la plus haute philosophie ? Ce n'est point d'en bas que monte l'homme.

116 Ces sourires échangés comme des chants d'oiseaux.

117 Ce lieu où je viens mesurer mes peines à l'échelle de l'universel et de l'éternité.

118 Oui plus donner à un théâtre populaire, mais quel fleuve l'animera donc ? Où sera donc le drame ?

119 Faim de ce pain-là… pain des anges. Ce n'est peut-être point la réalité qui est troublante, mais l'extrême vertu du mythe. Une exaltation chantante me prend. Lumière dans l'homme ? Oui très certaine. Et les tristes nuits d'Y avec ses gigolos ne valent point cet univers où le renoncement permet d'entrer.

Toujours le même mythe... abandonne, renonce, souffre, lutte, franchis les déserts de la soif... refuse les fontaines — et je te conduirai à l'épanouissement de toi-même.

Et toi qui t'opposes à ce message, comment saurais-tu ce que tu fais ? Tu ignores ce qui serait sorti de toi-même. Tu te crois continu et essentiel et durable, tu crois que seuls les sentiments que tu éprouves te sont permis, tu crois que l'homme que tu portes en toi est achevé — mais ce mariage mystique, tu ne sais pas de quel oiseau de feu en toi il déploierait les ailes. Cet empire t'est interdit.

À côté de ce navire... qu'est-ce qu'une réunion publique ?

Il a bien fallu que les hommes inventassent le diable pour s'expliquer, de l'intérieur de cet empire, l'assaut de barbares qui eussent accepté jusqu'à la mort contre ce monceau de trésors qui leur était offert (ce festin auquel ils étaient conviés).

120 Il est cependant un problème très grave. D'où vient que l'homme puisse renoncer un jour et revenir à la chair ? Dualité évidente de l'homme. Et encore là comment n'eût-il pas inventé le diable ?

121 Je sais trop bien que les civilisations peuvent mourir et qu'avant la synthèse le contraire puisse être une perte irréparable pour ne point m'inquiéter grandement de la naissance du marxisme.

122 Gide juge sans avoir « éprouvé ». Or un système conceptuel ne vaut que par l'homme qu'il fonde et celui-là, tout intérieur, qu'on ignore. Au nom d'une euphorie, d'un paganisme vague, au nom des nuits d'Y.

123 Voyez ! ceux qui ont goûté cette source deviennent fanatiques. Ah ! quand je les ai *[un mot illisible]* ceux de pâte démocratique, comme je les comprends les guerres de religion !

124 Les seules importantes, oui : un type d'homme. Mais plus tard des guerres d'intérêt plus ou moins minables.

125 Ceux qui vont vers l'islam n'ont point goûté à cette source.

126 Des sources. Dans le domaine purement spirituel la même évidence que dans le domaine intellectuel. Une civilisation offre l'ordre dans la nature et l'homme. Une civilisation offre la richesse de cœur.

127 En Russie, tout de même, parodie triste.

128 Parmi mes concepts religieux, j'ai oublié la soumission.

129 Le temps humain disponible est fonction de la surface agraire qui définit le nombre des hommes. Donc les richesses naturelles industrielles pratiquement illimitées parce que fonction d'un volume, ne pouvant être extraites que de façon limitée.

130 Rasurel*, des tissus Rasurel, me dit « … alors on se sera crevé toute sa vie pour vieillir misérable… j'aurais travaillé aujourd'hui de 6 heures du matin à 10 heures du soir… » Et la grande angoisse à apaiser est bien celle, si fondamentale, de l'avenir de l'homme et des enfants.

131 De quoi se plaint-il le catholique qui, après nous avoir tant parlé de la preuve par le témoignage, de la démonstration par les témoins visuels nous voit nous étonner et nous écarter quand ce témoignage apparaît, à la lumière des sciences exactes et de la critique historique, insuffisant. Ce n'est pas nous qui avons fondé sur ce terrain glissant notre religion.

132 Je pourrais, bien sûr, m'attendrir sur les colonisés au seul titre où la colonisation ruine une race d'hommes qui va disparaître ; que ceux qui leur succèdent ou eux-mêmes soient repus et engraissent n'enlève rien au tragique de ce deuil. Mais j'ai, beaucoup plus près de moi, la vision quotidienne de disparitions autrement tragiques. Au nom également d'un monde neuf, une aristocratie qui avait sa grandeur s'éteint. Des communautés religieuses se font expulser des couvents d'Espagne, des hommes qui étaient liés à leurs maisons en sont dépossédés. Je garderai pour ceux-là — que peut-être au nom de la vie il me faudra bien aider à faire disparaître — ma pitié. Et ceux qui les *[un mot illisible]* ne les voient pas et réservent leur compassion pour le coolie et trois cents morts auquel ils prêtent les sentiments qu'ils éprouveraient à sa place. Ce qui est absurde.

La pâte humaine dont il est si peu tiré : oui, cela est le drame véritable.

Mais alors quand il en a été tiré une sorte de perfection, il est également dramatique d'avoir à retourner ses positions et de nier la personne humaine.

Colonis.

133 Revoir la page de Carrel* sur les concepts dits « opérationnels » et selon lui seuls fertiles.

Il me semble tout d'abord qu'il envisage le concept sous l'angle d'une conséquence découverte dans la série analytique et non d'un point de vue nouveau, extérieur à la théorie antérieure et même s'opposant à son système conceptuel. Il confond une vérité-concept avec circulation-sang-observation.

Si je prends comme axe de la maladie un raisonnement de l'ordre suivant : tout se passe comme si était lésée une « préfigure de l'homme » et en effet le petit bouton rouge renaît toujours à la même place, alors que des cellules neuves ont plusieurs fois remplacé les vieilles et qu'ainsi l'élément perturbant eût dû disparaître (cas des maladies chroniques) en particulier si (concept pasteurien) il s'appelle bacille, quel est le « quelque chose » qui commande la rénovation du petit bouton ? Trois explications seulement, au moins en première réflexion.

a) Accident chromosomique survenu au germe. Les cellules filles participeront aux mêmes tendances héréditaires.

b) État chromosomique initial de l'individu qui

présuppose là ces petits boutons (mais improbable). J'en puis faire apparaître mécaniquement qui aboutiront ensuite à une lésion durable et héréditaire.

c) Accident de commandement dans l'individu sympathique. Et en effet si j'extirpe ou brûle mon petit bouton, détruisant ainsi le lot de cellules chromosomiquement peut-être touchées, dans bien des cas, mon petit bouton renaîtra quand même. L'accident n'est donc point local.

Et peut-être de la conscience de cet individu psychique (l'individu sympathique peut-être) peut-elle me diriger vers la synthèse de la maladie alors qu'il ne s'agit pas, évidemment, d'un concept opérationnel.

D'ailleurs Newton, Einstein, Pasteur…

134 Synthèse ici de « l'expérience » et de la « théorie » sur lesquelles on a tant discuté. Car en effet c'est l'expérience seule qui permet, par les nouvelles antinomies proposées, la naissance de concepts supérieurs les résolvant. Mais ces concepts ne sont, en rien, expérimentaux. Ce n'est point l'expérience qui les propose mais l'homme, pour ordonner l'expérience. Pour saisir le monde dans l'état où l'expérience le lui offre.

135 Colonisation. Je puis partir de points de vue *a priori*, d'axiomes sans lesquels ma pensée politique, comme ma pensée géométrique, ne s'organise pas.

a) Priorité de l'homme sur l'animal

b) Priorité du blanc sur le noir

Il m'est impossible d'établir rationnellement ce choix. Mon point de vue n'est qu'un point de vue et s'exprime ainsi :

« Étant donné la planète, est-ce que je préfère deux cents ans plus tard la retrouver peuplée d'animaux sauvages et de nègres, ou de l'espèce qui a fourni Descartes, Pascal, Goethe, Newton, Mozart, Platon, etc. »

Le respect des uns c'est la mort des autres dans leur pouvoir d'expansion (la mauvaise herbe n'hybride pas, elle remplace. D'ailleurs l'hybridation abâtardit la bonne. Dans ce cas ou non, c'est très probable).

De toute façon quelqu'un meurt : le peuple italien ou l'abyssin. Lequel des deux faut-il sauver sur la planète ? (mon concept de nation *[un mot illisible]* reste valable mais pour la race blanche).

Maintenant, reposer le problème, primitivement écarté, des destinées individuelles. Morale de la charité. La disparition d'un groupe humain s'accompagne de déchirements. Or, morale ou physique, il s'agit toujours de la mort d'un individu. Mais alors je réserverai ma pitié pour la personne du XVIIIe ou sa fine *[un mot illisible]* dont les nécessités extérieures et supérieures commandent le démantèlement. Belle réussite humaine sacrifiée. Plus grave que, dans la chasse aux gazelles, la mort des gazelles. Mais bien plus : si je m'oppose ici à ce sacrifice de l'individu constitué (cas de l'Éthiopien fondé, en opposition avec l'Italien potentiel) c'est au nom de valeurs spécifiquement occidentales. C'est au nom même de la morale que je porte dans mes flancs et de la valeur que je lui attribue que je renonce à en ensemencer les autres.

Cela me paraît, à moi, sophistiqué ou tout au moins peu clair. Le problème n'est pas « doit-on ou non coloniser ? » mais, étant donné que l'on colonise (expansion du blanc… mission spirituelle…) doit-on…

Et ici joue le concept du profit. Car le profit qui est contradictoire avec cette mission morale.

136 Nous nommerons de tels concepts : concepts directeurs. Le microbe, l'inverse carré, la classe ou même le démon : concepts directeurs.

Et la réalité du démon je m'en fous autant que de celle de l'inverse carré.

Et aussi la démonstration d'une « vérité absolue » par la coordonnance. Je démontre simplement la valeur *momentanée* de tel concept directeur.

137 L'homme et la forêt. Et quand il n'y aura plus rien que l'homme, l'homme s'emmerdera excessivement. Il a déjà perdu contact avec le fauve (plaisir de rentrer de la *vraie* chasse) et, en partie, avec les forces de la nature (civilisation urbaine) et voici qu'il transforme la planète en terre maraîchère.

On oublie de situer à partir de cette origine les problèmes sociaux (extension de la race humaine, puis d'une race entre les races).

138 Préface. Priorité de la masse sur l'élite ? Jamais ? Priorité de la matière, du standard de vie, sur l'Esprit ? Jamais. Priorité de la logique sur un certain irrationnel humain ? Jamais. Filiation dans la doctrine socialiste de ceux qui brûlèrent des églises et crachèrent sur l'aristocratie ? Jamais. Et quel communiste français éclairé oserait défendre ces points de vue ?

139 Car, qu'on le veuille ou non, l'Espagne brûlant ses trésors d'art et vidant l'univers fermé des couvents a accordé une priorité, fût-elle d'un instant, à la stupidité sur la civilisation. Et je ne reprocherai rien aux masses mais à ceux qui ont accepté que la boue s'évade de l'égout. Car si elle s'en évade spectaculairement pour faire coupure dans la civilisation, que ne peut-elle opérer, comme irréparable coupure, dans des démarches plus discrètes telles que celles qui touchent l'enseignement. Priorité de la technique du menuisier sur l'enseignement du civilisé qui fonde les hommes. Et le trésor conceptuel est irrémédiablement perdu au titre où le sont les œuvres d'art.

C'est précisément parce que cette masse à laquelle on prétend donner le pouvoir est assez inepte pour justifier ce sacrilège contre la pensée par des billevesées aussi niaises que celles des « empoisonnements fascistes » qu'elle démontre ne point être digne de ce pouvoir. Contrôlé ou non contrôlé, dans la mesure où ce pouvoir s'exercera par les voies de la démagogie, il ruinera quelque chose de l'homme.

Faut-il donc en passer par là pour aboutir à la Russie où Kaganovitch est roi ?

140 « Remplacer la religion » n'est pas un vain mot. Qu'avez-vous prévu pour charrier le même trésor conceptuel ? Votre « éducation politique » serait d'abord non de « devoir » mais de droits et de haine, de haine contre ceux qui par hasard dépositaires de biens matériels, le sont (par mauvais pouvoir séparateur de la notion de classe) de biens spirituels. La ligne de démarcation d'un concept clair séparerait les uns des autres.

141 Le point où je vais me fonder dans l'universel.

142 On ne peut pas mettre en regard Branly* qui est « dans le courant », et qui se fût presque à la même époque nécessairement manifesté ailleurs, et Descartes ou Einstein qui remontent le courant et obligent la science pour qu'elle demeure efficace, à déménager sur d'autres cimes.

143 De A à B — récapitulation des points de vue carnet A.

144 Convertir : cette opération lente consiste non à démontrer, ce qui serait fait en cinq minutes, mais à amener à des points de vue tels qu'à leur lumière le monde s'ordonne mieux ou l'homme se sente plus riche. Ainsi de ce film où le lyrisme chevalerie-vengeance affronte, incommunicable, le lyrisme religion-pardon.

145 Mais d'où vient que l'homme entre si directement dans la fiction conceptuelle s'il s'agit du roman chinois et non de la théorie einsteinienne ?

N'est-ce pas dû, peut-être, je ne fais là que proposer, au pouvoir du langage fort qui crée la vérité ?

146 Sophisme. « La France riche d'or accumulé et d'épargne obstinée » (d'ailleurs mal écrit). On ne peut être riche que des biens à offrir et non du signe de ces biens.

Idem : « le gaspillage… » ; où réside-t-il lorsque tout n'est pas consommé ?

147 La Russie des Soviets n'apparaît barbare que parce que l'on en a gratté la faible dorure. Un village d'hommes disparus : voilà ce que l'on y pleure.

Mais n'était-ce pas le sel ?

148 Problème de l'instruction et de l'éducation. Est-ce être homme que de connaître la somme des angles d'un triangle et la longitude de Rangoon ? Être homme c'est être ensemencé par le trésor fertile de concepts (chants, [Man Ray*], universel, etc.), voilà qui détermine les relations humaines — et elles sont bien ce qu'il y a presque de plus important sur terre (et c'est pourquoi amitiés Mermoz* avant amitiés politiques). Elles déterminent les mouvements sentimentaux, toute la vie psychique peut-être (Mamoulian* et l'amour). Elles créent la différence entre l'homme des cavernes et le gentleman britannique.

Mais la connaissance est digne de l'homme et ce gentleman je puis l'instruire, mais l'ayant instruit, sur ce plan, je ne l'ai pas rendu plus homme. (Ceci paraît contradictoire avec ce que je dis de la connaissance, dignité humaine. Précisément : antinomie (?).)

149 À la pédagogie normale s'ajoute une pédagogie incessante et d'une efficacité extraordinaire, et qui est la publicité. Une industrie basée sur le profit tend à créer — par l'éducation — des hommes pour les chewing-gums et non du chewing-gum pour les hommes. Ainsi de la nécessité pour l'automobile de créer la valeur « automobile » est né le stupide petit gigolo de 1926 exclusivement animé dans les bars par des images et comparaisons de carrosseries. Ainsi, du film, est née, dans la pâte humaine la plus admirable du monde, la star vide et stupide entre les stupides. Cet animal creux, et dont je ne crois même point qu'elle s'ennuie, car elle n'est pas née encore.

Terrain où l'ensemencement d'une religion mettrait le feu.

150 [Curieux.] Il m'est bien difficile de rester chaste sans entrer dans un autre univers. Je ne souffre pas la gratuité. Sans concept à la base, ma chasteté n'enrichit pas.

(Toujours sans doute cette efficacité du point de vue : coup de pioche du bagnard — coup de pioche du prospecteur.)

151 Concept allemand : l'Allemagne barrage contre la Russie.

Concept européen : la Russie, barrage contre l'Asie (*Le Mois*, février, p. 60).

152 Réponse à S. « Vous n'avez jamais cru ? Alors vous ignorez ce que vous avez perdu. » Car l'ensemencement ne se produit qu'à la condition d'entrer dans le système. (C'est pourquoi a un sens le renoncement initial à l'esprit critique : essayer d'abord pour voir quel homme naît en vous qui seul compte.)

153 *Intran.* 3-3-4 (II-5) : « Suivre jusqu'au bout la volonté populaire »... Ici réside l'ignoble erreur. Presque injurieux pour le peuple. Il ne demande pas à réaliser ses volontés mais à être élevé, à comprendre.

Ce ne sont pas les garçons de laboratoire qui choisissent les voies à explorer.

154 Supposons toutes les industries organisées en coopératives avec propriété par les actionnaires ouvriers des moyens de production, la crise serait plus grave encore, ou, tout au moins, égale...

155 Je mènerais la même campagne pour déposer des *[un mot illisible]*.

156 Conversation Jouvenel*. Il faut préciser les deux rôles de la banque (mauvais concept) tendant vers le lac équilibrant, tendant aussi vers la propriété des machines futures.

157 Pourquoi n'est-ce pas au titre seul de l'épargne croissante que le problème est posé ?

Épargne étale = lac. Mais en fait, aujourd'hui, « étale » signifie croissant et se détruit.

158 L'épargne part à la conquête du monde (terminologie classique = ayant achevé d'équiper la France, l'épargne tend à équiper le monde). N'y a-t-il pas une raison qui fait qu'elle a avantage, *a priori*, à équiper le monde (objection Jouvenel).

159 J'ignore les [parts] mais en fait, une certaine part des ressources tendait à équiper des usines futures. Et cette part croît avec les ressources, c'est-à-dire avec les usines futures menées à terme.

160 L'évolution par le machinisme est, à un certain titre, un désastre pour l'espèce humaine : elle sort l'homme de sa civilisation conceptuelle, elle change trop vite le type d'homme pour qu'il s'en constitue jamais un. Machinisme étale = type d'homme possible à créer. Et dans ce cas ce n'est pas vers la fourmilière que conduit la technique enfin étale, mais vers enfin la civilisation.

161 Vous qui revenez de vos voyages plus absents que jamais, grands anticonformistes, Descartes…

162 Ce qui a duré seul est créé : la civilisation du navire.

163 On ne découvre pas la vérité : on la crée. La vérité c'est ce que l'on exprime avec clarté (oui mais votre clarté naît de la fermeté conceptuelle).

164 Chapitre — race d'hommes. Toutes à conserver, tant que leur maintien n'aboutit pas à d'irréductibles antinomies. Exemples, le paysan de Haute-Savoie (le minotier), le patriote-nationaliste, etc.

Ces races par une quelconque évolution sont rigoureusement assassinées.

(Antinomie individu-espèce).

165 Justice : l'autre me montrait le château et me disait : est-ce juste quand je vis dans ma chaumière ?

Non, au titre du concept de l'égalité nivelante ; oui, au titre d'autres concepts, et cela dépend absolument du monde créé. C'est pourquoi l'esclavage, autrefois, n'est pas apparu comme injuste même aux élites morales. J'ai dit ailleurs que la justice était l'ensemble des règles qui perpétuaient un type d'homme (justice et Aéropostale).

166 L'Italie-Empire. J'accepterais ce jeu qui exalte peut-être l'homme, s'il ne se jouait pas avec l'ypérite*.

167 Il est vrai que la science progresse exclusivement par observations — ou, si l'on préfère — seule l'observation s'inscrit dans la science. Cependant s'il en était ainsi on ne comprendrait pas pourquoi les Babyloniens n'avaient pas, déjà, fondé la science.

Les concepts : l'invisible fil conducteur vers les observations.

Et si l'on crée l'imagerie atomique on oublie essentiellement qu'elle conduit à *des observations*.

168 Évidemment les gros profits eussent suffi à faire tendre le capital à s'investir en Argentine plutôt qu'en France. Mais il est à prouver qu'il eût pu, en totalité, s'investir en France.

169 Chiffres. Quelles étaient, en 1925, les sommes investies par les banques américaines en Amérique, à échanger et distribuer en crédit.

Car (objections Jouvenel) l'ensemble des dépôts des rentiers étaient « investis » et d'autres dépôts devaient tendre aussi à s'investir. Je connais mal le circuit de l'investissement mais ne puis douter de celui-ci.

En d'autres termes : pourquoi en 1935 une quantité moindre de monnaie chercherait-elle plus à s'investir qu'en 1912 ?

170 Crédit à l'équipement a le même sens que crédit à la consommation car si je propose à la banque une affaire et les salaires disponibles, la banque me prête — et préfère me prêter à moi plutôt qu'au professeur sans caution.

171 Emprunt étranger, selon Jouvenel, signifie non-opération de construction (déversement en salaires) mais aide consentie — retour de l'argent — rémunération de l'aide. Sous ce vocabulaire, même vérité car la rémunération ne peut provenir que de ce que mon prêt a construit des machines. Sinon d'où viendrait ce surplus d'argent ?

172 Quand les salaires disponibles décroissent en nombre dans le monde, le profit à espérer décroît aussi. Le profit en effet signifie, pour sa part concrète, rapport de deux populations (travail-équipement). Ce n'est point la baisse de profit qui fait décroître le potentiel d'équipement.

173 Jouvenel dit : les dépôts en banque servaient à acheter du coton qui, une fois rentré et vendu, rembourse la banque avec (mais non essentiel) une honnête rémunération...

C'est-à-dire que je puis, sans fortune, travailler et gagner mon faible pourcentage sur de grandes quantités de coton.

Même rôle si le coton m'était consenti à crédit. Dans ce cas, ce serait la banque qui prêterait au cotonnier afin qu'il distribuât ses salaires.

Le cotonnier, puis sa banque, serait remboursé par mes soins.

Dans ce cas-là la banque joue le rôle que jouerait mon fond de roulement ou le fond de roulement du cotonnier. Elle propose la trésorerie. Et, à ce titre, elle ne pose point de problème. Elle a droit, comme bénéfice à une certaine part du coton ou d'heures de travail-coton. Le bénéfice ne tend pas vers zéro avec l'équipement.

Ce processus, en fait, à la limite, signifie que le propriétaire de l'argent joue le rôle d'un producteur qui ne travaille pas mais fait travailler un gérant. Il est *dépositaire (propriétaire) des salaires du monde*. Mais ces salaires, le monde équipé, sont fixes mais en cours d'équipement ne le sont pas. En fait, moi, banque, je suis propriétaire de plus en plus de salaires. Il ne suffit plus de les écouler dans les industries existantes. Si moi, banque, je dispose d'un franc de plus ; j'ai besoin d'un salarié de plus.

174 En somme, ce que je n'avais pas étudié et ce qui me gênait dans les objections c'était ceci : la banque achète de l'industrie nouvelle (base des salaires) mais cette industrie nouvelle une fois créée, la banque a à assurer dans cette industrie une nouvelle circulation de salaires (et c'est le prêt sur le coton). Ainsi les objections Jouvenel ne font qu'amplifier ma synthèse.

175 Reste à savoir uniquement quel phénomène (indépendant de la rapidité de circulation) conditionne cette émission de circulation nouvelle.

176 Exemple de Prévot* : il existe le billet de mille de l'américaine : il s'appelle la traite.

177 La banque préfère acquérir de l'industrie nouvelle car l'industrie existante est vendue (à cause de la demande) hors de proportion avec sa valeur absolue. Mon action de 1 000 francs qui eût dû me rapporter 100 francs a été achetée par moi 100 000 francs et me rapporte toujours 100 francs.

178 Remarquer que les achats d'actions ne jouent point de rôle dans l'économie, quelle que soit la « valeur » offerte. Tu avais une usine, j'avais cent francs, mais aujourd'hui tu as cent francs et j'ai une usine. Si mon usine demain ne vaut plus rien, ce n'est point la valeur « monnaie » qui a été annulée.

179 Celui qui possède une action valant 1 000 francs possède une puissance de 1 000 francs, mais non un pouvoir d'achat. Ce pouvoir d'achat n'est défini que par la demande en industrie.

180 Cet argent qui permute entre les industries existantes ne se transforme en pouvoir d'achat que dans la mesure où, s'adressant soudain à une industrie future, il s'écoule en salaires.

181 Si les actions montent (ici Jouvenel a raison), une grande part du pouvoir d'achat général tend vers cette spéculation en vase clos. *Mécanisme à étudier*.

182 Conversation avec Desnos* : critère de la valeur humaine.

Que vaut-il son plan politique qui aboutit à considérer Merle* comme supérieur à Lindbergh* ?

183 Réflexion : une civilisation vaut par le type d'homme qu'elle fonde. Je sais de Lindbergh qu'il ne me trahira pas, qu'il ne me mentira pas, qu'il respectera ma personne humaine — alors que M.* me trahira, me mentira et me compromettra. Au titre où Lindbergh est beau, il honore certains concepts de la civilisation capitaliste (ou plutôt qui ont survécu au capitalisme). Je puis souhaiter les Soviets dans la mesure où ils favoriseront des Lindbergh (la naissance des…) mais prétendre instaurer celui-ci par l'opération de Merle qui en est l'opposé me paraît gravement contradictoire. Je ne puis accorder priorité à Merle.

184 Cette manie qu'ils ont de juger l'homme sur l'un seulement de ses éléments.

185 Le citoyen avant tout… oui… mais qu'est-ce que le citoyen ? Et si c'est celui qui prétend à l'universalité ?

186 Définir non par les idées, mais par le type d'homme.

Définir Mermoz quand il attaque à la fois l'article de Serre* dans *L'Humanité* et qu'il prétend entraîner Doriot* (communisme antidémocratique).

187 La Vierge promenée dans les rues de Séville.

Staline promené dans les rues de Moscou différence d'esthétique, dit Lévy*…

Bien plus.

188 Étudier état gérant et titre de propriété de l'individu (quoi de changé si je « possède » le bois de Boulogne — de plus par l'intermédiaire de l'État).

189 Ce que certains ont pu aimer dans les discussion genre surréaliste ce n'est pas une certaine raison, mais un certain goût, comme de la drogue, un certain état de l'individu.

Fous, oui, parce que n'ayant plus de langage pour communiquer, ne réalisant pas l'Universel, perdus faute de synthèse possible dans les discussions de personnes.

190 Pour moi, l'attitude de Desnos vis-à-vis de Lindbergh* est parente de celle de Breton* vis-à-vis de ceux qui refuseront ce chantage honteux contre les élèves de l'École normale.

191 Réflexion nouvelle sur la maladie : pourquoi étudier les gros traumatismes organiques plutôt que le simple petit bouton qui, au cours des âges, revient de préférence à la même place ? Qu'est-ce qui explique cette filiation ?

192 Si j'ai appris quelque chose, c'est lentement mais avec certitude que la « mauvaise foi » n'existe guère et que le Werth* de sa jeunesse, avec une parfaite honnêteté calomniait les groupes extérieurs aux siens. Ainsi Serre. Et la polémique ne fait qu'aigrir les rapports aigres, car chacun croit en sa propre noblesse. Personne n'a le sentiment (pourtant qui s'impose) de la multiplicité des systèmes conceptuels. De l'extérieur seul — et de très loin — on découvre les Espagnols abominables d'avoir pillé les Indiens.

On nomme ces révoltes « sens de la justice » quand elles ne sont que sens du respect. La justice… Qu'est-ce que la justice ? Et ce sens du respect n'existe point le plus souvent chez ceux qui célèbrent la justice (gauches).

193 Ils s'assemblent entre eux sans langage clair et commencent des discussions incohérentes, comme chez les fous.

194 Ce journal (C.E.*) qui rabaisse toutes les valeurs avec rage et une hargne bien française.

195 L'impôt progressant rapidement à partir de 75 000 francs est une démarche de pure démagogie. En effet les impôts portant sur plus de 100 000 francs ne rapportent que 300 millions au Trésor et leur accroissement ne constituera même pas un bénéfice de 100 millions (deux francs par Français et par année !).

Par contre toute une certaine structure économique basée sur l'existence de telles fortunes s'écroulera ; le joaillier et le fabricant d'Hispanos* fermeront leurs portes car ils n'auront plus d'objet. Et la secousse économique sera supérieure aux avantages.

Or, ce qui est choquant c'est, non, dans l'absolu, l'existence de ces pouvoirs d'achat exceptionnels, mais le mauvais critère qui les élit. C'est l'inventeur de génie, le grand musicien qui devraient bénéficier du parc ombragé et de l'Hispano. L'aristocratie d'argent ne coïncide pas avec l'aristocratie véritable. Les réformes sociales doivent porter sur le renouvellement d'une telle aristocratie, comme aussi sur la mise en jeu d'une économie qui permette de tout consommer. Car s'il est choquant de voir acheter un piano à queue en face du chômeur qui crève de faim, ce n'est point que l'achat de ce piano à queue ne soit pas infiniment digne de l'homme. Il faut permettre au chômeur de manger, oui, d'abord, mais ne point compenser démagogiquement en bloquant la vente des pianos à queue. Et en effet, il s'agit là non d'une solution économique mais d'un retournement moral, et qui malheureusement s'attaque à la notion même de grandeur, de luxe, de dignité et d'élévation spirituelle. La distribution des pianos à queue comme parts aux chômeurs donnerait zéro (un franc par homme et par an…) et il est bon que se conserve dans une société ce mobile d'émulation, cet espoir, ou plus exactement cette image de grandeur humaine. Les membres d'un peuple qui possède une reine ont un peu, en eux, du sang royal.

196 Dans l'ordre de la vérité conceptuelle, si l'on désire une guérison de névrose, la libido est concept plus fertile que le démon. Dans l'ordre d'une certaine guérison morale le démon vaut mieux que la libido. Les mots sont des coupes ou synthèses de la vérité. Ils associent entre elles certaines notions. Ils créent un certain ordre. Et la libido n'a pas plus de sens absolu que le démon. Là est le concept capital.

197 C'est ce dilemme que je n'admets pas « faire rendre gorge aux gros » ou « pressurer les petits »… On raisonne implicitement comme si la somme des pouvoirs d'achat des uns et des autres équivalait au stock et d'ailleurs ne l'absorbait pas. Comme si la pauvreté des petits était faite de la fortune des autres (ce que contredit radicalement la prospérité américaine de 1928). Ceci n'est vrai que dans une société socialiste où le problème est de « répartition », mais il est ici de « distribution », et, au gros lui-même, le stock n'est point distribué.

C'est en fonction de ce concept (faux) de répartition que les gauches sont poussés, malgré toute la confusion des phénomènes qu'ils sentent bien, à « tenter l'expérience » en décapitant les gros revenus. Et malgré les objections précises et motivées de leurs adversaires, ils ne pourront, sans paraître se trahir, renoncer à cette méthode malgré qu'elle ne conduise vers rien.

… Ou vers le communisme russe qui revalorisera ce que l'on a d'abord détruit ; mais alors pourquoi détruire ?

198 Je ne nomme pas justice le fait de remplacer les uns, à leur tour, par les autres, et d'installer pendant quelques heures, pour compenser ses humiliations, le soutier dans le palais.

199 L'exemple d'Y sur la perpétuation du petit bouton : la chair est restée infectée. Et évidemment la théorie pasteurienne nécessite cette infection — mais celle-ci ne se traduisant par aucun signe, ne proposant aucune thérapeutique évinçant le futur petit bouton, ne contient rien de plus que la « muette » de Molière*. Je suis obligé de l'admettre comme j'admets les virus filtrants*.

200 Autre antinomie : c'est le communisme seul qui permet l'accession à la haute dignité humaine…

201 Et chacun sait qu'il découvre une vérité évidente quand il la crée. Il croit la démontrer quand il l'affermit (le pointillisme en peinture par exemple).

202 L'objection J.* ne tient pas, car la banque, quoi qu'elle fasse (et je me moque des images telles que « acheter du coton ») verse en fin de compte les salaires — et l'on ne peut verser de salaires qu'à deux types d'hommes : ceux qui travaillent dans les industries existantes, ceux qui travaillent à édifier les industries futures.

203 Il y a aussi permutation dans ces salaires — achat de l'objet d'art.

204 Rôle de la banque ? Il y a, à verser chaque mois aux Français, 40 millions multipliés par 1 000 = 40 milliards. Il est à remarquer que ce point de vue est fructueux. « Mille » peut être considéré comme général car les capitalistes recevant plus, ne sont que têtes de liste répartissant eux-mêmes ce qu'ils ont reçu sur un plus grand nombre d'individus. Il y aurait donc assez de billets de banque pour… (pour une circulation mensuelle) mais le nombre nécessaire décroît avec le rythme des paiements (rapidité de circulation de la monnaie).

205 Un « office général des salaires ».

206 Les socialistes donnent une démonstration curieuse de ce que l'on crée sa vérité. Ils n'ont pas à la fois tort et raison, mais demi-génies, ils ne créent qu'à demi leur vérité.

207 « Univers créé par la poésie » ; branche appliquée à *[un mot illisible]* provoque une « expansion lyrique » (vive la bonne branche *[un mot illisible]*). (Et c'est aussi ce que j'appelle « charger de sens le mot branche ».)

208 Si l'argent en circulation représente exclusivement des salaires (y compris ceux d'investissement en industries futures), si la richesse signifie exclusivement la possession des industries, comment A pourrait-il « acheter » l'industrie de B ? En d'autres termes, comment s'opérerait ce qui n'est que permutation ? (D'autant que B qui vient de se démunir de son argent doit alors verser les salaires — et que A qui possède le double n'a plus de salaires à verser.)

Existe-t-il donc en face de tout bien, un pouvoir d'achat libre ?

De toute façon on peut concevoir une société travaillant à plein rendement sans gêne aucune, et où rien, des moyens de production, ne puisse être mis en vente (ne puisse trouver acheteur).

209 Comment le seigneur féodal eût-il « acheté » la propriété de l'autre seigneur féodal ? Il ne pouvait que l'échanger.

210 S'il y a en regard la propriété A, la propriété B, et l'or représentant la valeur de l'une et de l'autre…

211 Rôle de l'or (?) L'or est dans ce cas la représentation figurée, à valeur d'échange égale, dans le domaine monétaire, de l'ensemble des biens concrets.

212 Que signifie gérer 500 milliards ? Les Français absorbant leur stock dépenseraient en moyenne $40.10^6 \times 20.10^3 = 8.10^{11}$ = 800 milliards. Les 500 milliards signifient-ils que l'on a créance d'une année sur la vie des Français ou propriété des moyens de production échangeables contre cette somme d'or (et dans ce cas il ne s'agit que de puissance).

213 Croix-de-Feu, Front populaire*. Ils se battent en somme non pour rien, mais pour des « façons d'être » d'ailleurs confuses.

214 Institut pour la préservation des métiers qui se perdent.

215 On croit que l'on éclaire naturellement cette lampe et cependant des milliers de mains débitent cette lumière. Elle est à chaque instant faite de souffles, de soupirs, du « Ahan » de l'effort des poitrines. C'est comme si les hommes s'épaulaient pour tenir droit ce lourd flambeau. Quand je branche une lampe de chevet c'est du sang qui coule.

216 Le peuple, oui peut-être… mais la masse ! Je n'oublierai jamais cette poissarde du Bourget.

217 Que m'importe que Dieu n'existe pas ! Dieu donne à l'homme de la divinité.

218 Le film « pour sauver un homme ».

219 La dignité humaine... Ils la confondent avec ce fossé infranchissable entre le serviteur et le féodal... Servir n'est plus indigne quand c'est abstrait... — non mais inhumain. Les mots « fidélité » et « dévouement » n'ont plus de sens. Quoi de gagné ? Hommes transformés en îlots. Réactions humaines appauvries.

220 On dit « une jeune fille "cultivée" ».

221 Le propriétaire « riche » l'est de a) son industrie, b) la masse des salaires en roulement (trésorerie) celle-ci peut d'ailleurs lui être prêtée mais alors banque plus industrie en sont propriétaires (*id.*).

En outre il fait des « bénéfices » qui pour une part signifient salaires aux non-producteurs, pour une part correspondent à des émoluments nouveaux.

Aucun enrichissement à espérer de la seule dépossession.

222 Établissement des industries et constitution des masses de salaires disponibles sont dus à la formule économique qui fait entrer dans le bénéfice ces travaux encore non productifs ou qui — plus exactement — nomme bénéfice cette plus-value sur le prix de revient. Sous la forme dite capitaliste elle aboutit à la propriété nominale. Sous une autre forme elle eût abouti (à standard de vie égal au « seigneur ») à une propriété « collective ». Mais est-ce une propriété au même titre que la propriété du piano ? Le capital a-t-il le droit de s'évader en emportant à l'étranger cette « masse des salaires » qui conditionne la vie économique du pays ?

Le capitaliste, s'il est défendable, est un gérant. La question que je pose est une question de gérance. Or le profit…

Or la tendance à être gérant…

223 Autre forme.

Tu as justifié par ton rôle social (rôle d'état) de bâtisseur d'industries nouvelles la part qui, du bénéfice, dépassait la rémunération de ton travail…

Et maintenant tu prétendrais qu'il fût un bénéfice légitime ?

224 Et même le paysan (de l'entraide dans la société humaine) qui seul a édifié sa ferme n'a droit qu'au huitième de sa ferme.

225 Les gens de Doriot. Les droites comptent sur sa trahison pour leur amener les troupes — trompées — de gauche. Ce n'est pas à son intelligence que l'on fait appel, c'est à ses troupes qui sont venues pour des raisons différentes de celles qui séduisent la droite car elles sont venues pour un programme communiste non moscoutaire — et ce « non moscoutaire » suffirait à enthousiasmer les gens de droite ? « Le communisme commandé par Moscou… » Si l'on joue tant sur ce thème c'est qu'il évite de poser la question du communisme. Il permet de le refuser et d'accepter Doriot. Et, sans s'être compromis sur la doctrine grâce à un subterfuge, de bénéficier de ses troupes.

Les droites cherchent un traître. Elles se sont rendu compte de la puissance des masses ouvrières.

226 Si l'on veut faire un reproche valable à l'Israélite, c'est dans la mesure où « déménager » lui a fait placer au second plan le concret, puisqu'il n'est point pour lui ce qu'il est pour d'autres.

227 Économie libérale. Elle signifierait que tous les échanges étant possibles, les matières premières seraient celles qui naîtraient, avec le moins de dépenses, du territoire considéré. Le blé en France représente un travail humain exagéré par rapport au blé du Canada plus transport, alors que l'objet d'art par exemple représente un travail moyen.

Ou, en d'autres termes, nous bénéficierions de plus de blé si nous fabriquions des objets d'art. Et la pente des événements sera telle que nous fabriquerons en fait, renonçant au blé, des objets d'art (migration intérieure) ou bien — si réellement l'objet d'art aussi est déficitaire — nous irons nous installer où cette activité, étant donné le sol et le sous-sol, devient normale (migration extérieure). Nous délivrons et recréons le visage du globe terrestre sans tenir aucun compte des biens dits « spirituels » et qui cependant sont les plus précieux. Or un certain visage de la France et une certaine civilisation — un certain goût de vivre — valent bien un certain standing matériel. Si l'on désire sauver la civilisation il faut sauver le blé français. (Économie fermée.)

Une autre cause de non-libéralisme est la nécessité pour le pays de représenter en vase clos toutes les industries afin d'être en état — dans un monde utilitariste — de soutenir un siège. Cet aspect peut s'opposer à la civilisation ancienne en créant la migration intérieure. (On renonce à l'objet d'art que l'on sait créer pour l'automobile) et en fin de compte à travail égal, nous disposons de moins d'automobiles.

Mais il serait intéressant d'étudier le phénomène à la limite.

Pour un territoire où tout est « déficitaire » (il ne fabrique par exemple que des voitures symbolisant l'ensemble de la production).

La voiture vaut un certain nombre d'heures de travail traduit par un chiffre arbitraire dans la monnaie. Si la monnaie était universelle, aucune de ces voitures-là ne serait achetée..., etc. : à étudier plus loin.

228 Le capital possède les industries — et cette propriété nominale ne joue encore aucun rôle (de même si l'on me « donnait » le bois de Boulogne avec un cahier des charges, qu'on m'imposât de ne rien changer aux coutumes) le capital possède aussi la masse des salaires nécessaires pour faire fonctionner l'industrie. Et cette propriété non plus n'est point une propriété « vraie ». Que le capital possède ou non, rien n'est changé. Le capital possède enfin les bénéfices, mais pour une part il les réinvestit (les place en banque d'où ils redeviennent salaires) et pour cette part-là encore — présentement — rien n'est changé. Reste la consommation personnelle — et cette part d'objets divisée entre les nationaux ne signifie plus rien. Il n'y a d'argent nulle part. La richesse c'est la puissance. Déposséder l'homme de sa « puissance » n'enrichit point le travailleur.

229 Leny me dit : P.-L. W.* dépense pour lui trois millions et en réinvestit vingt pour maintenir à la page son industrie. L'ouvrier partagerait ses bénéfices, menaçant aussi l'industrie future afin d'être plus riche momentanément, mais ce n'est là qu'une illusion car (bénéfices dépensés par le capital mis à part) le standard de vie ne dépend — dans une économie fonctionnant bien — que du rapport du nombre des travailleurs au volume du stock offert et non de telle ou telle « hauteur » de l'échelle des salaires.

230 Chaque achat par l'État d'une industrie est une aggravation de la situation économique car l'État transforme en capitaux ce qui eût dû être salaire. Si toutes les industries étaient achetées, il n'y aurait plus de salaires.

Le capital, nous l'avons vu, n'est que « légalement » propriétaire des industries. En effet, dans le prix de l'objet et le bénéfice correspondant, est intégrée l'industrialisation nouvelle : c'est-à-dire que le capital prélève l'impôt sur le consommateur pour édifier les industries nouvelles. C'est le consommateur qui les finance. Il compose une sorte de vaste société anonyme qui finance, sans le savoir, les investissements nouveaux. De même pour la masse des salaires engagés (il est à remarquer qu'en général cet impôt n'est même pas visible ; il n'est guère énoncé sous la forme de bénéfice mais en général de frais généraux : changement des machines et machines plus productives, donc potentiel croissant, etc.).

Nous avons vu par ailleurs que la richesse du capital n'était point une richesse en numéraire. Le capital possède les installations et la masse des salaires. Rien ne serait changé du cycle économique si, à ce propriétaire nominal, se substituait soit l'État soit un groupement d'ouvriers. (À la distribution près, ridiculement faible, de la part des bénéfices que le capital, réellement, consomme pour lui-même — car la part de l'enrichissement même masqué serait assumée par la collectivité ou l'État. Et par ailleurs la suppression de ce chapitre n'augmenterait le standard de vie de personne. Il ne dépend que du nombre de bénéficiaires et du stock.)

Donc :

a) Il est impossible d'exiger du capital des versements en numéraires : issus de lui, outre qu'ils seraient d'abord impossibles à verser d'un coup (impôt sur le capital) parce que n'existant pas, ils ne seraient issus, versés par annuités, que de l'augmentation du prix de l'objet. Cela sanctionnerait simplement le fait que les salaires du capital verseraient une partie de leurs stocks aux salariés de l'État. Ou plus exactement que l'ensemble des salariés verseraient cette part à de nouveaux salariés.

b) Il est absurde de dire « acheter une industrie ». En effet à ce cycle en marche où le capital — hors ses bénéfices — ne joue qu'un rôle de propriétaire nominal se substituerait la nécessité pour l'État

1° de recréer une masse de salaires (le capital qui en est le propriétaire légal s'est évadé avec celle-ci) ;

2° de verser au capital une somme qu'auparavant il ne possédait pas et qui joue en économie un rôle autrement grave que la possession nominale de l'industrie. Cette somme crée le capital en numéraire, le pire de tous. À la limite, si l'ensemble des biens étaient achetés, cette opération sanctionnerait une créance du capital en plusieurs années du travail des hommes. De toute façon ces sommes que l'État doit annuellement distribuer pour créer un pouvoir d'achat égal au stock seraient automatiquement thésaurisées, le capital ne pouvant ni ne désirant dépenser dans l'avenir la totalité d'une fortune qui n'a plus de support concret.

Enfin elle tendrait, ce qui n'est pas, en soi, automatiquement un mal, à donner un nouvel essor à une industrialisation, laquelle (antinomie) n'est possible que si l'objet est acheté, c'est-à-dire si les capitaux donnant cet essor neuf n'existent pas.

231 Si le communiste, tel Malraux, est payé par le capital, il profite de la civilisation capitaliste et la trahit. S'il est payé par les Soviets il est « acheté ». Ainsi jugent les conformistes. S'ensuit-il qu'il n'ait pas le droit de vivre ?

232 Expliquer scientifiquement la réussite magique ne serait pas encore la nier mais transposer sur un autre plan une réussite qui doit être valable sur tous les plans universellement. Pourquoi y aurait-il un langage dans l'ordre duquel elle serait « contradictoire » ? Le problème posé resterait posé, « l'efficacité du langage magique », valeur ou non des « rapports ».

233 La monnaie intérieure ne joue point de rôle en ce qui concerne les exportations et importations ou plus généralement les échanges.

Je fabrique mes voitures bleues à 50 000 et mon voisin ses voitures rouges à 10 000.

Dans le concret j'échange simplement des voitures rouges contre des bleues sans me préoccuper des prix (et dans mon économie fermée je vends le composé bleu-rouge qui ne modifie rien).

Dans le monétaire j'achète 10 000 francs une voiture rouge, je vends 50 000 francs une voiture bleue (prime à l'exportation). J'ai une voiture à vendre et 40 000 francs de perte sur mon prix de revient ; mais comme chez moi je vends à 50 000…

L'importateur paie une prime à l'exportateur (Lhoste*).

234 L'épargne, aussitôt consommée, est versée à ceux qui, par définition, la dilapident (malades, vieillards) mais pour ceux qui ont épargné elle se retrouvera plus tard dans l'épargne d'alors.

235 Que signifie (au point de vue international) prix de revient relativement cher, si ce n'est pas « quantité de travail intégrée en excès » ? Cher n'a de sens que par rapport au standard de vie moyen des industriels.

Mais la quantité des salaires intégrés n'a point de sens.

La semaine de 40 heures* fait renchérir la vie et non l'élévation des salaires qui ne modifie rien sauf si elle signifie une répartition différente. Une plus grande part d'un stock invariant est attribuée au travail, une moins grande part au capital. Mais quand la part du capital était nulle…

236 Si les jumeaux vrais subissent le cancer à la même place et relativement en même temps c'est qu'il est contenu dans les gènes initiaux — et non simplement accident local.

237 Il est (préfiguré) qu'une cellule deviendra folle.

238 Voir (progression du cancer) s'il n'est pas lié à l'une des maladies qui autrefois eussent été létales*.

239 Peu à peu cette race morte est incapable de subsister sans la chimie. Et donc biologiquement, nécessité de stabiliser.

240 On sensibilise l'organisme à telle ou telle substance. Pourquoi pas à telle partie de lui-même ?

Au doigt de telle main, à la langue, à l'urine, au sang. Car ces tissus ont bien leur particularité. Si impossible, c'est que l'unité est très profonde, d'ordre psychique ou sympathique. Qu'est-ce qui commande la croissance de l'individu (la croissance différentielle car ce ne peuvent être ici les glandes) ?

241 Il y a deux morales : celle des amitiés, celle de la pensée — et les deux sont incompatibles. (Au fond : celle de l'individu, celle de l'homme.)

242 Cancer. Le problème n'est point de savoir comment il se fait que des cellules soient anarchiques mais bien pourquoi elles ne le sont pas en général. Quel est le processus de construction ? Est-ce de proche en proche, « sympathique » ou « hormonal » (et ce dernier cas n'expliquerait pas la position géométrique).

243 Beaucoup de maladies ne s'expliqueraient-elles point par une mutation cellulaire (la durée de l'incubation).

244 Méthode prime buts.

245 Tout de même être « élevé », être haussé à la vie spirituelle, l'admirable phrase de Bernanos* sur le moignon d'homme.

246 Les hommes. Non pas se sacrifier à ce qu'ils sont, mais à ce qu'ils peuvent devenir.

247 La véritable création est conceptuelle. C'est pourquoi elle ne peut jamais être « votée ». Demandez-leur leur avis sur la vérité que vous exprimez et il sera défavorable. Et votre vérité, en effet, n'est point encore la vérité. Il faut, pour qu'elle devienne vérité, que vous ayez le droit de créer sa puissance — que vous soyez puissants contre tous.

248 Mermoz et l'imagerie périmée.

249 Liberté peut ne point signifier liberté de jugement sur les concepts en jeu mais (respect de la personne).

Démonter les constituants de la vérité.

250 Suivre Mermoz, lui qui ne comprend rien, lui que rien ne qualifie, n'est-ce point la loi du plus beau cantique ? Et lui-même qui oscille de Doriot à Mussolini.

251 La jeune fille cultivée, ces aromates spirituels.

252 Les anarchistes n'ont jamais été chefs d'entreprise. Morale du chef d'entreprise.

253 Économie (ou économiser) ne peut avoir qu'un sens : celui de cadeau au capital. On économise « pour » quelqu'un. Et non en soi. Grande pénitence de Caillaux* — comme si diminution de la consommation pouvait signifier autre chose que diminution du travail, et comme si ce pouvait être la diminution du travail qui réparerait les dégâts de guerre.

254 Le langage révolutionnaire français ou autre, que transmet-il ? Quelle éducation est donc faite ? Car « prendre conscience » pour le prolétariat peut avoir bien des sens, de l'anarchie au communisme. Or, malgré ces titres de chapitres, les prétentions avouées, c'est l'anarchie qui est enseignée à nos hommes.

255 La grandeur naît d'abord — et toujours — d'un but situé en dehors de soi (Aéropostale). Dès que l'on enferme l'homme en lui-même, il devient pauvre. Dès qu'il « se » sert. Le socialisme qui prêche d'abord l'enrichissement individuel exalte moins l'homme que le fascisme, qui prêche le sacrifice à quelque chose d'extérieur. (Et peu importe le nom de ce quelque chose. La caution du symbole est plus importante que le symbole. « Patrie » par exemple, n'est point « idiot », pas plus que Dieu dans l'imagerie religieuse.) Inutile de nier cet attrait du fascisme ; il est un fait historique.

L'homme peut-être ne se sent-il social (en communication avec des individus), qu'à cause de l'idole commune à laquelle « il s'est donné » qui reçoit une part d'eux-mêmes (Dieu, la patrie, l'idole...). C'est par la voie du sacrifice gratuit que les hommes communiquent les uns avec les autres. Et par gratuit, j'entends que la partie « utile » est inutile. Car l'idole qui reçoit les cadeaux, et le sang, et la vie, devient « tous les hommes ».

256 Et le petit bourgeois français démocrate est terriblement seul.

257 Non pas comment, mais surtout quel homme sera heureux…

258 Réflexions sur l'égalité. Elle n'est point dans l'ordre naturel. L'animal le plus fort et le plus intelligent règne. L'homme le plus fort aussi, et le plus intelligent. L'égalité née du christianisme (chaque homme, image de Dieu) puis ensuite, plus tard, des philosophes, n'est point une vérité « redécouverte » mais un concept. Elle n'est point contenue dans une civilisation antérieure, mais elle est le point de départ de la suivante, l'ensemencement de l'homme par une sorte de « cadeau » spirituel. (Elle est vraie tout au plus à un titre : le nombre est plus fort que l'individu. C'est un fait physique, mais ce n'est point au titre de cette divinisation de la force aveugle que ce concept est un gain spirituel, c'est au contraire au titre où il tempère la force aveugle : le faible doit être défendu contre le fort. Donc au titre où il n'est ni vrai ni faux, ni plus vrai ni plus faux que la justification de l'esclavage.) Et alors que peut contenir un concept utile d'égalité ?

Tout d'abord remarquons que s'il joue pour tempérer le pouvoir de l'individu sur les masses (gros industriel) il doit tout aussitôt, dès que les masses sont affranchies, tempérer leur pouvoir aveugle sur l'individu. Quand les masses guillotinent Bertholet* il n'y a point d'égalité.

Mais surtout s'il est utile de définir que la dignité humaine est universelle, que chacun a le droit de tendre vers une expansion à laquelle lui donne droit sa qualité intérieure, en quoi y a-t-il bénéfice à n'envisager de cette extension qu'une vérité en soi (j'insiste) de l'égalité au droit des individus une fois formés ?

La réflexion de l'anarchiste Garcia Olivera* est inadmissible. « Il n'y a point de raison, dit-il, pour qu'un grand peintre vive mieux que le docker car s'il peint mieux c'est qu'il a hérité d'un œil meilleur. Il n'a point de mérite à cela… » Comment penser mérite, sans penser religion ? Le peintre peint mieux, c'est un fait. Dans une société animale un lion est le plus fort et règne : c'est un fait encore. Dans notre société d'autres critères que ceux de force ou d'habileté interviennent car nous vivons dans un empire spirituel et le poète aussi constitue un capital. Mais le poète au service de la masse pourquoi ? Et pourquoi pas la masse au service du poète ? Parce qu'il faut tempérer le pouvoir du poète pour que la société humaine soit douce et que puissent naître les autres poètes. Mais non parce qu'un poète n'a point de mérite.

Il est possible que ce point de vue soit celui du fascisme. Mais le fascisme fonde, sur une économie fermée, sa civilisation. Il n'a point su opérer sa synthèse. Et il a défendu la sottise de Ford pour défendre le prestige, et les droits de l'individu.

Je puis écrire aussi « défense de l'homme contre la masse » et j'aurai raison. D'ailleurs, par extension, si l'on prend le nègre…

259 Une machine, dès qu'elle est périmée, devient laide (locomotive, auto, avion, phonographe, etc.) et cela n'est vrai que pour la machine.

260 Très important. La méthode et le but se confondent. Et, en effet, la distinction n'est qu'intellectuelle. Elle ne réside point dans la vie. Il n'y a point des buts mais des mouvements. Le but est symbole, d'abord. (En politique tous les buts sont les mêmes : essor, bonheur, bien-être, réussite.) Mais comme on se divise donc durement dès qu'il s'agit de la méthode…

Garcia Olivera disait : ce qui est petit devient grand. Une société de petits bourgeois tend vers une société de grands bourgeois.

La Rocque, quand il se laisse acheter par Dreyfus*, prépare une puissante défense du capitalisme.

261 Devant la zone : et c'est donc Dieu qui a créé le monde ?

262 Nous autres habitants de la Voie lactée… Combien aussitôt devient ridicule la vie de l'huissier.

263 L'homme d'aujourd'hui n'est pas sur celui des cavernes un progrès biologique mais conceptuel. L'éducation passe avant l'instruction : elle fonde l'homme.

264 Nous sommes étrangement soumis aux objets, sans doute à cause de la longue pédagogie publicitaire que nous avons subie. En cela nous sommes des barbares. En cela beaucoup de barbares — nous le sentons confusément — nous apparaissent comme civilisés.

En cela le recul religieux est un désastre qui nous démeuble notre monde spirituel (la semaine du Moyen Âge avec ses joies et l'année liturgique avaient un visage).

265 Je n'admire point ces hommes de servir le courrier mais je tiens au mythe du courrier parce qu'il forme de tels hommes. Et ces hommes, je les admire d'être tels.

266 On attaque les principes au nom de l'homme. Mais l'homme est tel à cause des principes qui l'ont formé. Ainsi chaque libération est destructive.

267 Il ne s'agit point d'être juste, mais de créer l'homme.

268 Problème de la considération. L'homme qui n'est point « considéré », il tue. Ceci est spécifiquement humain. Peut-être parce que le type des relations humaines créées est l'essence même de chaque civilisation. Celui qui ne joue pas le jeu : je le rejette hors de ma race.

269 Intelligence de l'homme dans l'acte déductif.
Paralysée dans la création conceptuelle.
(Et heureusement, sinon aucune civilisation ne serait durable.)

270 Une somme distribuée par le producteur, avant de revenir à la production n'a pu créer que des permutations qui ne jouent point de rôle dans l'économie.

271 La partie invisible, la seule : ce visage de la France que dessinent les routes campagnardes.... Révolutions, me recréerez-vous un autre visage ?

272 Voir si le concept à monter en épingle n'est point celui de l'égalité *a priori* de la valeur des stocks et du pouvoir d'achat. Tout le monde le sait mais personne ne s'en doute.

273 Dichotomie*… ce jeu est immoral en soi, ou plus exactement peu souhaitable. Mais ils deviennent sacrés d'avoir été joués, ces jeux, car une société s'est façonnée autour d'eux, et telle que, de ne plus les jouer, les hommes mourraient. (Les pharmaciens sont trop nombreux à cause de, précisément…) Alors obscurément le droit de vivre se présente aux hommes comme le plus sacré. Et la dichotomie qui donne le pain à leurs enfants leur paraît plus humaine que le point de vue du moraliste. Plus juste aussi. *La justice est l'ensemble des règles qui perpétuent un type humain dans une civilisation.*

274 Gide dit « le prêtre est mauvais ». Cette affirmation n'a point de sens. Il faudrait dire « le type d'homme du Moyen Âge est mauvais… » (Et moi je l'aimais avec sa semaine et ses chemins campagnards) ou encore « ce type d'homme est devenu contradictoire »…

275 Il faudrait rechercher la part de danse dans la vie même civile. Les chasses de Rambouillet, les décorations, la division liturgique de l'année, les mouvements des trains modifiés à Saint-Lazare selon des souvenirs bibliques.

276 Au paysan : on vous a acheté pour cent francs de blé l'année dernière. Or l'argent ne se crée pas, il circule. Si vous conservez ces francs-là, comment seront-ils disponibles pour vous racheter votre blé nouveau ?

277 Que signifie mission historique du prolétariat : je n'admets point ce finalisme.

278 Toute justice est arbitraire : celle de l'égalité — mais celle-ci flatte les larves.

279 Nos habitudes biologiques, mais aussi nos habitudes spirituelles.

280 Image simpliste (Andrée Viollis*) ces hommes animés dans l'ensemble par la plus basse envie, tendant à ruiner toutes valeurs qui les dépassent, tout standard qui n'est pas le leur. Dont quelques-uns, à peine, ont un sens de l'économique et du social, dont les autres n'ont sens de rien sinon la haine, même contre les leurs (destruction des blés). Et Andrée Viollis écrit « le miracle du peuple espagnol », les rebelles aussi attaquables qu'ils soient pensent plus en dehors d'eux-mêmes (« Espagne », « Église »).

281 Ce que je ne puis supporter dans l'« injustice », ce n'est point la non-soumission à tel ou tel rite. Il est toujours un rite en fonction duquel un acte est injuste. Ce qui me touche dans l'injustice c'est ce drame du langage. Le drame des communications humaines.

C'est que tel homme, parce qu'il a écrasé le pied de son voisin, soit réduit à ce geste, alors qu'il est pétri peut-être de délicatesse, de timidité… C'est que tel autre a écrit une fois « Vive la République » par noblesse d'âme (et par noblesse aussi il eût pu écrire le contraire) et n'est plus pour ses adversaires que ce seul mot. L'injustice c'est encore *Le Canard enchaîné* qui détruit les valeurs en ramenant l'homme à des signes algébriques. C'est le Pogrom. C'est, bien souvent, le drame conjugal.

Maintenir un homme en esclavage est cent fois moins injuste (demeure féodale où l'on se penche, serait-ce de haut, sur le petit drame du vieux serviteur — où on le « comprend »), que ces divisions humaines en orthodoxes et hérétiques. Je puis choisir comme coupure « riz et pruneaux » et la monstruosité paraît éclatante. Or ces concepts de divisions sont toujours aussi particuliers, locaux — inuniversels.

Rendez-nous l'Universalité de l'homme.

282 L'injustice ne réside pas dans les « états de choses ». Voir [Bark*]. « Il quêtait la faim qui n'est qu'une maladie et non l'injustice qui seule tourmente… » L'injustice c'est le garde-chiourme qui « méprise » son prisonnier, peut-être dix fois plus noble que l'autre. C'est Marie-Antoinette insultée.

Et on le sait bien quand l'on veut vexer, c'est-à-dire être injuste. On dénigrera le point même qui fait la noblesse de l'antagoniste.

283 Rendez-nous, disent avant tout les hommes, rendez-nous « l'éternité ». Nous sommes tellement glacés par cette découverte de l'arbitraire… de la danse qui n'est qu'un jeu… rendez-nous nos religions, serait-ce celle des fêtes de famille, des anniversaires, des patries, de l'olivier que j'ai planté et que mon fils cultivera — rendez-nous cela que nous sommes et qui dure au-delà de nous-mêmes. Permettez-nous de changer en pierres précieuses un corps périssable…

284 Vous n'êtes pas des hommes : simplicité tellement élémentaire de la caricature.

285 De l'homme je ne me demande pas « quelle est la valeur de ses lois » mais bien « quel est son pouvoir créateur » ?

286 La grandeur, l'efficacité des religions est d'avoir posé leur problème révolutionnaire après avoir fondé l'image de l'homme spirituel à atteindre. Cet homme, une fois créé, qu'il aménage son univers.

Les révolutions marxistes aménagent l'univers

sans tenir compte de l'homme que crée cet aménagement.

Divinité de l'objet.

Moi je ne trouve point cela grandiose : la Voie lactée, le grand silence galactique pour aboutir après des millions d'années à la « mission historique du prolétariat… » Il s'agit bien là d'une autre échelle.

287 Divinité de l'homme. Toutes les splendeurs accumulées dans la présentation d'un film de girls : cet or, ces corps, ces sourires, ces seins, cette profusion de plantes, ces cascades et ces miroirs…

… Puis le laid visage de Powell* qui apparaît et écrase tout.

288 La grande erreur de Beaucaire est, somme toute, une erreur « finaliste ». C'est parce que l'homme acquiert des concepts qu'il progresse — non parce qu'il progresse qu'il acquiert. De plus aucune solution n'est absolue : il n'y a point de signe défini qui puisse faire dire que le socialisme, dans son ensemble conceptuel, soit l'avenir. Un capitalisme justement pensé pourrait se sauver. Il s'agit de savoir non si l'on marche vers l'avenir, ce qui n'a aucun sens (et serait évidemment bien tentant) mais s'il y a avantage évident pour l'homme, à acquérir ce nouveau lot conceptuel (culte de la masse, liberté dans l'ordre des conventions, égalité de base au titre anarchiste, etc.). Y a-t-il « progrès » proprement dit dans l'abolition de l'esclavage. (Et non, certainement, au titre d'un faux finalisme.) L'histoire s'écrit « ensuite » et cela par définition.

Est devenu loi ce qui a été fondé par une pensée et une action forte : ceci explique pourquoi aucune prévision n'est possible et pourquoi cependant le passé est si clair. (Et ceci est particulièrement vrai de la science : comment n'a-t-on pas trouvé antérieurement $\frac{1}{R^2}$?)

La formule « il vaut mieux une mauvaise décision qu'une absence de décision » ne signifie rien. Une décision ne peut être mauvaise : elle crée bien ou mal sa vérité.

289 Il ne s'agit pas de savoir si je préfère l'homme libre ou non — mais si je préfère l'homme qui est libre.

290 Les statistiques de Bordaz* sur les salaires comparés à la production et dont l'indice décroît, sont fondamentalement fausses. Car :

1° Les salaires ne sont plus déversés dans l'industrie automobile par exemple, mais de plus en plus par exemple dans celle de la machine-outil, ou chez le professeur de mathématiques, etc.

2° Ils rentrent pour une part aussi — et de plus en plus — dans la catégorie « impôts » :

a) parce que le commissionnaire à bicyclette est remplacé, entre autres, par le téléphone, etc. ;

b) parce que le standard de vie augmente, le loisir aussi, et donc les activités désintéressées que, par le canal de l'impôt, les industries subventionnent. Ex. : Renault paie en partie l'achat d'un tableau pour un musée.

291 « Non pas pour mais contre… » ont dit une fois les surréalistes en tablant sur le but encore vague. Or c'est bien le contraire que je pense. Il faut créer la vérité et en dehors de cette synthèse les anciennes thèses deviennent fausses. Les anciens hommes ensemencés de nouveaux concepts deviennent liens.

Fusille-t-on tous les soldats en cas d'épidémie de « mauvais esprit » ? non : on les change.

Je n'admets point dans ces démarches cette croyance à la continuité de l'homme.

292 Breton confond le « secret » avec les rébus apparents.

Si j'ai un secret je le cache. Si je veux étonner, si je suis vaniteux, si, faute de vie intérieure et d'orgueil, je me juge selon l'effet que je produis, alors j'invente un laborieux petit rébus et je le montre.

293 De la création dans l'image poétique : si j'associe deux notions n'ayant pas de lien évident entre elles (et cependant point sans possibilité d'intercommunication) dans un même membre de phrase à articulation logique, mon esprit tend par habitude à se situer dans un univers où ce rapport arbitraire est validé. Cet univers ou plus exactement cette attitude intérieure vis-à-vis de l'univers est de plus ou moins haute qualité. Procure un plus ou moins grand bien-être. C'est la qualité de cet univers (ou de cette attitude) qui conditionne celle de l'image — et non chacun des deux éléments exprimés — et non la qualité du lien. On peut grossièrement comparer avec l'opération de l'esprit qui, à l'aide de deux images nécessairement liées par une identité présupposée, crée l'espace.

L'esprit analytique peut maintenant s'exercer et chercher à rendre compte du mécanisme intérieur. Il me faut beaucoup d'efforts pour démonter ainsi un monologue de Dostoïevski, et rendre compte de la logique ou plus exactement de l'unité des contradictions apparentes. Je ne suis jamais sûr de mon explication. Si elle me paraît valable c'est dans la mesure où je possède la caution de la réussite de Dostoïevski.

Mais par contre il est impossible de « prévoir » par l'opération analytique. L'essence de la vie est irrationnelle (ou encore maternelle). Je puis prendre la nature humaine comme maître de ma logique et non tenter l'inverse.

294 On crée l'Empire pour fonder l'homme.

295 Ignobles relations entre l'homme et l'objet. Également avec lui-même.
Hautes dès que le but le dépasse (divinité, patrie, peuple et même ceux de l'industriel : « la compagnie... »).

296 Il y a la ville visible, il y a la ville invisible. Il y a ce visage que dessinent les chemins campagnards avec leur respect des valeurs spirituelles (les routes desservent le prince).

297 Dès que l'on se dépasse, c'est l'universel que l'on atteint — et la grandeur de l'homme. Je ne sais point d'attitude haute qui se fonde sur le rationnel.

298 Je ne sais point atteindre d'autre vérité que symbolique et dans l'ordre de mon langage ce sont mes concepts qui sont vérité. Et je ne puis séduire rationnellement mon ennemi mais seulement le convertir. Lui faire toucher du doigt l'évidence non de la vérité — elle n'est jamais évidente — mais de l'homme meilleur ou de la nature plus claire qui peut en naître.

299 Conversation N. C'est le vocabulaire qui induit ici en erreur car il n'y a pas de lois historiques antérieures aux événements. Un arbre naît, croît, atteint la maturité et meurt. En apparence un art naît, croît, atteint la maturité et meurt. Et je puis croire qu'il s'agit, là encore, d'un organisme. Et, puisqu'il y a organisme, reconnaître à certains signes son état de maturité. Or j'aurais dû dire « commencement, milieu et fin » sans que la notion de milieu indiquât rien d'autre qu'un âge moyen dans le déroulement du phénomène. Il eût été reporté beaucoup plus loin si le barbare n'était point passé par ici. Un art peut-être semble se dissoudre par loi interne, les caractères de décadence pour une part semblent par exemple constants mais ils ne comprennent sans doute que ce qu'ont permis de définir les simples probabilités. Si un art meurt c'est que la civilisation qui l'entoure meurt. Il y a lien — mais d'ordre probable — entre l'art et le social. S'il meurt c'est après avoir craqué, s'être fragmenté, surchargé, être devenu contradictoire et avoir — par définition — dévié de la tradition. Et ceci ne constitue point une loi. Un tas de sable est — de par la probabilité — plus renflé au centre que sur les bords. Je ne puis rien tirer de cette science générale qui concerne spécifiquement le tas de sable. Ainsi de la météorologie type « systèmes nuageux ». Ils ne constituent pas plus un organisme que les séries à la roulette (séries de un, de deux, parfois de vingt ou trente). Et les séries, à la roulette, n'enseignent rien sur les nombres. Je ne puis reconnaître le nombre qui est moyen dans la série, sinon quand cette série m'est montrée.

Évidemment en remontant l'histoire je puis dégager l'enchaînement des causalités. Mais ces liens nécessaires entre les événements ne sont pas plus révélateurs que dans l'ordre des associations mentales. Je puis retrouver à la rigueur pourquoi ayant pensé miroir je pense aussitôt après à tuberculose. Mais la seule découverte créatrice serait de m'expliquer pourquoi, ayant pensé miroir, c'est à tuberculose et non à haute mer — qui la seconde fois m'est venu — que j'ai pensé d'abord. Si j'étais psychanalyste absolu et que toutes les circonstances me fussent claires, je saurais peut-être ici prévoir. Et voilà la loi. Je connais celle du développement de l'arbre et je sais pourquoi il doit grandir. Mais, dans le cas de l'art, elle m'échappe. Je ne sais que ce que la probabilité pure m'eût appris — et aussi l'enchaînement causal. Une coupe ne me permet pas de distinguer de la maturité la jeunesse.

Mais j'ai imposé à mon art un langage d'images pour des nécessités pédagogiques. J'ai feint d'apercevoir ici un organisme. Il s'agit de ne point oublier que c'est une feinte. Cet abbé du XVIIIe siècle résumait la biologie par l'image d'une maison. Elle comprenait cinq étages de cinq pièces et chaque pièce tant de meubles à tant de tiroirs. J'y rangeais aisément espèces et sous-espèces mais j'eusse été fou de chercher la cave. Ce n'est point par analogie, c'est *a priori*, que j'ai inventé ma maison. « Pédagogiquement. »

300 Où est donc la différence entre l'image de commodité (système nuageux, art-organisme, etc.) et l'image fertile. Sans doute est-elle aisée à définir. Je vais chercher provisoirement à cerner cette réalité.

a) L'image analogique se fonde sur sa faculté à former synthèse, à réunir les diverses parties d'un tout. Adéquate sur plusieurs points, cette qualité mystérieuse est de l'être aussi sur d'autres (mais ce n'est jamais une vérité. Il n'est peut-être là question que de degré).

b) L'image de commodité permet peut-être d'exposer, parfois d'expliquer. Jamais de prévoir.

301 Les lois nées de l'observation des enchaînements causals ne sont point des lois. (Section dorée*.) Il ne suffit point de les retrouver partout dans le passé. Il faut aussi pouvoir les appliquer à l'avenir.

302 Si elles ne s'appliquent point à l'avenir mais se retrouvent partout dans le passé voir « lois de probabilité » stériles. (Section dorée.)

303 Le marxisme propose une économie qui, pendant deux cent mille ans, a régi le monde, et permis la distribution. Ce n'est, sur un certain plan, que la renonciation au mythe provisoire de l'enrichissement.

304 Les vérités créatrices sont invisibles. Elles sont d'abord refusées, puis ensuite, devenant cadre elles ne sont plus apparentes et deviennent des évidences.

305 L'enfance, « les coups sur la tête », la religion, le sacrifice, autant d'actions pour, durement, sortir de ce petit animal un homme. Rien n'est meilleur pour former un André Breton que la famille d'André Breton, contre laquelle il s'indigne.

306 Chapitre « vérité et complexité ».
Européen-analogie,
pôle et système solaire,
images poétiques (salon, nation de rois),
graphologie.
On découvre la vérité en choisissant bien son vocabulaire en science comme en sociologie.

307 Création de l'homme ou respect de l'individu ? Mais si l'individu n'a point été fondé ?

308 Quand l'argent dirigé sur la banque ne peut acheter de machines neuves on achète des machines anciennes. Et les actions montent (1928) chaque krach est ainsi un facteur de prospérité. (?)

309 Remarque sur la création. Quand je prends une image poétique j'observe qu'elle est constituée en général par deux éléments dissemblables liés entre eux par une articulation d'ordre logique. Le lien peut être la comparaison et l'articulation le terme de comparaison. Mais ce n'en est qu'un cas particulier. La valeur de l'image ne réside point dans le choix en soi, des éléments. Aurore ou automne liés à amour n'est pas plus près de la poésie que bois ou pavé, « le bois retentissant sur le pavé des cours* » est un grand vers. Ce n'est pas non plus le lien qui est poétique. « Comme » n'est pas poétique. Ce n'est pas non plus le mélange (comme les symbolistes ont pu le croire) qui est poétique. C'est l'acte créateur et je m'explique.

Ces éléments n'ont pas un lien logique si évident que le terme de comparaison suffise à l'esprit. Il reste quelque chose d'inexpliqué dans cette conjugaison. Mais l'ensemble a été proposé comme logique à l'esprit, de même que deux images stéréoscopées, bien que dissemblables, ont été proposées comme représentant le même objet. L'esprit pour rétablir cette identité crée l'espace (ou la perspective). Dans le cas de l'image poétique, pour établir, pour valider le lien logique il crée aussi un univers. On se situe d'emblée, et sans le savoir, dans l'univers où ce lien est évident. Cet univers est total quoique non explicite. On ne sait même pas qu'il existe et cependant on le subit. Ou, plus exactement, on subit une certaine attitude vis-à-vis de cet univers non formulé et qui n'existe là derrière que comme caution. On est renouvelé, on fait partie d'une certaine civilisation neuve.

La valeur de l'image poétique est celle de cet univers latent et non celle des éléments ni de leur lien.

Remarquons tout de suite que la logique n'a point de prise pour saisir et expliquer cette création. Elle ne commence précisément que là où finit la logique. Dans la mesure où la logique valide la structure proposée il n'y a point création d'un univers. Là où la logique échoue déjà, commence la création.

Cette création, je le remarque aussi, peut avorter, soit par lien logique trop évident (et l'univers caution, et donc l'activité en face de lui, sont inutiles et ne naissent plus), soit par trop grand éloignement. Malgré le lien proposé aucune étincelle ne jaillit, l'écartement est trop considérable. Aussi existe-t-il décalage angulaire, au-delà duquel l'esprit refuse l'identité de deux images et ne crée plus l'espace qui l'eût validée.

310 Nous avons vu que la logique est incapable d'expliquer l'image. Elle l'est encore plus de la proposer. Cependant dans le premier cas elle peut faire illusion. J'ai lu un monologue de Dostoïevski. Je l'ai subi. Je sais qu'il est fort, par expérience, et qu'il charrie un univers. Cet univers que mon attitude me fait connaître. Je puis paraphraser sur lui. Je puis ensuite relier par une suite de discours logiques mes prémices *[sic]* et mon univers. Et j'aurai l'air d'avoir raison puisque je ne me serais point trompé. Partant de ce que le passage était beau j'aurai démontré qu'il était beau. Et rien n'est là pour me garantir que mes raisonnements n'ont point été absurdes. Ce que je sais *a priori* c'est en tout cas que ce matériel logique était *a priori* inefficace pour saisir l'objet à saisir, « l'explication de la création ». Puisqu'il n'y a, je le répète, création que dans la mesure où précisément est inefficace la logique.

Si même elle était capable d'expliquer comment le serait-elle de créer ? Je puis démanteler un corps, je ne crée point la vie en en rajustant les pièces, en choisissant de bonnes pièces, et en les rajustant. La vie c'est l'étincelle créatrice qui l'allume et aucune logique n'en rend compte.

La valeur de mon image n'a qu'une caution : son efficacité.

311 Introduire le temps dans la géométrie, n'est-ce point nier son espace S, du moins certains de ses attributs. Et si nous ne sommes pas libres au sujet du temps, nous ne sommes points libres non plus au sujet de la géométrie. La lune fait le tour de la terre, elle ne peut point dynamiquement faire un autre tour. Ceci est dû à la dimension du temps.

L'erreur est évidemment de différencier celle-ci des autres.

312 Mais alors dans le cas de l'électron, que peut bien signifier l'indétermination. S'il peut prendre plusieurs directions, ce n'est plus seulement à l'ancienne dynamique mais à la nouvelle géométrie qu'il s'oppose.

313 Évidemment, l'esprit dans les images, qui sont des termes de comparaison. Cependant l'esprit, s'il est vrai que les mathématiques naissent de lui, tire aussi de lui la métaphysique. Si je ne puis imaginer, je pourrai du moins « concevoir ».

314 C'est l'esprit même de nos questions qui nécessite l'introduction de ce temps différent des autres dimensions de l'espace. Je me demande qu'arrivera-t-il « après », et non quel est l'état éternel.

315 Calculer une fonction, et une même, est donc aussi une opération statistique. Mais c'est alors le sens de ces termes qui est statistique. Un grain de matière n'obéit à aucune géométrie. Mais quand ils sont plusieurs, ils obéissent.

316 La géométrie elle-même issue des probabilités. Ce n'est même pas la matière qui obéit à la géométrie. Par sa liberté même elle la crée.

Je reprends mon exemple. Je veux bien repenser ma géométrie, de telle façon que le temps se ramène à ses autres éléments — et sur le même plan. (Car la différence n'est plus que verbale. J'ai à répondre à la question : que se passe-t-il « après » et non, quel est l'état universel.) Mais alors l'indétermination de l'électron énonce l'indétermination *géométrique*. Les règles de la géométrie aussi sont statistiques. Et si un électron parcourt les côtés d'un triangle droit, la somme du carré des deux côtés n'est plus égale… Elle est quelconque. Ou autrement dit, ce triangle n'est point concevable, ou encore il n'a plus de sens. Il n'a de sens que parcouru par un assez grand nombre de particules matérielles.

317 Si je connais la lune, je n'en connais que des « états », des coupes dans « l'univers universel ». Et je définis sa *[un mot illisible]* par la différentielle d'états très voisins. Mais je ne sais pas autrement ce que signifie « mouvement » (position de même — ce concept n'a de sens que statistique).

Le temps serait le ciment qui rend le monde de discontinu, continu. J'ai besoin de croire qu'il est continu à cause du témoignage de ma conscience : la durée de l'objet.

Mais ce n'est pas particulier au temps. La suppression de toute autre dimension rend aussi le monde discontinu. Je n'ai plus alors que des coupes parallèles « d'états ».

J'ai besoin d'assez de dimensions pour assurer l'identité. Cette identité coïncide avec les « lois ». Si je dis « la lune tourne autour de la terre… », c'est une identité que j'expose.

Et je ne puis point garantir l'identité de ma particule élémentaire (évidemment si elle n'existe pas).

Ou bien est-ce que ma géométrie n'a plus de sens ? Il faudrait reprendre les axiomes en considérant l'électron. « D'un point, on peut mener une parallèle à une droite — et une seule… »

[Le carnet se termine par des numéros de téléphone et adresses en vrac parmi lesquels sont lisibles :]

Charpentier Ely 22-60
Aberbach 7 bis, rue du Louvre Central 60-50
Levy Odéon 02-50 75, rue Denfert-Rochereau usine : Alésia 22-36

CARNET II

1 Ils sont vulnérables ceux de gauche, sans doute avec raison. Quand D. remonte le gouvernement et constate qu'ils ne sont ni des tigres ni des cyniques, il en déduit par réaction : pourquoi abîmer ça ? Et cette réaction est saine car cela est admirable que précisément il admire. L'erreur est de confondre la qualité morale de l'homme avec ce qu'une éducation valable a néanmoins réussi, dans un certaine part, à tirer de lui. Et il défend certaines valeurs qu'il estime belles sans se rendre compte qu'en les défendant sous la figure de leur support, il défend en même temps la part d'abjection de celui-ci. Et aussi une structure sociale qui interdit l'extension de telles valeurs à un plus grand nombre. Lui aussi envisage l'homme « tel qu'il est ». Et, à ce titre, il est inutile de jamais proposer aucun changement, car un homme façonné par ceci est façonné de toute évidence pour ceci. Éduqué par douze heures de travail il l'est pour douze heures de travail, et son loisir n'est que paresse et absence. Il est moins grand dans son bas loisir que dans son travail. Oui mais précisément il faut changer l'homme et la seule méthode consiste à lui assurer d'abord le loisir. Dans le cas présent, D. découvrira facilement que le manœuvre est inférieur en qualité aux gens du monde et il le leur sacrifiera donc, oubliant que la révolution consistait à fonder chez eux une qualité humaine équivalente ou aussi élevée que possible et, dans ce but, à lui assurer les conditions d'un développement optimum. Quelles sont ces conditions ? Savoir si l'argent de *L'Humanité* vient ou non de Moscou n'est plus dès lors que de la polémique électorale. Je me refuse à attaquer la droite sous l'angle du financement des journaux.

2 Et en effet si la structure capitaliste favorise l'homme (où chaque représentant du capital joue un rôle d'État) je ne vois aucun inconvénient à ce qu'il règne plus visiblement — et instruise. Cela n'est choquant que si l'intérêt de l'homme s'oppose au sien. Alors me choquent presse et vénalité du parlement. Mais ce sont des problèmes secondaires. Si l'intérêt du capital n'est plus celui de la nation — c'est-à-dire de l'homme — alors qu'il cède la place à une autre structure.

3 Pensée d'un colonel* : « un aspect qui est une institution ». Je n'admets pas cette lâcheté dans le langage qui est une lâcheté dans la conscience. Où peut nous conduire cet invertébré ? On pourrait définir dans le style un principe d'identité qui doit se continuer sous les images. Une étoile est un astre. Mon opération peut être extensive — une étoile peut être un univers. Ou restrictive : une étoile peut être une fleur. Ou encore le mode de liaison sert avec cette fertilité que si l'opération proposée par le verbe ou le terme de comparaison n'est pas entièrement déterminée par la logique, elle me force à inventer un univers dans l'ordre duquel elle est validée, et c'est l'image poétique : « les évêques de la mer »... dont la valeur ne réside précisément dans aucun de ses éléments (termes et mode de liaison) mais dans la naissance d'un monde où cette attitude est valable.

Mais quand le colonel m'impose entre « aspect » et « institution » un mode de liaison qui définit l'identité, aucun univers ne la rend valable. Il ne reste qu'une incohérence sans direction. Le témoignage d'un mauvais instrument dans le crâne. Car les mêmes fautes de rapport, il les commettra dans la pensée. Une « économie qui est une morale » ! cette droite qui est... Ici je ne distinguerai plus un ridicule qui sera moins bien monté en épingle, à cause même de sa complexité, mais je saurai que sa pensée n'est pas conduite par ces démarches d'invertébré. Je n'en veux qu'un exemple : le colonel ne conçoit point que le but est commun à tous les hommes (harmonie, paix, ordre, prospérité, culture) mais que les divergences graves portent sur les moyens de les réaliser. Il ne conçoit pas que les moyens définissent le but réel car on fonde ce que l'on fait. On nourrit ce dont on s'occupe. Il n'y a point de démarches indirectes. La différence entre le but et le moyen est une distinction pédagogique valable après coup seulement. Si je prends dans l'histoire une tranche de temps, j'appelle moyen ce qui a précédé l'état final. Mais j'aurais pu découper autrement l'histoire et mon but s'y fût appelé moyen. (Confusion avec les organismes vivants dont quelqu'un d'antérieur a défini une évolution qu'il ne peut plus que répéter. Mais une période de l'histoire ne transmet pas sa nécessité évolutive.) D'où l'incohérence de ce pauvre homme : « Personne, plus que moi, n'est proche des communistes. Personne plus que moi n'est ennemi du capital. » Et il le croit. Mais toutes ces affirmations invertébrées n'ont point de sens.

Faillite de la dignite humaine chez les droites qui se choisissent de tels chefs ? Ou bien le contenu conceptuel des droites est donc si pauvre qu'il faut se contenter pour les célébrer d'un pareil chantre ? J'ai le droit de penser : ce que les Croix-de-Feu prétendent défendre est d'une grande médiocrité, car s'ils ont le besoin et le sentiment de la force, ils ne dirigent cette force vers rien qui me paraisse avouable.

4 Nous croyons que le monde doit d'abord être « pensé ».

5 Procès des socialistes.

6 Je visite, près de [Vorone*], cette ferme collectivisée et je me dis : voici vingt mille hectares qui m'apparaissent comme admirablement gérés. Le syndicat non seulement alimente les hommes qui le composent selon les services rendus, mais il fait aussi des bénéfices. Ces bénéfices il les étend à l'amélioration de son moyen de production. Mais voici déjà le vice du système : s'il dépense prix de revient, plus bénéfices, cela signifie qu'il fait travailler d'autres hommes que ceux qui ont part dans l'entreprise, car ces derniers sont entièrement figurés par le prix de revient. Et une certaine masse d'hommes qui travaillent au-dehors à la construction des machines agricoles, ou les maçons investis, au-dehors, à bâtir les murs, n'ont point de part aux générosités de l'entreprise. Les travailleurs de l'entreprise sont fictivement choisis parmi ceux qui réparent et non point bâtissent les machines agricoles alors que ces derniers et qui, pour une certaine part, travaillent exclusivement pour l'entreprise, sont peut-être les plus nombreux, car plus le machinisme se perfectionne, plus les salaires réels sont distribués à l'extérieur de l'entreprise (centrale électrique se vend entièrement automatique) : exemple limite où le prix de revient intérieur est nul, où le syndicat exploitant se réduirait à un seul homme et concourt réellement à la fabrication de la voiture (et se trouve figuré dans son prix de vente), le professeur de mathématiques qui forma l'élève ingénieur qui calcula la machine-outil, le chef de gare qui pour une fraction de temps travailla au transport de la matière première, l'agent des P.T.T. qui assura la liaison entre matière première et industrie, le gendarme qui les protège, le soldat qui les défend, etc., à la limite c'est l'ensemble des hommes qui aujourd'hui concourt à l'établissement de la voiture. Il est arbitraire et fictif de ne lui associer que le groupe réduit qui en surveille le montage, ou bien il exploite tous les autres hommes du territoire.

Si les bénéfices étaient employés à forer ailleurs des puits de pétrole, le problème serait plus simple encore et, en effet, le syndicat deviendrait ici capitaliste puisque d'autres hommes que ceux qui ont réalisé les bénéfices travaillent au profit de ceux-ci. Pour qu'un syndicat agricole possède quelque part des puits de pétrole.

Et cependant il faut que sur ce territoire les puits de pétrole soient financés. (De même que l'outillage doit être amélioré.) Or le propriétaire féodal assumait autrefois ces charges. Collecteur de l'argent issu de l'achat des produits, il le divisait en trois parts :

a) salaires,

b) entretien personnel (acquisition du standard de vie),

c) acquisition de la maison.

Or la propriété nominale, pour lui, de la nouvelle usine, ne posait en soi aucun problème neuf. Le seigneur jouait le rôle d'un petit État et, dans la mesure où son profit équivalait à un traitement, il gérait son affaire au mieux des intérêts de la nation. Or personne n'hérite de la charge de forer des puits de pétrole.

[Dans la mesure où le capital est gérant… et c'est bien le cas (trois générations et les droits sur les successions), impôts (valeur locative de la charge), limitation enfin de la liberté (lois sociales, salaires officiels, etc.).]

Dans l'ordre du standard de vie lui-même, le capitaliste assumera une charge. Quand il s'est habillé, logé et nourri, quand il a acheté une voiture (le jeu qui est une permutation grevée d'une lourde restitution — cagnotte et impôt — à la collectivité, ne joue aucun rôle dans l'économie. Sauf le désordre possible. Le jeu n'est point une « dépense »), il achète alors des tableaux c'est-à-dire entretient l'armée des peintres comme d'ailleurs celle des ébénistes, des céramistes, des artisans du livre de luxe, de tous ceux dont le fruit du travail ne peut être réparti entre tous. Car si je peux distribuer à tous le pain, je ne puis distribuer le caviar ni le Claude Monet. Il faut que les privilégiés l'achètent. Ce peut être l'État, mais pour l'instant le seigneur féodal assumera cette charge.

Il m'est d'ailleurs indifférent d'apprendre qu'il achètera en général de la mauvaise peinture, car pour que de grands peintres naissent, il faut que beaucoup de peintres vivent et donc vendent leurs œuvres. C'est la thèse même de la gauche sur [la sélection] plus universelle que celle d'une caste.

Mais bien plus : il m'est également indifférent, tout au moins partiellement, que les tableaux ainsi créés soient entreposés chez lui (et ils ne sont qu'entreposés pour trois générations : droits de succession). Je puis considérer d'une part ce luxe comme la récompense d'une bonne gérance, mais surtout la civilisation repose non sur l'accès plus ou moins facile des musées, mais sur le nombre des peintres qui peignent. Sur l'activité de la peinture et l'enthousiasme des écoles. Soit un Médicis*, cet enthousiasme est.

Cet argent dépensé pour le luxe des œuvres d'art ne réduit le standard de vie sur l'ensemble du territoire que dans la mesure où les peintres, vivant sur le stock des objets, créent de la peinture au lieu d'objets. Reprocher à Renault de « gaspiller » l'argent à acheter de la peinture (d'exploiter les ouvriers pour la peinture) revient à regretter que sur ce territoire l'activité des salariés ne soit point purement matérialiste. On ne pourrait regretter valablement — mais combien ce serait secondaire ! — que cet entrepôt momentané de la peinture chez Renault plutôt que dans les musées publics, où automatiquement elle aboutit après trois générations (legs et ventes dues aux successions).

Or, le syndicat qui a remplacé ce seigneur n'assume pas non plus cette charge. La ferme pour ainsi dire n'alimentera plus le livre. Elle ne forme plus de fleur de civilisation au sommet de sa tige. (Outre qu'il s'agit d'objets de luxe, c'est-à-dire non distribuables à tous et qui donc n'intéressent personne — le peuple s'intéressera plus au pain qu'au caviar —), les membres de ce syndicat ne pourront véritablement [désirer alimenter] que ce qu'ils seront en mesure de comprendre (mais ceci étant discutable et secondaire, je n'insiste pas).

Donc le syndicat n'a point de sens intéressant.

a) il est un capitalisme vrai,

b) le capitalisme sans vue large est enfermé dans son domaine industriel et ne peut diffuser,

c) il n'hérite pas des charges spirituelles du capital.

Dans le système communiste, l'État joue le rôle du seigneur féodal et alimente la civilisation. Mais alors, autre inconvénient grave et sur lequel nous reviendrons (et que l'U.R.S.S. semble faire craindre) : unité de doctrine (mille mécénats favorisent toutes les tendances, l'État une seule : création vraie murée. Frein surtout à la création conceptuelle qui s'oppose par définition au système en cours. On tirera — et mieux peut-être — tous les fruits des systèmes en usage, puis on ne progressera plus. Où vont les mécènes secondaires, et qui aurait alimenté en U.R.S.S. Breton ou Aragon* ?).

Enfin l'ensemble des seigneurs féodaux, de leurs valets, de leurs administrateurs (de leurs plaisirs), grèvent-ils plus la collectivité (une fois prélevée leur part de stock, reste-t-il moins à distribuer) que ne la grève l'administrateur russe ? La critique de Trotsky n'est-elle point une critique non de Staline mais de la révolution elle-même ?

7 En fait dans les activités les plus urgentes (nourriture, vêtements), le capital retranche peu. De toute façon, cette perte doit se mesurer au prorata des populations. Quelle est la population d'hommes qui travaille exclusivement pour le capital. Elle seule définit la perte, car ils eussent fabriqué des objets. Mais de toute façon cette activité-là n'est pas entièrement perdue car elle représente pour une part la civilisation (qui n'a rien à voir avec le bénéficiaire, le dépositaire momentané).

8 Donc une méthode : j'ai un million de revenus. Si j'avais 20 000 francs, revenu syndical, j'échangerais mon travail directement contre un autre travail et personne ne travaillerait pour moi. Mais si je dispose d'un million (moins 20 000 que j'échange), j'ai 49 hommes qui travaillent pour moi. Qui sont-ils ? Que font-ils ? Qui les prendrait en charge ? Y a-t-il intérêt pour la civilisation à ce que leur activité se change en fabrication d'objets usuels (qui seuls conditionnent le standard de vie de l'ensemble des travailleurs). Il est à remarquer ici que cinquante ou cent hommes ou deux cents travailleront pour Renault, non quarante mille !

9 Le problème véritable est posé par cette masse d'hommes (et qui n'a plus de sens humain) due au déracinement par la machine. Évadés de leurs traditions et extérieurs aux cycles naturels dans ce monde déjà sans forêts. Produire et consommer de la matière n'est point ce qui peut leur suffire. Sens à leur vie.

10 Supposez que du jour au lendemain ces 2 000 Renault, utilisant chacun 50 domestiques, disparaissent (et « l'argent » de Renault partagé). Ces 100 000 domestiques pourront être virés vers la production. Et le standard de vie sur le territoire accru environ de 1/100e. Mais tout d'abord sur ces 100 000 domestiques, combien de peintres, d'ouvriers d'art, de poètes, d'orfèvres, dont la disparition serait une ruine pour la civilisation et qu'il sera urgent, par une autre forme de mécénat, de sauver. La distribution du fruit de leur travail n'étant pas de celles qui augmentent le standard de vie (quantité mesurée des valeurs purement spirituelles), la disparition des Renault ne fera qu'avancer (car cet acheminement se fût nécessairement produit) l'exposition de leurs œuvres dans le musée (le musée est parfois réalisé d'emblée, tel le palais au point de vue architecture, telle l'œuvre théâtrale dont on a financé la mise en scène, tel le livre à tirage restreint qu'autorisent les grands papiers — sans lesquels son édition est impossible —).

Un autre groupe d'individus qui vit aussi de ce mécénat et si directement indispensable à la société, quoique inutile au mécène (laboratoire pour le cancer, institut Rockefeller, etc.), Renault joue ici si exactement le rôle d'un État que la substitution d'un mécène à l'autre s'avérerait tout à fait invisible et n'entamerait même pas une propriété nominale qui ici n'existe pas. (Elle n'eût existé que pour le tableau ou le diamant.)

Restent les basses dépenses de L. Renault. Celles qui touchent les objets distribuables à tous les hommes. Un maraîcher travaille pour lui, et un tailleur et un berger pour produire la laine de ses vêtements. Mais comme sous une autre forme Renault subsiste, ces hommes ne sont point libérés. D'ailleurs ils se réduisent à moins d'un homme (puisqu'on mange et s'habille avec des recettes standard, donc à échange à égalité).

Une faible fraction de ces cent mille hommes se trouverait donc seulement libérée. Mais ils n'accroîtraient pas encore le standard de vie dans la proportion de leur nombre à la masse des travailleurs. Il faudrait auparavant que, par une sorte d'osmose sociale, ils se transforment en producteurs et donc acquièrent une éducation technique puis reviennent à s'embaucher (2 ans).

11 C'est là qu'il faut considérer (on l'oublie toujours, pourquoi ?) le budget personnel de Renault. On verrait que le jeu par exemple n'est point ni dépense réelle ni gaspillage et ne pose qu'un problème moral. On verrait que le voyage par exemple revient à la communauté, car le chemin de fer — en partie service public et qui fonctionne sans rapporter son prix de revient — qui serait, par l'État, maintenu même vide sur les voies ferrées, prélève sur Renault un impôt auquel n'aurait point répondu une immobilisation humaine correspondante. Renault ne peut ici, au maximum que donner sa place à un autre homme. Qu'un autre individu B ou non occupe sa cabine de transatlantique ne modifie en rien le standard de vie de l'ensemble de la nation. Or, une part élevée de ses rentes, Renault la verse ainsi à l'État au lieu de faire travailler pour lui plusieurs hommes.

12 Plus clairement encore, s'il est possible, il convient de garder les hommes du faux espoir.

13 Ce n'est point par voie simple que la révolution prépare l'accroissement du standard de vie. Celui-ci n'est, en gros, lié qu'à la valeur de la technique, de la richesse naturelle et de l'équipement du territoire, lié aussi à la politique des naissances. Le standard de vie diffuse alors, en gros, comme il sied (Amérique capitaliste plus « prospère » qu'une Russie marxiste).

Mais le capitalisme aboutit à des impasses qui limitent cette production même, ou à d'énormes travaux humainement stériles tels que les armements (budget !). Ceux-ci amputent autrement plus le standard de vie national que les bénéfices de L. Renault. De plus ils n'offrent point, en contrepartie, l'exaltation des activités de civilisation. L'esthétique d'un canon reste médiocre. Enfin ils fondent une morale et une échelle de valeurs qui nuit à la spiritualité qu'ils prétendent défendre. La belle morale était celle du XVIe siècle. Le socialisme réel peut y ramener l'homme. Je reviendrai plus loin là-dessus.

14 Séparer les problèmes toujours mêlés : économie (science de la distribution), organisation industrielle (science de la production aux moindres frais, c'est-à-dire au rendement optimum), montrer qu'ils n'ont point de liens.

15 Ceci est un cas général : l'homme façonné par les huit heures l'est pour les huit heures, de même que l'homme façonné par les valeurs chrétiennes l'est pour ces valeurs chrétiennes et retrouve partout des signes de Dieu. Mais qui ne prouvent rien pour un autre.

Quand le missionnaire s'adresse à l'islam, il cesse de prononcer des évidences.

Une seule démarche : faire naître et donc faire goûter. Ensuite je préfère l'un ou l'autre. C'est la démarche même de la science : mon point de vue simplifie-t-il ou non l'univers ? Et si j'invente une géométrie que rien d'objectif ne m'impose, ni ne me démontre, pure création de mon imagination, je la prends pour explication si elle me simplifie le monde. Et ainsi de la classe de Marx.

16 En fin de compte parallélisme entre l'équipement et le socialisme. On peut prendre ici l'effet pour la cause. Il est en tout cas déjà troublant que les progrès du standard de vie du travailleur, dus en apparence à l'efficacité croissante du socialisme, aient été si rigoureusement parallèles à celui de l'équipement (et maximum aux États-Unis où l'équipement était maximum et le socialisme minimum).

Si socialisme progressif signifie abaissement progressif du bénéfice du capital, il accompagne peut-être simplement un fait concret qui se fût peut-être produit de lui-même. Au titre où le capital constitue un état, outre les salariés qui travaillent à la production, il entretient ceux qui travaillent à l'édification des industries futures. Pour qu'il entretienne deux hommes quand un seul produit, il faut qu'il vende le fruit du travail au double de son prix de revient. Et ainsi le bénéfice qu'il prélève est incessamment dans un rapport simple avec le potentiel d'industrialisation du monde. Quand ce potentiel décroît (quand décroît le rapport des salaires aux industries futures aux salaires aux industries en marche), le bénéfice qui perd son sens tend peut-être naturellement à décroître. (Concurrence, ou cette nécessité de maintenir le pouvoir d'achat des travailleurs qui a pu aboutir même, dans le cas de crédit, au don gratuit de ce bénéfice trop perçu.)

Le bénéfice vrai du capital qui, amputé de la part

entretien, était toujours réinvesti, consistait en effet non tant en la « possession » (car nominale et grevée d'impôts et de charges) qu'en la gérance de ces nouvelles industries. Le bénéfice n'était point de l'argent liquide mais de la puissance. Cette puissance ne jouait de rôle dans l'économie qu'au titre où le Capital-État abusait de son pouvoir pour exagérer de nouveau ses bénéfices. Cependant, pour maintenir le pouvoir d'achat, il était amené à créditer et à restituer s'il ne savait plus réinvestir et n'osait pas amplifier brusquement son propre standard de vie.

En fait beaucoup de facteurs ont dû jouer dans ce sens. Puisque le décalage aboutissant à des bénéfices exagérés n'a jamais correspondu à l'exaltation du standard de vie du capitaliste, mais bien à des restrictions de ce standard.

Le socialisme qui hâtait peut-être cette équivalence du bénéfice monétaire et de son sens concret n'est peut-être que la divinisation, la verbalisation d'une pente naturelle des événements, due à de nombreux facteurs — indépendants de Monsieur Marx.

17 La banque privée qui « gère » la société anonyme, ou la bureaucratie soviétique qui gère la même industrie… point de différence de nature. Ni l'une ni l'autre n'ont la propriété des moyens de production. Leur moralité — ou immoralité — peuvent s'équivaloir.

18 Unique différence : la direction du pouvoir d'achat particulier qui ne peut en U.R.S.S. tendre en aveugle à acheter ce qui n'existe pas.

19 Le capital lui-même se découvre « égoïste », beaucoup l'avouent, mais c'est dans la mesure même où le bénéfice perd son sens. Cet égoïsme est neuf. Et le sentiment neuf de cet égoïsme neuf est l'un des facteurs qui fait pencher vers un socialisme de fait (anéantissement progressif de la rente et du bénéfice). Et cela indépendamment du combat [politique] socialiste.

20 Père Sertillanges, comment prétendez-vous nous séduire en nous injuriant ? Comment prétendez-vous nous convaincre en nous traitant d'emblée comme des enfants que l'on morigène ? Du haut de votre orgueil vous taxez d'orgueil ce qui établit notre dignité, d'orgueil et de désir de « stupre ». Ignorez-vous donc que les conditions de nos connaissances depuis le Moyen Âge ont bien changé ? Ignorez-vous donc que nous considérons comme un lâche dans la démarche scientifique quiconque pour sauver une théorie qui lui est chère refuse de la soumettre à une critique serrée des faits et de l'histoire ? Nous savons être probes même s'il en coûte à notre paix. Nous avons accepté pour discipline de toujours distinguer le légendaire de l'authentique et le document de l'hypothèse. Les adversaires de Pasteur, vous les avez reniés avec nous. Et brusquement dans l'ordre des choses qui touche non seulement les commodités de notre vie mais son sens même, qui engagera tous nos actes et presque nos mouvements les plus intimes, vous tonnez contre nous lorsque nous hésitons gênés au seuil de votre église, désireux à la fois de servir encore la vérité et de rester enchantés par les fables.

Vos preuves qu'en ferions-nous ? Fondés par le christianisme — et nous le savons — nous le sommes pour le christianisme. Nous savons que nous retrouverons Dieu dans nos besoins, notre morale en apparence spontanée, sur nous-mêmes, sur l'univers. En analysant notre propre pensée, nous savons bien que nous retrouverons, si nous avons le don de voir, les concepts mêmes qui la dirigent. Et nous l'appelons vérité. Oui mais vérité en dedans et non en dehors de nous. Dieu est vrai mais créé peut-être par nous.

Ce sont nos inquiétudes qu'il eût fallu calmer, Père Sertillanges. Elles sont le fruit non de nos vices mais de notre noblesse même. La contrainte morale ne nous gêne point, nous l'appelons de tous nos vœux, nous savons bien qu'il faut de dures lois pour pétrir des êtres forts. Cela nous aiderait, pour nous y soumettre, que l'on inventât un Dieu. Non tant à cause des récompenses promises — car la première, la seule qui pour nous compte, est de grandir — mais pour donner avec amour, pour encenser de nos sacrifices nécessaires l'idole dont nous sommes privés. Trop tôt sevrés de Dieu à l'âge où l'on se réfugie encore, voici qu'il nous faut lutter pour la vie en petits bonshommes solitaires.

Il eût fallu, puisque vous accordez à la révélation tant d'importance, nous dire pourquoi vous n'en accordez plus aucune aux témoignages qui seuls nous l'ont transmise. Pourquoi il nous faut croire à la résurrection sur des documents dont les auteurs sont inconnus et dont pas un n'a vécu du vivant du Christ. Pourquoi, quand votre Église insiste tant sur l'histoire, sans importance, de Jacob*, elle insiste si peu sur la genèse des évangiles, le choix qui a présidé à leur sélection, les mobiles de certains refus. Puisque cette authenticité même est la clef de voûte de votre Église.

Il eût fallu nous dire pourquoi la «pétition de principe» que partout ailleurs nous considérons comme indigne d'un homme qui respecte la pensée, et qui vous indigne autant que nous quand vous la démasquez chez vos adversaires, devient dans votre église, si brusquement une qualité faite d'humilité et d'obéissance ? Le choix des évangiles est certain, parce que les conciles qui y présidèrent étaient infaillibles. Ils étaient infaillibles parce que parlant au nom du dieu des évangiles. Mais ce dieu-là n'est démontré qu'autant que ce choix fut certain.

Et que faites-vous des contradictions ? (visitation, résurrection, etc.) qui tout au moins entachent de faiblesses humaines un document d'ordre divin. Et que faites-vous des citations de mauvaise foi et destinées à faire cadrer après coup le Christ avec celui qu'annonçaient les prophètes ?

Et que faites-vous des positions de repli et des changements de ton successifs de l'Église ?

Je sais bien comme vous répondrez. Vous prendrez des affirmations contradictoires et vous chercherez leur commune mesure. Vous appelez dogme celui-ci et vous me direz : « N'est-ce pas admirable que ces affirmations coïncident dans l'ordre de cet univers ? » Mais moi qui savais à l'avance cette opération possible, qui la vois réussie tous les jours par les délirants quand ils ordonnent judicieusement l'univers pour démontrer leurs lanceurs d'ondes, j'ai le droit de rester troublé.

Et je sais bien que je ne convaincrai personne. Car il n'est point de vérité, ni d'erreur.

21 Il est peut-être très important dès maintenant d'étendre ce relativisme du scientifique au spirituel. Et tout d'abord je ne vois aucune raison pour que les démarches de l'esprit humain soient essentiellement différentes.

Ma théorie scientifique n'est qu'un langage. Si la nature m'offrait ses évidences bien établies à la façon d'un livre à lire, il serait bien étrange que sous Babylone l'observation ne fût pas venue à bout de tels secrets.

22 Je ne veux pas m'indigner contre les hommes. Ils sont ce que les fait le système qui les régit. Je ne veux pas m'indigner contre les tares de ce système, car s'il dépend d'elles d'exercer contre les hommes une pression dans la mesure de leur pouvoir, de les enflammer ou de les contraindre, leur efficacité ne vaut pas celle de conditions favorables où les hommes naissent d'eux-mêmes et ensemencés par certains concepts dans le sens le plus souhaitable. Il ne s'agit point là d'une démarche d'autorité, mais d'une opération créatrice.

Ainsi je ne réprimerai pas la corruption, même si je fusille, tant que les puissances de l'Industrie trouveront un intérêt vital à corrompre. Latécoère* doit livrer ses commandes et achever un matériel qui immobilise de ruineuses équipes. Cet allégement dépend d'un papier. Celui qui détient ce papier, s'il peut le garer impunément détient une occasion de chantage qui, si l'on considère l'homme qu'il est et son rôle, devient tout à fait disproportionnée et (statistiquement) le tentera une fois. Un sous-fifre de ministère tient dans les mains le sort des quarante mille ouvriers Renault. Ceci est immoral. On peut bien ensuite attaquer l'homme et le blâmer, il n'a été que le théâtre d'un effet qui devait tôt ou tard se produire. Lui ou un autre, cela n'a aucune importance. Il faut non seulement qu'il y ait des responsables, mais que la responsabilité soit visible et contrôlée.

Quant à Renault ou Latécoère, s'ils paient, ils remplissent en quelque sorte leur devoir d'état qui est de produire leur matériel. Mais ils ruinent, pour créer, la morale des hommes. Et c'est payer cher un avion nouveau.

Il y a donc à réaliser une création conceptuelle. Cette opération est toujours difficile aux hommes. Mais elle semble l'être particulièrement dans l'empire administratif. Administration romaine, code romain. Administration napoléonienne, code napoléonien. Il y eut bien plus de créateurs vrais en physique mathématique.

Si Rosenthiel* voit s'enliser dans les bureaux les expériences de son scaphandre et qu'il cherche les causes de l'échec, il découvrira des jalousies, des combines, des corruptions, des défiances, autant d'effets qui ne sont point des causes vraies. Qu'il oublie donc ce que sont les hommes, qu'il ne demande pas au ministre de sévir contre ce qu'ils sont, qu'il ne lui demande même pas de réorganiser ses bureaux dans l'ordre d'une stratégie superficielle, de fonder un institut des recherches qui sans doute existe déjà. Il ne s'agit point des recherches. Le vice dont Rosenthiel se plaint dans l'ordre des recherches n'est qu'un aspect local d'un vice qui joue ailleurs et pourrit aussi bien la commande de Latécoère.

Peut-être est-ce le suivant. L'administration était d'un type napoléonien. Elle a pour caractéristique la perfection d'un système qui peut jouer seul et indépendamment des hommes. Elle encadre parfaitement une époque étale, elle assure même le bon fonctionnement des services publics qu'elle régit, en toute indépendance des défections, ou même des (corruptions) particulières. Mais sans doute n'est-elle pas valable pour la création. La création est un choix perpétuel et non un développement logique prédéterminé. Il n'y a point ici de finalisme. Si la création de l'aviation et son développement étaient contenus dans la graine et fondés sur des liens de cause à effet inéluctable, la machine pourrait suffire à cette germination et à cet épanouissement futur, à la façon d'une couveuse artificielle. Mais il n'est point de vérité. C'est Mermoz qui a fondé la vérité de l'avion à roulettes* transatlantique, et le docteur Ekener* celle du Zeppelin. Une fois de plus le finalisme, concept de droite, devrait bien être répudié par cette gauche qui parle monstrueusement, en se contredisant elle-même, de la mission historique du prolétariat (j'ignore quelle est la mission historique de la première cellule vivante, ce point de vue est strictement religieux). (Entre parenthèses : je sais que la conscience se surmonte elle-même. Elle réalise chaque fois la synthèse des contraires par une opération créatrice libre. Libre — et non déterministe. C'est ici le déterminisme qui est religieux, car l'éléphant tout armé de ses milliards de cellules harmonieusement disposées et de ses organes miraculeux eût été contenu dans le germe initial, donc préconçu par la nature. Mais cette liberté à chaque échelon à la fois explique la continuité de progrès et refuse cette préimage. L'explication de l'éléphant serait la conscience. Peut-on ne point la considérer aussi comme évolution ? Et déjà vie, infiniment rudimentaire dans l'infusoire ? N'est-ce point peut-être la clef du mystère de la vie ? N'en retrouverait-on point les signes dans ce choix qui reconstitue la cellule, cette discrimination n'est-elle point l'opération essentielle de la conscience. Reconnaître autour de soi ce qui est soi, et le séparer de l'étranger pour coloniser l'univers. Revenir plus tard là-dessus.) (La liberté sauve du finalisme.)

Il n'y a rien à espérer du finalisme interne de l'aviation et de la couveuse artificielle qui suivra sa germination, l'encadrera, en rendra compte, en un mot l'administrera. Car alors il ne naîtra rien. Il faut que le choix intervienne. La conscience, l'opération créatrice de l'homme. Il faut que le ministère de l'Air repose sur l'homme. Il faut que l'administration soit du type « fasciste », et ce n'est point un paradoxe de soutenir que cette forme, la seule, est de gauche. L'autre est napoléonienne !

23 Déterminisme et finalisme. On a l'habitude de les opposer car le déterminisme qui enchaîne les effets aux causes ruine l'idée de liberté (qui est ontologique*) et le finalisme* au contraire qui préconçoit le résultat dans la cellule originelle implique une conscience supérieure ou antérieure (un acte de (libre) volonté). Mais quel que soit le monde transformiste si je considère mon astre récemment refroidi du même regard dont je considérais une graine, puis le lendemain ce même astre chargé d'éléphants cohérents et d'oiseaux, tout se sera passé pour moi comme si ma graine avait germé, comme si l'éléphant préconçu dans cette graine originelle y était éclos. Si je demande maintenant à l'observateur témoin la différence qu'il découvre entre l'éléphant enfermé dans l'astre et l'autre enfermé dans la graine (processus dont on admet qu'il est finaliste puisqu'il répète une expérience antérieure, ce finalisme n'impliquant donc point de conscience extérieure au processus), il me répondra que dans le premier cas j'escamote le temps, mais du point de vue cosmique j'ignore moi si le temps de cette genèse fut long ou court. Cette appréciation sentimentale ne joue aucun rôle dans l'affaire. Il me dira encore et plus valablement la sélection réalisée sur les variations mutationnelles. L'éléphant-probabilité a été séparé de tous les rameaux avortés possibles. L'éléphant a été taillé mais l'argument est faible car dans le passage de la graine à l'arbre, j'ignore le nombre des processus physiologiques ou chimiques qui avortent (branchies de l'embryon humain). Le triomphe du déterminisme sur le finalisme ne serait-il donc dû qu'en un plus ou moins grand nombre de ces démarches ? Le passage de la graine à l'arbre s'est peu à peu dépouillé de tous les rameaux qui avortent et l'expérience axiale demeure seule répétée mais cette sobriété suffit-elle à définir le finalisme ? Je vois un œuf, le lendemain je vois la poule. Quoi qu'il se soit passé à l'intérieur de cet œuf, je dénomme finalisme un tel développement. Je vois l'œuf [Terre], puis le lendemain l'éléphant et j'invoque le déterminisme.

24 Nécessité de définir « l'homme est créateur », de définir la différence entre la politique qui fonde son contraire et la conversion qui ne le fonde pas, parce qu'elle est de l'ordre d'un langage.

Seul drame pour l'homme : la confusion.

25 Fonder, dit Maud'huy*, un parti fort pour arrêter le communisme en marche, quand ni le communisme ni son contraire ne savent ce qu'ils sont.

26 Seule direction de l'éducation : le style. Ce n'est point le bagage qui compte (instruction) mais l'instrument de préhension. Mon grand-père atteint par quelque deuil exprimait mieux les (conditions) de son chagrin, c'est-à-dire les vivait mieux. Ainsi dans la recherche scientifique : si je définis mieux ce qui échappe aux précisions, je les vois mieux. Voir et définir ne font qu'un. Donc enseigner à définir c'est enseigner à voir. Or définir l'objet c'est trouver le mot qui convient, et définir la relation c'est construire la phrase. Ces relations vont justement à l'acte créateur de l'homme. (Même celle du soleil [au soir]. Je pouvais aussi prendre l'heure qui fait en même temps coucher le soleil et s'épaissir la nuit. Et au titre philosophique ce ne serait point faux. Mais si je prends le soleil comme cause, mon langage général s'en trouvera plus simple, car encore la lune s'éclaire et chasse le soleil. Mais quelles relations compliquées !)

On oublie aujourd'hui ce problème fondamental qui fait partie des problèmes moraux. Car le style, c'est l'âme. Et l'on ne crée cette âme qu'au titre où l'on se forge un style. (Le paysan a un style ?) Aujourd'hui on instruit mais on n'éduque plus. Et l'homme qui ne sait même plus construire son chagrin devient une bouillie. (On pourrait dire aussi : « Prendre conscience c'est acquérir un style. »)

27 « Trouver des raisons » c'est déjà créer. Quand j'établis ma vérité comme Mermoz la sienne (appareils terrestres*) quand j'expose mes « raisons » celles que je trouve sont déjà méthode et instrument de préhension.

28 Dans le style il y a la démarche et c'est elle qui est action. Si je dis « cette masse attentive » j'exerce mon pouvoir créateur car j'ai introduit par l'idée de masse la notion d'une structure épaisse et matérielle. Enfin je l'ai animée en lui prêtant cette attention. Et j'obtiens une sorte de protoplasme* élémentaire qui déjà s'éveille à la vie. Mais si je dis « cette masse qui attend », la qualification passe au second rang. C'est l'action qui va compter d'abord : je détourne les yeux de l'objet qui agit puisque je ne reviens pas sur lui en le qualifiant, c'est cette masse telle qu'elle est qui attend. Quand cette fois ce mot « attendre » me frappe par son impropriété même, je ne construis pas un univers dans l'ordre duquel elle devient vérité puisque rien, dans la phrase, n'aura permis de prévoir que j'aurais le droit de modifier le sens de masse (je m'attends à le modifier à l'instant même où je vais le qualifier. Je ne m'attends plus à le modifier si, cette notion posée, je vais seulement la relier à une action).

Cette assertion essentielle repose non sur les deux notions que j'introduis mais sur le recoupement qui exprime (qui détermine et unit) l'ordre de rapport que j'ai choisi.

29 J'ai au moins l'expérience humaine de ceux auxquels les hommes n'ont pas été présentés comme des touts déjà définis, mais comme une pâte à modeler. Et le point de vue change. B. J.* journaliste entre en rapport avec des ouvriers dont il s'agit de rendre compte (et, dans son sens politique, [des actes]). Mais le garde-chiourme, le directeur de réseau, mais le chef d'équipe de manœuvres noirs est en contact avec le terrain à ensemencer. Et son travail de laboureur lui aura plus appris sur l'homme, qu'à l'autre toutes ses rêveries d'intellectuel.

30 La vérité n'est pas ce qui est démontré plus ou moins bien, mais ce qui est plus ou moins efficace sans considération de réalité. Rien n'est en soi vrai ni faux. Oui, m'objectera-t-on mais il est vrai que le soleil éclaire cet arbre qui est là. En effet mais il est deux ordres de vérités : la vérité conceptuelle et la vérité d'observation. J'observe que cet arbre est là. Et je suis pour une certaine part contraint par l'expérience : il y a moi et quelque chose en dehors de moi. Mais dès qu'il s'agit d'exprimer des rapports entre des éléments que j'énonce — et sur lesquels je ne puis jouer — l'expression de ces rapports n'est plus une observation mais un acte créateur pur. Ma contrainte réside dans l'énoncé. Ma liberté dans le choix du rapport. Car choisir n'est ni vrai ni faux : il s'agit d'une vue de l'esprit. Le rapport est un acte.

31 Tout se rejoint : ce sont des réflexions sur le style qui m'ont éclairé cette notion d'acte (le style grand monde).

32 Je dis à N. : le P.S.F.* s'anime et s'exalte. Il cherche à vérifier de vieilles mystiques (et nous sommes tous d'accord que l'homme est plus grand quand il est mystique qu'égoïste). Être mystique c'est ici se donner une commune mesure en dehors de soi. On se rejoint mieux d'homme à homme à travers Dieu, l'universel, ou le drapeau ou même le jeu de billard (riz et pruneaux*) qu'en se cherchant l'un l'autre (la commune mesure n'est-ce pas l'essence du langage ?) mais ce n'est pas ce dont les hommes ont besoin d'abord. Ce remède n'est qu'un coup de fouet artificiel puisqu'il soigne l'effet et non la cause. L'effet réside dans cette torpeur, cette désaffection des hommes qui ne saisissent plus l'univers, s'usent dans la confusion. Seule une synthèse est attractive dans la mesure où elle propose un langage nouveau qui résout les antinomies. Elle seule peut opérer des conversions. Car on ne démontre pas, on convertit. On propose un nouveau langage et les hommes qui s'essaient malgré eux à son emploi, ces hommes que l'on a tirés par la manche, goûtent brusquement cette cohérence de l'univers, de même que celui qui s'essaie à la vie de dominicain découvre en lui ce nouveau personnage et peut ou non le préférer à l'autre alors qu'il n'était point de formule qui lui eût permis de comparer. Or ce goût de la cohérence est si vif que l'homme tôt ou tard accepte le langage qui le lui fournit. Et le voilà chrétien, cartésien, newtonien, marxiste, au fur et à mesure des synthèses nouvelles.

Mais ce langage prospère n'a la vertu de convertir qu'en tant qu'il est prescrit au néophyte dans toute son universalité. Car celui qui eût énoncé, aux premiers siècles, que les corps s'attiraient en raison inverse du carré de la distance n'eût proféré qu'une sottise. C'est exact si l'action est égale à la réaction et si la lumière se meut en ligne droite et si… (c'est-à-dire que ce qui est vrai c'est le langage newtonien dans son ensemble). J'aurais pu peut-être simplifier le monde en admettant $\frac{1}{R^3}$ * mais cette clef, en soi, n'eût à elle seule point eu de sens. Elle n'eût même été qu'une erreur. Et l'on ne peut valablement qu'offrir d'emblée un langage entier. Monsieur Doriot, parlez-moi un peu de la culture ? Et du problème de la distribution ? Vous n'y avez pas réfléchi ? Je récuse donc ce que vous appelez votre mystique. Et cela non pour des raisons de hargne et d'entêtement sur des points secondaires, mais parce que ce que je demande d'abord, c'est le gain conceptuel.

Entre parenthèses c'est moi ici, et non Doriot, qui crois à l'esprit, qui crois aux ressources créatrices de l'homme, qui crois, pourrait-on dire, à sa divinité. C'est moi qui fais passer l'acte spirituel avant les faits matériels. Mais parce qu'il fait chanter un cantique à une population désœuvrée, qu'il anime ainsi quelque peu, Doriot croit avoir mieux que moi rendu grâce à l'esprit. Il confond le spirituel avec l'abstrait ou l'intérieur ou peut-être l'intellectuel. L'acte de chanter des cantiques est en partie acte intérieur (vérifier cette définition, je crois trouver mieux) mais il n'est point acte spirituel. L'esprit ne se trémousse pas : il crée.

Quand il n'y a pas gain conceptuel, [aucune] possibilité de conversion vraie (car s'animer en s'affiliant aux joueurs de billard contre les joueurs de boules n'est point une conversion vraie). La tentative n'a point été ici une tentative de l'esprit qui progresse d'un pas vers l'ordre du monde, augmente son pouvoir sur l'univers. Ça n'a été qu'une tentative en fait organique au titre où l'enthousiasme par exemple, ou la colère, ou l'orgueil, sont des plaisirs presque physiques. Quand il n'y a point gain conceptuel, l'exaltation dans un sens fonde son contraire (pourquoi ?). Et La Rocque crée le Front populaire. Et Doriot en même temps qu'il recrute ses troupes et les anime, recrute et anime celles de l'adversaire. Il gagne pense-t-il en puissance mais cette puissance est en partie une illusion. En fait, deux armées grandissent l'une en face de l'autre, la nation peu à peu se scinde en deux, et l'explosion à craindre croît en potentiel.

33 N. réfléchit donc et m'objecte : vous avez historiquement tort. Les mouvements fasciste et naziste se sont situés contre le communisme exclusivement, et lui ont, en fait, barré la route. Ils ont donc été efficaces sans prétendre réaliser un gain conceptuel.

Moi j'enregistre avec plaisir l'aveu qui dépasse mes exigences, car il y a un gain conceptuel mais trop étriqué pour l'état du monde et du langage, dans le mouvement hitlérien. B. de J. interviewant une fois Hitler sur les causes profondes de sa réussite, celui-ci a répondu : « On parle de ma voix, de mon don de fascination, de mes qualités d'orateur : balivernes ! Mon secret est beaucoup plus simple, le désordre régnait dans les esprits des Allemands, j'ai décompliqué pour eux les problèmes. » N'est-ce pas la définition même de l'opération de synthèse. N'a-t-elle pas pour fin unique de « décompliquer » la vérité ? n'est-elle pas : ce qui rend simple le monde ? (donc cohérent).

Pauvre concept, par contre, qui décompliquera le monde à peine mieux que le système « du fou ». Le malaise de la société est dû, affirme le fou, aux lanceurs d'ondes. Et il apporte à l'appui de sa thèse un plus riche faisceau de preuves que n'en apporta autrefois Newton pour valider sa mécanique. Et ici encore, entre parenthèses, la démarche de Newton et celle du fou ne se distinguent que par le degré d'efficacité de leur système. L'un et l'autre peuvent être cohérents.

Que la cohérence hitlérienne ait suffi au rêve allemand prouve seulement qu'il exigeait peu. En d'autres termes, que l'Allemand ne s'était guère haussé très haut dans l'échelle de la conscience. Il n'en reste pas moins que, de l'aveu même de Hitler, c'est précisément dans la mesure où elle ressemblait à une synthèse, que sa doctrine a converti.

Quant au mouvement italien qui n'est point fondé sur un dogme, les causes de son succès sont plus claires encore. L'anarchie, en se propageant (car il ne s'agissait point de communisme au sens stalinien), fondait son contraire : la tendance vers l'ordre. En même temps qu'une armée anarchique se formait une armée de l'ordre. Et le seul énoncé d'un tel conflit impose la solution. Car dans la lutte militaire, et à puissance spirituelle et matérielle égale, l'armée formée sur la mystique de l'ordre l'emportera sur l'armée du désordre, et cela parce que l'ordre est une qualité. Le fascisme n'eût pas triomphé aussi aisément d'un communisme stalinien. (Cas de l'Espagne.)

34 Pourquoi la vérité conceptuelle me conduit-elle à vérifier la vérité d'observation ? (Entre Newton et le fou point d'autre différence.)

35 Chaque fois qu'une industrie est mise en chantier, comme elle n'augmente pas encore le stock offert, point n'est besoin d'augmenter le pouvoir d'achat global. Donc les salariés. Donc le volume monétaire. Cette mise en chantier est alimentée par une dérivation de l'ancien circuit, l'ensemble des hommes du territoire dirigeant une partie de leur pouvoir d'achat vers les nouveaux salariés (achat des richesses). Mais quand une industrie va tourner et rendre, alors il faut, pour alimenter ce nouveau circuit, de nouveaux salaires. Ils vont représenter un pouvoir d'achat nouveau effectif. Création de la monnaie.

Dans la complexité des événements non alignés par un langage efficace, on ne distingue pas ces deux états.

36 Tout se passe comme si se fondait un nouveau territoire avec son nouveau circuit, car le nouvel objet comprendra les trois quantités, impôts, salaires et bénéfices du capital. C'est donc ce nouveau fleuve triple qui est à créer.

37 De même que la banque — collecteur de l'argent-richesse — finançait l'édification, de même cette banque pourrait prêter sous une forme quelconque le nouveau fleuve monétaire (et ceux qu'elle représente achètent encore de la richesse puisqu'elle est nécessairement à double forme. Renault possède industrie + masse de salaires). Mais cela nécessite une baisse des prix (plus de stock, même monnaie). C'est encore une sorte de multiplication de la monnaie coïncidant avec de nouveaux stocks à vendre.

38 Elle qui n'a jamais été *[un mot illisible]*. Là aussi opération créatrice. Celui-ci l'est toujours. Et l'instinct ne suffit pas.

39 Plus grande culture nationale, à cause de la base plus large, moi je veux bien le croire. Mais que lisent-ils ? Lisent-ils plus ? L'Amérique n'est pas un gain sur le paysan de Bretagne.

40 Stupide éducation visuelle moderne qui, en effet, découvre d'admirables trucs pour « enseigner sans effort » et livrer ainsi à l'enfant, réduit au rôle de formulaire, un bagage de connaissances, au lieu de lui forger un style — et partant une âme.

41 L'épargne n'est souvent qu'une forme de l'assurance individuelle (Breton, Romains*) (moral évidemment).

42 Le crédit à la production est dans la voie normale du (capital) qui cherche à se réemployer. Et c'est le surplus qui se nomme crédit à la consommation (celui-là sous caution).

43 En 1928 (France ou Amérique) :
a) Combien de chômeurs ;
b) Somme globale de débit à la consommation ;
c) Somme globale des investissements à l'étranger ;
d) Somme globale des prêts aux États étrangers ;

e) Somme globale de l'emprunt de l'État aux banques (déficit).

La somme de ces quatre derniers chiffres divisée par le salaire moyen définit le nombre de salariés disponibles qui [cesseraient] d'exister sur le territoire national pour que le capitalisme y fût encore [valable] sans troc.

44 J'introduis ainsi un autre axe de raisonnement qui confirme celui que je tire du schéma circulaire : l'Amérique et la France en 1928 dirigeaient un certain courant monétaire vers les financements suivants : crédit à la consommation, investissements à l'étranger, emprunts étrangers, prêts des banques à l'État et krachs financiers. Ces directions diverses transformaient en pouvoir d'achat réel des sommes qui n'eussent eu que deux voies pour parvenir à ce seuil nécessaire : l'utilisation directe en pouvoir d'achat, le crédit à la production (salaires disponibles). Mais pour qu'une économie capitaliste soit viable, flanquée d'une autre économie capitaliste affectée tôt ou tard des mêmes nécessités, elle ne doit point avoir besoin de découvrir dans le monde des populations de salariés non encore utilisés que l'autre, par définition, tôt ou tard, ne possédera pas dans la proportion demandée (bien plus, elle en manquera aussi avant peu). Il faut donc que ce courant monétaire puisse s'absorber intérieurement. Il faut aussi, pour ne point entraîner de conséquences paradoxales, qu'un tel courant dans l'ordre intérieur n'implique point de paradoxes. Or :

Le krach financier qui ruine et désordonne est paradoxe.

Le crédit à la consommation impliquant remboursement sans caution, est paradoxe.

Le prêt à l'État en déficit, lequel ne pourra par définition être remboursé qu'en fausse monnaie, est paradoxe.

Il n'est, à un tel courant monétaire, qu'une issue qui ne soit point paradoxale, et c'est ce crédit intérieur à la production (intérieur, parce qu'« extérieur » exprime un non-sens ou un retard momentané et très grand [découvert] qui doit être presque exigé). À la production, car c'est la seule voie par où l'argent achète quelque chose : industrie à naître. Hormis cette voie, point de caution, il ne peut plus s'agir que d'un remboursement que le langage doit intégrer. (L'économie est socialiste en totalité ou en partie.) Quelle est la population de salariés neufs qu'exige le déversement d'un tel crédit ? Elle est énorme.

Si j'ai ajouté à cette somme de crédits celle même des krachs financiers (type escroquerie) j'en ai le droit. Ces sommes devenant pouvoir d'achat sans être passées par les mains de salariés aux industries nouvelles n'eussent pu passer par ces mains, puisque d'autres courants (crédit à la consommation) démontrent qu'elles étaient déjà insuffisantes pour eux.

45 Reprendre le concept de l'enrichissement en partant de la surface et du volume.

46 Renault : son profit n'explique rien. Et en effet il se dissout en autant de petits ou moyens et de gros profits qu'il faut, le capital entretenant l'armée des peintres, des ébénistes, des diamantaires, des bâtisseurs de châteaux — et, dans une plus large mesure encore des salariés aux industries futures. C'est dans la mesure où le capital croit à la réserve illimitée de ces derniers qu'il peut contribuer au désastre. (En fait, Renault doit avoir une vue plus juste des débouchés de son argent que le Renault collectif aveugle composé par ses 40 000 ouvriers.)

47 De toute façon, les quarante millions d'habitants du territoire sont destinés à vivre. Que m'importe si le pouvoir d'achat est détenu par X bâtisseurs de Citroën, ou moitié par des bâtisseurs de Citroën, moitié par des bâtisseurs de yachts ; le capital qui dans le premier cas ne réalise aucun bénéfice, en réalise un de 100 % dans le second. Il y a moitié moins de pouvoir d'achat de voitures mais moitié moins de voitures bâties. Économiquement rien n'est changé.

48 Mais spécifier ici avec force et pour éviter les malentendus, la différence entre l'économique et le social.

49 Discussion de la notion de « responsable ».

50 Vis-à-vis du problème de la distribution, celui de la répartition ne compte pas (serait-elle égalitaire que les standards inférieurs de vie en seraient fort peu augmentés). Ce qui les augmente, c'est le potentiel industriel. Mais il exige pour croître que la distribution se fasse, problème strictement économique. C'est mettre la charrue avant les bœufs que de traiter le « minimum vital ».

51 Définir valeurs de droite, valeurs de gauche.

52 Les pays agricoles plus heureux ? En grande partie parce que la notion d'enrichissement a joué beaucoup moins. Et le crédit fonctionne mieux : l'argent ne demeure pas en instance d'achat de terre, car rien n'a fondé l'illusion que la terre pouvait naître.

53 Immoralité naturellement de la spéculation : faute de machines neuves, on en achète de vieilles aux enchères.

54 Oui. Mais pourquoi n'achète-t-on pas les salaires aux Industries nationales aux enchères ?
— Parce que cette nouvelle industrie, pour concurrencer l'ancienne, ne doit pas avoir investi plus d'argent.

55 Cependant encore Paul Ferrier* cherchait des affaires et non des hommes. Telle industrie de soie artificielle on eût pu la monter mais elle eût crevé… (elle crevait effectivement).
— Oui, mais ne crevait-elle pas parce qu'on l'achetait trop cher ? Elle ne concurrençait plus l'ancienne. Si on l'achetait trop cher, relativement,

n'était-ce pas (seule raison) parce que le prix de la main-d'œuvre montait ? Et ne montait-il pas simplement parce qu'elle se raréfiait ? (viable dans l'ordre du seul trust).

56 Car si l'ensemble des nationaux épargnent 1/10 de leurs revenus, cela signifie très exactement qu'il serait nécessaire de trouver sur le territoire des hommes disponibles dans cette proportion de 1/10. En effet ce fleuve monétaire doit acquérir de la richesse que l'on bâtit pour elle. Il faut donc des gens pour la bâtir — et ensuite pour l'occuper. (C'est la différence avec le château : les bâtisseurs sont restés libres.)

Ce n'est qu'une fois le désordre né que l'on saute dans les mille affaires (renflouements, prêts, hypothèques, etc.), car en principe c'est la branche « pouvoir d'achat » qui les subventionne intégralement.

57 Quant aux salaires nouveaux, c'est l'État qui doit les donner (source de la rente, de l'accroissement des fortunes, etc.), puisqu'une nouvelle économie est mise en circuit.

58 Mais pourquoi ces sommes nouvelles seraient-elles dues à l'État ?

59 On ne pourrait d'ailleurs, sans création de monnaie par l'État, mettre en marche l'industrie nouvelle, car l'argent pour la faire marcher n'existe pas.

60 Et prenant le cas de Renault on leur démontre (aux Croix-de-Feu) les maladresses du socialisme — et ils y croient. Quand on ne leur a démontré que les non-sens de la démagogie.

61 Le potentiel industriel au cours d'une durée donnée, s'il a été multiplié par dix, à prix égal des objets et sans création de monnaie, les salaires aux industries *[un mot illisible]* l'auront aussi été par dix. Cet accroissement du fleuve n'a pu être prélevé que sur le circuit bénéfice. Il faudrait donc qu'il ait été, à l'origine, de mille pour cent, ce qui est absurde.

62 *Concept ?* C'est, en fin de compte, l'État qui fournit les salaires. Si l'industrie créée — à la rigueur — appartient à l'épargnant, en quoi la masse des salaires lui appartiendrait-elle ? Renault qui n'a point le droit moral aurait-il donc le droit légal de s'évader, ayant cédé son industrie, en emportant la masse monétaire qui servait à boucler un circuit où il n'intervenait plus ? (Un moyen — et qui n'appartient à personne.)

63 Évidemment je raisonne arbitrairement. L'épargne peut s'imaginer qu'elle forme le fond des salaires — mais c'est alors sous une autre rubrique qu'elle reçoit de l'État sa monnaie neuve — et tout revient au même. Ce que je dégage c'est le sens de cette monnaie neuve : et il s'agit du nouvel affluent salaires-impôts-bénéfices.

64 Si l'on discute les mots sans rien comprendre au contenu !... Quoi l'État vole cet argent que le particulier lui rendra sous forme d'impôts ? C'est l'État qui se vole ses propres bénéfices qu'il eût dû prélever sur l'autre ? Eh ! bien sûr. Le particulier ne bat pas monnaie...

65 La monnaie nécessaire n'est pas exactement chiffrable parce qu'intervient sa vitesse de rotation.

66 Sous sa forme la plus simple l'industrie pourrait payer, donnant un bon pour un morceau de voiture, salaires et industries antérieures. Le bénéfice serait constitué par les voitures pour lesquelles il n'a point été échangé de bons. La traite est un bon pour ce morceau-là de voiture (elle a une contrepartie, nécessairement, en objet) mais sous trois mois elle est échangeable contre des billets de monnaie. (Et si j'en manque encore, je reporte la traite.) En fait, je n'aurais point besoin de monnaie si je pouvais payer mes salaires en traites, et les faire circuler chez le petit boutiquier. Mais je ne m'en sers que chez les gros fournisseurs (qui la font d'ailleurs circuler entre eux). C'est un morceau de voiture qu'ils échangent. Quand j'aurai vendu ma voiture, je leur donnerai, à la place de ce morceau, une part du produit de la vente. En fait c'est la Banque de France qui sur le vu de ma voiture bâtie avance aussitôt les billets de banque soit à mon fournisseur (soit à moi-même). En période d'accroissement industriel, les traites — d'ailleurs toujours payées —, se multiplient si par une loi quelconque on ne crée pas une nouvelle masse de salaires. Et la banque a simplement de plus en plus d'argent de plus, puisqu'elle escompte de plus en plus de traites. Les billets ne seraient donc point « possédés ».

67 Important : cette augmentation du fleuve monétaire, fonction de l'accroissement du fleuve des salaires, n'a point d'incidence sur le pouvoir d'achat. Personne n'en « bénéficie ».

68 Personne ne devrait en bénéficier, mais qui règle cet automatisme ?

69 L'or. Admet-on que la courbe d'extraction de l'or (de l'or extrait) suive celle du potentiel industriel ? Dans ce cas, en période d'industrie étale, l'or est en excédent.

70 Je généralise : le circuit des salaires aussi serait lésé.

71 Je ne pourrai jamais rembourser la banque (qui ainsi statistiquement pourrait brûler ses billets prêtés) car le fleuve monétaire deviendrait insuffisant. Ce serait peut-être possible si le prix des objets décroît dans la proportion même de l'augmentation du potentiel industriel. Mais alors je rembourse à l'État une somme supérieure à la somme empruntée, dans la proportion même de cet accroissement. (Après tout c'est là l'« intérêt ».)

72 N'oublions pas l'origine de la monnaie : une marchandise qui s'échangerait contre du travail ou contre une autre marchandise. Point de position privilégiée par rapport au blé par exemple. Mais la Banque de France m'échange mon or contre des billets. C'est encore une marchandise. Mais voici qu'elle émet des billets en échange des traites. Elle se charge des salaires en période d'accroissement industriel…

73 La loi de l'offre et de la demande tire d'abord son sens de l'or-marchandise. L'ensemble des stocks cherchait l'or dont il y avait une somme définie. Le flux de l'or montait bien. Et il fallait bien qu'il montât puisque ne pouvaient être multipliés les signes du pouvoir d'achat. Il fallait bien que ce peu d'or valût tous les objets à vendre sinon il y eût eu surproduction. Mais ce concept a perdu beaucoup de son sens. (Du moins pour les biens d'industrie.) D'abord parce qu'une industrie privilégiée voit aussitôt se multiplier la concurrence et que les bénéfices s'équilibrent, donc la marge entre prix de revient et prix de vente, donc intervention de la demande sur les prix — mais surtout parce que le volume des signes monétaires se modifie et intègre ce nouveau circuit dans l'économie.

74 Par ailleurs des lois telles que celles de l'offre et de la demande qui en fin de compte ne conditionnent que la marge des bénéfices, ne jouent, au cours de nos raisonnements, aucun rôle. L'importance du bénéfice n'introduit que des variations quantitatives et non qualitatives.

75 Une des contradictions secondaires du système (mais que les hommes ont su tourner) est que la masse monétaire actuelle servant au roulement salaire-impôt-bénéfices, si elle n'est point due à la banque presque en totalité, n'échappe à cette contrainte absurde que grâce à des faillites :

a) faillites (traites escomptées non remboursées),

b) avances de la banque à l'État.

Mais je me trompe sans doute. Les traites escomptées non remboursées doivent être compensées par le taux de l'escompte. Restent seules les avances de la banque à l'État.

Paradoxal que si l'État remboursait les avances (mais cette hypothèse est absurde sans doute en soi), la banque posséderait bientôt l'ensemble des signes monétaires.

76 S'il était des secrets naturels, on pourrait les trouver par hasard. Il n'en est point. Seule la création fonde les vérités.

77 La banque prête d'abord les salaires (c'est le moyen de son activité) comme en principe elle réescompte, c'est en principe la Banque de France qui les prête tous.

78 La culture (et d'abord celle des mœurs…) le meuble, la chanson ruinée par la publicité-pédagogie, par l'éducation-instruction, par les relations avec les objets (et la lutte pour l'objet que l'on nomme lutte pour la vie). Puis le vide de l'existence qui en découle car l'objet ne peut rien nous donner sinon de n'y point penser (loisir, confort), son intérêt ne réside que dans son anéantissement. De l'argent s'il vous plaît, pour oublier l'argent. Pourtant il y a la recherche ou l'exploration (mais toujours de soi-même ?). L'avion ou le microscope. Le livre. Le violon. Le voyage. Le théâtre. Le professeur lui-même se paie. Ou pendant que l'on étudie, la nourriture, sans échange.

79 Bien sûr que l'homme est d'autant plus grand qu'il est plus lui-même. Il est très vrai que le bûcheron, s'il se passionne dans son métier et chante les cantiques des coupeurs d'arbres, est plus grand que ce bûcheron qui élague avec dégoût et fait de la belote de son loisir son sens de la vie. Cependant je préfère le biologiste français au businessman américain. Sans que je définisse d'abord pourquoi il est plus élevé, selon moi, dans l'échelle des hommes. Mais la passion pour le métier n'intervient pas, car le businessman peut être entièrement habité et exalté par ses stratégies de bilans — ainsi le joueur d'échecs. Ce que je ne puis ignorer si j'observe c'est que dans le biologiste une matière beaucoup plus vaste est animée et je ne lui reprocherai pas, bien au contraire, d'entendre Mozart. Tout se rejoint, tous les rapports servent la connaissance (la vie champêtre a peut-être servi Newton), et Mozart peut aider à la biologie. On doit être soi-même le plus possible, mais soi-même n'est point limité *a priori*. Si l'astronome se fait bûcheron je comprends qu'il s'anime à la vue des étoiles, et je ne fais point de distinction entre ces deux états humains (celui de bûcheron et d'astronome). Le bûcheron — simplement — m'apparaît plus vaste. Plus homme. Ainsi s'il sait prier ou aimer ou goûter le vin ce qui n'a point d'effet sur la coupe des arbres. C'est un homme plus riche qu'il met au service de la coupe des arbres quand il coupe. Il est devenu un monsieur.

Point de vue fasciste : pourquoi apprenez-vous l'astronomie au bûcheron ? En effet. Celui-là n'en a pas besoin, mais un autre homme naîtra.

[Le carnet se termine sur neuf noms, adresses ou numéros de téléphone, parmi lesquels ont pu être lus :]

[Illisible] 24, avenue Charles-Floquet Suffren 64-76

Vitanova rue du Bac DAN 55-36

Effel Jas 43-40 36, rue Chardon-Lagache

D'Eynard 123, boulevard Exelmans

M. Andrieux BAB 70-40 (lundi, mardi)

[Lessier] 16, avenue Pasteur Asnières

Pocquet (philatéliste) 24, avenue de La Boétie

Serge *[trois mots illisibles]* Gervais Seine

CARNET III

1 Vide conceptuel de la notion de hauts salaires. Le salaire est le plus élevé possible quand le bénéfice du capital devient nul, car il n'est élevé ou bas que par rapport au prix de vente de l'objet, et dans ce cas le prix de vente de l'objet n'est plus représenté que par des salaires.

En fait, le bénéfice joue un rôle moindre encore, car sur l'objet vivent le professeur et le soldat payés par l'impôt, le salarié aux industries françaises ou le peintre, payé par le capital, et qu'il n'est point question de les réduire. Le battement possible est donc très faible.

Il est plus faible encore lorsque la concurrence le force à tendre vers zéro et cela même à l'âge de la prospérité. Il est sans doute nul en temps de crise. Nous sommes en pleine époque de « hauts salaires ».

2 La terre est le seul moyen de production qui intègre très peu de travail préalable. De plus c'est un moyen de production qui assure d'abord l'essentiel. Enfin il lie l'homme aux problèmes vitaux et aux grands cycles naturels. Il l'élève plus, moralement, que le contact de la machine. Je puis presque toujours — et sans préparation — renvoyer l'homme à la terre.

3 L'utopie consiste à inventer une forme de société. Si je n'ai pas entre les mains les instruments de création, je ne puis être qu'un utopiste, car la vérité sera créée et non trouvée. La seule démarche qui ait un sens est la « prise de conscience », le choix des points de vue et des concepts qui ordonnent les événements de l'époque et les font clairs. Et il me suffit de savoir que, dans le paysage, je saurai où marcher.

4 Hauts salaires chez Ford* ne signifie rien sinon qu'une Ford intègre — étant donné la technique de l'époque — un tiers du temps humain de travail de celui qu'intègre une Renault (et trois fois plus d'ouvriers en possèdent) ou plus exactement un ouvrier, dans son budget, peut envisager ce sacrifice.

5 Espagne. Cet enfant joue. À partir de quel instant a-t-il des opinions qui vaillent la mort ?

6 Les hommes de 1830 n'étaient donc pas séduits par les théoriciens du socialisme ? Eh ! mon Dieu ! Les théories qui annonçaient la catastrophe n'étaient point tellement évidentes puisqu'elles ont reçu jusqu'après 1929 un épanouissement parfait. Puisque la société anonyme a démenti Marx, puisque etc. Quant aux promesses immédiates il n'était guère difficile de démontrer qu'ou bien elles étaient pauvres, ou bien leur réalisation entraînerait de grands désastres. Et en effet virer sur l'ensemble des travailleurs les bénéfices et traitements des « gros » n'augmente le standard de vie des premiers que dans la mesure où ils achètent ce que les gros eussent acheté et qui se trouve disponible. Mais il ne s'agit point là (tableaux, diamants, œuvres d'art, châteaux) et presque par définition, de biens fractionnables entre tous ni non plus de ces biens de minimum vital ou de première utilité qui précisément étaient appelés. Les biens n'allaient devenir disponibles qu'au titre où ceux qui auparavant travaillaient à extraire les diamants ou à peindre s'intégraient à l'activité agricole (migration intérieure). Et ceci eût été une ruine culturelle contre laquelle on se fût défendu. Et le standing de vie n'eût pas crû. Ou encore on eût pu diriger vers l'agriculture l'activité dirigée vers l'objet usuel mais la forme sociale n'a point d'incidence sur cet ordre de préférence. Et l'activité industrielle sert, en fin de compte, toutes les autres.

En fait, le standard de vie (misère ou abondance) dans l'ordre d'une économie qui sait distribuer (capitalisme 1830-marxisme 1934) ne dépend que de trois facteurs :

l'équipement
la technique
la politique des naissances.

Après deux cent mille années de misère on sait limiter la population (sauf fascisme) à celles que les surfaces éclairées permettent de nourrir. On sait aussi accroître la production en perfectionnant la technique et l'on marche vers l'abondance.

7 Dans quelle mesure d'ailleurs mes observations elles-mêmes sont-elles indépendantes des concepts ? Si j'énonce arbre c'est que je divise arbre d'avec terre au nom de mon concept de vie — je ne les diviserais point au nom de mon concept de substance. Quand j'observe, je distingue. Je n'eusse peut-être pas pensé à distinguer.

On entend dire : « J'éprouvais pour lui de la répugnance mais je ne savais pas pourquoi. Je sais désormais. Il s'agit là d'une ressemblance… » Et voilà portée à ma connaissance une qualité du personnage.

8 Rien de ce que j'ai aimé en toi n'a de sens matériel. Tes lèvres, oui, mais formant ce sourire qui est du monde des formes. Non l'essence de ta chair, mais son arrangement. Rien qui se puisse définir par le physique ou le chimique, mais par la mathématique pure (le rythme) et la géométrie pure (la forme). Rien qui ait un sens sinon spirituel.

9 Mythes à liquider :

a) celui de la nation plus riche socialiste

b) celui de la nation plus riche aux frontières ouvertes

c) celui de la société anarchiste (grandeur de l'anarchie : climat de sacrifice).

10 Quand on taille dans la matière vivante, on taille dans la chair (qui se reconstitue) ou dans la forme.

11 Concept H*. Le monde des bons serviteurs. Non, car bon ou non, peu leur importe. Le concept des parfaits serviteurs, si ancien, est accepté quand il ne s'applique pas à soi. Tant comptait l'idée de classe.

12 Tout montre que l'anarchie n'est qu'un état de transformation. Cette haine de W. pour le fils de S., mais s'il a résolu ses problèmes et obtenu la justice, ne sera-ce pas W. qui lui paraîtra l'homme souhaitable ? Non. Ce qu'il aime, c'est l'exercice de sa pitié, de la lutte contre l'injustice, de son amour pour le plus faible. Il lui faut un monde de cruauté, d'injustice et d'exploitation des faibles.

La société n'étant point encore socialiste — même en Russie — au titre du socialisme nécessite des biens suffisants pour être distribués en partage aux hommes. Il est assuré de rencontrer des parias. Il lui est sain d'accuser le riche car l'arithmétique ne joue pas dans les affaires humaines. On ne mesure pas l'Empire de l'homme. Si le riche, inutile, détruit, sauve vingt misères de gueux, il y a sans doute bénéfice moral. Tel est le choix. Mais l'indignation est truquée qui reproche statistiquement à la société la misère statistique.

13 Sophisme de Consuelo* sur la vérité. Serait-elle préférable à la courtoisie, qui respecte l'autre. Mais cette démarche implicite l'orgueil. De plus la croyance à la vérité quand il est en fait des Empires. Enfin l'homme n'est pas seulement mû par le désir de servir sa maigre ou riche vérité mais aussi par l'envie ou le besoin de nuire et bien d'autres sentiments antisociaux. Et celui-là pourquoi lui donnerais-je le droit de m'insulter ?

14 Ces hommes du fond des plantations qui chantent et rêvent aux villes… oui, mais ensemencés. (J'ai dit ailleurs que s'il émigrait l'homme perdait tout. J'ai trouvé ce concept commode, mais sans aller plus loin, sans bien vérifier sa fertilité.)

15 Évidemment ils ne l'ont pas formulée, leur théorie, les droites. Mais j'en sais déjà trop pour ignorer que peut avoir un sens ce qui n'a pas été formulé. Avant le Christ ou Marx existait ce malaise qu'ils n'avaient pas encore condensé. Et les bafouillis de La Rocque je veux exprimer leur contenu.

16 On refuse la pitié dans tel système par exemple (si l'on est soviétique) non parce que la pitié « n'a point de sens », mais parce que le monde devient plus clair si…

17 Rôle des migrations intérieures (machine qui crée le prolétariat), extérieures (regroupement), quel langage parleront les hommes ?

18 Prendre conscience, seule opération valable (Newton n'a pas besoin de souhaiter un monde neuf), l'utopie consiste à prévoir en détail prématurément (synthèse du fou).

19 J'irai lui demander ce qu'il entend par rationnel. Et c'est sans doute ce qui s'exprime en langage simple. (Le sentiment européen dans le langage occidental ou encore le côté du triangle rectangle.) Mais le sinus déjà ne l'est plus, ni la quadrature du cercle. Ni l'homme. Mais certains objets sont-ils provisoirement et irréductiblement irrationnels ? Mon concept sinus serait-il rationnel ?

20 La mathématique même progresse par création. Je connais le sinus, puis le logarithme, puis les nombres imaginaires. Ils ne sont jamais contenus dans les propositions antérieures, ce sont les marches d'un escalier. Et les concepts sont ou non efficaces. (Point de réalité en dehors de moi.)

21 Que m'importe le nombre π ? Si je fais intervenir un sinus, il s'y dissimule aussi.

22 Seule opération humaine « réconcilier » — mais on ne peut réconcilier qu'à l'aide d'un système conceptuel nouveau. L'opération La Rocque est impensable car il ne résout pas les contradictions dont proviennent nécessairement les brouilles.

23 Problème du rendement. Problème de la distribution. Trotsky* démontre que l'administration unifiée est onéreuse quand on eût pu penser qu'elle était bénéficiaire. Rationnellement la fusion de dix petits États (les capitalistes) en un seul État doté d'une seule administration est un gain de temps disponible. Mais j'observe en fait le contraire (toutes choses égales d'ailleurs dans l'ordre de la taylorisation du travail). Air France* est plus onéreuse que Latécoère et ma puissante administration que ma petite et que, à la limite, le « capitalisme familial » où personne ne roulera en Rolls. Il y a peut-être d'abord gain progressif puis situation étale puis perte. Quelque chose d'analogue au problème de croissance d'un organisme où s'introduit une échelle absolue. Il reste que les reproches de Trotsky

a) sont des reproches adressés non à Staline mais à la révolution ;

b) non à l'économie mais au rendement.

Les progrès dans l'ordre de l'économie peuvent dépasser les pertes subies dans celui du rendement, et, en fin de compte, aboutir à plus d'objets (universalité des brevets et des méthodes, possibilités de tous distribuer, laboratoires communs, etc.).

24 Citer l'ancien concept de bénéfice : proportion de population et capital [sauvant le mythe par préjugé imbécile]…

25 Les petits commerçants (Prévost*) = le rendement.

26 Insister sur les migrations intérieures et extérieures. L'homme s'il déménage perd tout et s'intègre à la civilisation suivante (rôle peut-être immense des fétiches tels que le clocher). S'il n'en existe point, il perd provisoirement tout sens. (L'amour absurde de Mamoulian, Anthropomorphisme absurde de son Robot.) Or on peut émigrer de l'orfèvrerie vers l'auto, ou des plaines pauvres de Savoie vers le Canada (et dans certaines conditions ces regroupements sont automatiques si rien ne s'y oppose). L'homme alors, aidé par la publicité, n'a plus de rapport qu'avec l'objet.

27 Le cinéma par exemple est aussi une publicité. Les mythes charriés par le cinéma.

28 Fragile divinité éparse.

29 Exemple. Chacun, depuis des années, use du téléphone automatique et nul n'a remarqué (du moins le plus grand nombre) que seul le demandeur pouvait couper, le demandé restant branché tant que le premier n'a pas raccroché. Exemple simple d'un fait d'expérience usuelle que des millions eussent pu découvrir par hasard. Mais ils sont prisonniers de ce que l'on coupe en raccrochant, communément car celui d'en face raccroche aussi. Et l'évidence qui est cependant étalée n'a point l'occasion de se faire voir. « Penser à observer » exige le non-conformisme de l'observateur. S'il a fait un gain, si léger soit-il, dans la conscience du monde, c'est d'abord parce qu'a été possible cette sorte de court-circuit entre deux notions que les concepts en jeu ne reliaient pas, ou même niaient. L'étonnant est qu'il se soit produit un court-circuit de « hasard » mais, comme dans la chimie biologique, le hasard n'explique rien. Car les courts-circuits inefficaces sont en nombre infini (et dans ce hasard soudain dirigé ou efficace, je vois s'introduire sous forme encore extrêmement floue, la conscience). Ce hasard de nature particulière organise le monde au lieu de le désorganiser selon sa pente habituelle. On ne trouve point par hasard. On ne trouve point non plus par déduction logique. Mais je découvrirai aussitôt après un exposé pédagogique la logique de la genèse de ma découverte. Je dirai : quand on enlève une fiche on ne coupe pas et quand il n'est point de fiche enclenchée la ligne reste cependant libre. Donc... Mais s'il se trouve que cette vérité neuve résolve mon antinomie, malgré que cette antinomie la rendît nécessaire, ce n'est point elle qui me la fit ici découvrir.

Les antinomies usuelles deviennent des preuves ultérieures qui permettent au concept nouveau de s'établir, elles le font peut-être souhaiter, elles ne conduisent cependant jamais vers lui.

Il y avait là, dans cette simple « observation » (et c'est ce qu'il s'agit d'éclairer), une opération créatrice de ma conscience.

30 Toujours le même problème de l'intuition mathématique. On revient sur les pas recueillir les fruits de la synthèse neuve. On déduit la chaîne des syllogismes, mais sans l'intuition du pôle ils ne fussent allés nulle part.

31 Serge* qui veut « serrer » les hommes. Il les juge plus nobles s'ils sont serrés et partageant leur linge. Oui et non. Mais la civilisation du contemplatif ? Serge les préfère mal nourris et sans sécurité. Et moi aussi. Mais qu'il leur donne cette paix pour laquelle il lutte, et cette sécurité. Alors il verra quels affreux bâtards il va produire. L'animal domestique a-t-il une autre cause d'infériorité sur l'animal sauvage ?

32 Le bénéfice du capital dans une entreprise donnée doit être calculé non sur le prix de vente de l'objet mais sur la part distribuée en salaires dans cette seule entreprise. En effet la matière première a déjà subi des bénéfices et compter un nouveau bénéfice sur cette part matière première équivaut à dissimuler un pourcentage croissant de bénéfice.

Charges du capital. Ce sont les bénéfices réalisés sur le prix de vente de l'objet qui paient tous les rentiers, sinon l'objet ne serait pas, pour une part, affecté à eux. Leur part, donc leur mensualité, s'introduit entre le prix de revient et le prix de vente, ce qui expliquerait peut-être ces 500 % dont parlait Cot*. Car, pour l'industriel, le bénéfice apparent est nul si, les charges invisibles et complexes soldées, il ne lui reste rien pour lui. Le problème peut se poser ainsi : le capital faisant un bénéfice personnel nul, quel est le bénéfice réel qu'il doit prélever pour que :

a) les chômeurs soient assimilés dans le travail (industries futures) ;

b) les petits rentiers touchent leurs rentes. Tenir compte de ce que, par ailleurs les petits rentiers, c'est « tout le monde » (rente supplément du salaire).

33 Division des bénéficiaires de l'objet sans contrepartie :

petits commerçants
rentiers
ouvriers d'art
ouvriers de l'esprit
ouvriers de luxe
retraités
capitalistes
etc.

La retraite, si elle rend la rente inutile, elle ruine par contre et fait disparaître une population anonyme et en apparence inutile qui, peut-être, fait le fond de la civilisation (chartistes, historiens des petites villes, poètes de jeux floraux, rêveurs, chercheurs de tous ordres. Et peut-être est-ce le sel d'une nation car ça représente la vie de l'esprit — morte en U.R.S.S. comme chez Franco). La retraite qui permet plus tard cette vie de l'esprit ne sauve rien car on ne l'apprend pas dans sa vieillesse. Le loisir ne la sauve pas non plus car il faut aimer son travail. Seul vaut ce qui se diffuse dans le loisir (le paysan, le pêcheur) et non ce qui est considéré comme la dette à l'enfer. Et alors s'il aime son travail il n'est plus chartiste. Changer de civilisation c'est changer de visage.

34 Celle-là repose sur l'esclavage comme Athènes et Rome. Mais si l'individu ne doit pas tyranniser la masse, la masse ne doit pas écraser l'individu.

35 L'avantage c'est qu'ils cherchent dans « Jésus » les directives, et c'est aussi qu'ils ont la foi. Ils vivront au monastère de la poésie du chartiste, de la musique, de l'amour. Et rien ne vous grandit qui ne vous prend tout entier.

36 Breton « vit de ses œuvres » (et ainsi existe), mais il ne le sait pas. Il est solidaire du capitaliste, partageant avec lui l'objet nègre qui lui passe par les mains. La révolution faite, il devra « produire ». Si le capital l'exploite, bientôt il n'aura plus à être exploité. Il ne sera plus.

37 Écrire d'abord la structure de la société (en fonction de la production qui lui permet d'être) mais ici fin ou moyen ? Comment réaliser la migration pour que production maximum, loisir maximum — mais le loisir, est-ce la civilisation ? Non, c'est le travail, mais celui du peintre ou du chartiste ? Et leur activité je ne la peux ranger dans la part d'heures disponibles dues au loisir.

38 Salaires. Non seulement les « hauts salaires » n'ont point de sens, mais le salaire de l'ouvrier ne peut être accru d'un millième de centime. Et en effet le capital déverse en salaires ses bénéfices (a, ouvriers futurs ; b, ouvriers d'art ; c, production normale) et ceci de façon intégrale et le terme d'« exploitation » ne peut plus s'introduire dans cette partie du circuit. Tout, en fin de compte est donc distribué en salaires de manœuvres et d'ouvriers, c'est-à-dire non susceptibles d'être exagérés. En fait l'objet usuel est partagé entre ceux qui le fabriquent et ceux qui remplissent des activités différentes. On ne peut augmenter le standing de l'un de ces groupes qu'en le prélevant sur l'autre. Et c'est en fin de compte le manœuvre qui paie. Ou bien on peut encore provoquer une migration intérieure. Si l'orfèvre fabrique des choux, alors seulement il peut accroître le standard de vie normal. Quant à l'activité de l'orfèvre, si on la maintient pour des raisons de civilisation, comme, par définition, il ne s'agit point d'objets distribuables à tous parce que intégrant un temps élevé (et sinon cette activité serait provoquée par la foule et non par le capital seul) ils seraient ou stockés par l'État ou offerts aux «privilégiés». C'est-à-dire que le capital lèse ces privilégiés ou l'État et non la masse. Par ailleurs l'État saurait-il aussi bien (lutte contre la démagogie, voir Russie) maintenir en activité leurs producteurs? Peut-être mais non contradictoires et fertiles (U.R.S.S.).

39 C'est pourquoi toute modification ne peut être que dramatique tant que ne sont pas réajustées les activités élémentaires. Il faut du temps à un orfèvre pour apprendre l'agriculture. Il faut aussi que l'agriculture cherche des bras ce qui est en soi cohérent mais ce qui devient improbable dans le système de crise quand, pour faire vivre les orfèvres, on prélève des impôts sur les produits de l'agriculture et que… (préciser).

40 Ce qui est irritant c'est que la défense d'un certain visage du pays (d'une certaine structure ou contexture d'activités, mot à trouver) et qui représente le legs de la civilisation (lequel peut être souhaitable) paraît coïncider avec la défense des privilégiés qui bénéficient seuls des produits de ces activités (non seuls d'ailleurs) mais la civilisation réside dans la création de l'objet, non dans son destin (cause).

41 En fait, hormis le cas des bénéficiaires (et il est sûr que s'il n'est point le particulier, il ne peut être que l'État, ce qui pose les problèmes suivants : le musée vaut-il la vie ? La non-contradiction peut-elle favoriser la création ? L'entrepôt de l'objet est-il privilège si absolu ? Y a-t-il continuité suffisante dans l'État ? et enfin ce retard sans autre changement vaut-il que le sang coule ?). Hormis donc le cas du bénéficiaire qui n'est point tellement agressif, ne se pose plus qu'un problème : celui de la texture. Et si le socialisme la modifie, c'est que sa morale est la suivante : vous, orfèvre, vous, peintre, vous, philosophe, vous vous nourrissez du sang des travailleurs dont vous consommez les produits. Allez donc aussi cultiver des choux. Vous n'avez point le droit de produire des objets qui ne sont point distribuables à tous, tel l'objet d'art, parce que intégrant trop de temps humain. Quiconque aborde l'objet avec amour, quiconque peint la tasse chinoise, quiconque brode, orne *[un mot illisible]* la nappe d'autel pendant des mois, quiconque compose une mosaïque est immoral. Seule est morale l'activité de celui qui produit en grande série, car le fait d'être bénéficiaire de l'activité du premier constituerait un privilège. La société ne doit donc plus tendre vers la lumière, ne doit plus former son objet d'art comme une fleur. Ne doit plus vivre pour l'amour. Administrativement et pour en sauver quelque chose, l'État donnera des devoirs de style. Et l'objet d'art deviendra pensum scolaire comme Virgile, et non délice de lettré. Gide seul peut à la fois regretter l'objet laid en U.R.S.S. et souhaiter un socialisme plus égalitaire encore, ne comprenant point que ce socialisme équivaut à grande série (seul angle sous lequel il ait un sens concret) et condamnation du luxe du temps.

Mais nous qui croyons que le poème, s'il est beau, a coûté une grande année de vie humaine — et ainsi la chasuble brodée par la main de ferventes — et ainsi la tasse chinoise où l'artiste a brûlé sa vie à l'épurement d'une ligne. Nous qui pensons qu'il faut se sacrifier pour intégrer la dignité humaine dans l'objet. Nous qui croyons à la vertu de ce culte mystérieux, et aux objets du culte, nous souhaitons d'abord une société qui l'autorise. Quant au problème du bénéficiaire, lequel ne peut être la foule par définition, nous le reléguons à l'arrière-plan, car peu nous importe qu'il s'agisse d'un mécène privé ou de l'État. Et si nous penchons dans quelque direction, c'est vers celle du mécène privé. En tout cas nous nous refusons à nous révolter pour lui substituer l'État (architecture peut-être, sonnet non. Ou bien siècle de Louis XIV ?).

42 L'antinomie réside précisément dans ce siècle de Louis XIV mais n'exige-t-elle pas la continuité dans la formation ?

43 Car je sais bien ce qu'il cherche, Malraux*, c'est le pathétisme. Et il oublie les démarches vaines de sa jeunesse, pour ne considérer que le sentiment de la grandeur, ce climat qui lui semble le seul respirable. Lutte contre l'imposture. Lutte contre l'égoïsme bourgeois. Lutte contre le poncif. Généreuse indignation contre la misère. Tout ce qu'a charrié en bloc en lui le christianisme des catacombes et qui, ayant perdu en Dieu sa clef de voûte, trouve du mal à se définir. Car sans doute, cette contradiction, il était plus facile de la sauver avec l'Église ou les prophètes de la Bible, qu'avec un mouvement anarchiste qui, fondant sa société, prépare des effets contradictoires avec ses buts.

44 Seul vaut le sacrifice mais non à l'objet en série. On ne peut pas se sacrifier pour le camion standard. On ne le peut que pour la tasse de porcelaine. Ou même le masque nègre. L'objet surréaliste où l'homme brûle sa chair.

45 Également défense de l'apport anarchiste ou surréaliste.

46 Défense de la logique.

47 Affreuse création de l'homme 1926 et de ses relations avec la ferraille. Affreux businessman américain. Affreux L.L.D.* et en U.R.S.S. aussi affreux distributeurs et consommateurs d'objets laids. Ces foules ne sont plus éclairées par leurs châles.

48 En fin de compte, on peut venir me dire : j'accepte que toute modification économique ne prend de sens qu'en tant qu'elle agit sur la texture. Mais tout bien pesé l'orfèvre et la civilisation qui en découle ne valent pas les misères auxquelles j'assiste. Si je ne puis rien espérer d'une action sur le bénéficiaire, je me retourne sans scrupule contre l'ouvrier d'art et lui crie : « Vous consommez des produits auxquels ne vous donnent point droit vos jeux stériles. Abandonnez ces vaines recherches et fabriquez-nous des pommes de terre. » Mais j'ai à répondre ceci : De quel droit choisissez-vous l'orfèvrerie comme activité à sacrifier ? Quand vous acceptez qu'il subsiste des fabricants de chewing-gum ! Sacrifiez donc ceux-là, d'abord, à la grandeur de l'homme.

49 Je me méfierai de l'enthousiasme. Il vient d'une commune mesure.

50 J'ai dit que la « circulation du sang » était une vérité d'observation et non une « découverte ». L'observation je puis la définir « message constant ». En effet nous ne sommes en relation avec le monde extérieur que par l'intermédiaire des sens qui nous transmettent des messages confus (ou plus exactement un grand imbroglio de messages). L'observateur démêle dans cet imbroglio des constantes (ou des constantes variant de façon continue). Ainsi chaque fois que je me tourne vers la gauche, un certain paquet d'ondulations parcourt mes nerfs constamment et me permet de définir la table. J'ai ainsi créé un peu d'ordre dans le monde. Si je tourne à droite de la table ce paquet d'ondulations variera en bloc de façon continue (et peut-être en fonction de sensations musculaires). Ainsi j'en déduirai la continuité de la table. Remarquons que j'aurais très bien pu ne point déceler tel paquet d'ondulations de même que sur l'onde complexe d'un tambour de *[un mot illisible]*, je puis ne point distinguer le message constant d'une des ondulations élémentaires. Quant à la vérité conceptuelle (chromosomes, *[un mot illisible]*, inverse carré) ce sont des points de vue d'où se relient les diverses observations. Ce sont des affirmations d'ordre spirituel et non pas, en fin de compte, sensoriel.

51 Problème : Comment est-on conduit à « constater » les vérités d'observation (voir plus haut).

52 Vous ne savez rien du monde extérieur sinon qu'il est des constantes dans les messages (donc des visages).

53 (Ceux qui sont pathétiques… nécessité de la commune mesure, ou encore : s'évader par Dieu seul.)

54 Essai de synthèse dont l'efficacité n'a pas été mise à l'épreuve. (Il s'agit encore de la synthèse du fou.)

a) Je reçois des messages.
b) J'observe des constantes.

c) Certaines constantes agissent sur moi directement (tropismes). Telles que la constante femme, blessure, feu, piston, courrier, nourriture (énumération désordonnée d'objets, mal choisie).

d) Certaines constantes ayant agi mécaniquement sur moi, il s'ensuit certains effets (effets de ce mécanisme impérieux). S'ils sont pénibles (définir), ils relient, indirectement, la constante à l'impression pénible et il se fonde une image motrice (en sens inverse du tropisme moteur) : psychisme.

55 Ceux de la métallurgie peuvent dire : « Donnez-nous les salaires que vous réserviez pour les ouvriers de l'orfèvrerie… » Mais que ceux de l'orfèvrerie se croisent les bras et réclament des augmentations de salaires — là réside l'absurde.

56 Les démagogues qui flattent la plèbe. Moi, plus il est fondé, l'homme, plus il m'intéresse. Mais le pauvre peut être fondé (pêcheur ou berger) et mon mépris du manœuvre n'est point respect des richesses.

57 Augmenter « tous » les salaires : si l'opération équivaut à une simple hausse des prix, toutes choses égales d'ailleurs, elle n'est cependant point blanche et doit nécessairement se traduire par une augmentation du fleuve monétaire. Donc sous une forme quelconque, des crédits consentis par la banque (conséquences indirectes absurdes).

58 Le drame vient de ce que l'on modifie, à la suite d'une vue intellectuelle, des équilibres naturels dont « l'intelligence » est invisible et, peut-être même, difficile à dégager. Des états de faits aveugles peuvent intégrer beaucoup d'intelligence. On croit pouvoir remanier... Ainsi Blum* et le mariage. Sait-il qu'il fait de l'utopie pure ? (Il invente l'avenir sans le créer, sans savoir que le « contraire » naîtra à mesure.) Citer l'exemple du puma. Ainsi j'ai bien pu me tromper en expliquant en quoi l'U.R.S.S. favorisait la création scientifique car si elle en ménage les conditions, elle en menace peut-être le climat.

59 Ceux-là qui travaillaient pour le capital, s'ils travaillaient maintenant pour la masse, ils n'accroîtraient pas son standard de vie, car il s'agit d'objets qui ne font point partie d'un standard moyen et la demi-misère des manœuvres n'est point guérie par la qualité d'une pendule meilleure. Mais bien plus ils ne pourraient même pas travailler puisque le fruit de leur travail n'est point partageable entre tous. La masse devrait se cotiser pour l'acquérir. Il y a bien des objets au sujet desquels on se cotise (la mairie au lieu du château) mais ce qui est tel que la pendule dont on ne voit point quelles démarches la feraient acquérir en commun, ou la cuillère d'argent, ou le châle brodé. De tels objets ne seraient plus acquis, leurs fabricants émigreraient et perdraient à jamais une des traditions de leur art (coupure irréparable). Mais bien plus encore le standard de vie de l'humble ne commencerait à s'accroître qu'une fois ces fabricants intégrés dans les industries les plus usuelles, les plus basses.

60 On conçoit assez bien la science en U.R.S.S., le théâtre, la musique même. On conçoit le livre peut-être, mais non l'objet de qualité. Or la civilisation consiste à garder longtemps une seule chose.

61 J'ai distingué plusieurs messages constants, et leurs variations continues. J'ai ensuite associé l'une à l'autre certaines de ces variations. J'ai nommé relations de causalité cette liaison nécessaire. Le caractère de la cause étant celui de l'antériorité. Mais quand j'ai prononcé ce mot, je ne me suis pas encore hasardé au-delà d'une tautologie*. J'eusse aussi bien pu dire « liaison constante » entre deux groupes de messages continus, ces messages continus ayant pour caractère de pouvoir exister indépendamment l'un de l'autre. (Et de se transformer de message constant en message continu quand… Ainsi l'eau qui bout sur le feu.)

En fait cette causalité élémentaire est déjà un concept mais d'un faible pouvoir de synthèse puisqu'il ne lie qu'un petit nombre de messages. Or, je puis l'appeler observationnel. Il est né en effet de l'observation. Mais lui-même n'est plus un message. C'est déjà une vue de l'esprit. (Cette entité échappe à l'analyse des sens.)

A (agissant) sur B change B en B'.

(Le feu change l'eau en vapeur.)

Mais le feu est complexe et se manifeste à tous mes sens. Quelle est donc la part du message feu qui va changer B en B'. Ce n'est point la couleur rouge (j'ai essayé la peinture sur le récipient). Ce n'est point l'odeur de brûlé (et encore là peut-être me serais-je trompé, en provoquant l'odeur par une chaleur incolore). C'est le pauvre message qui, par mes nerfs, m'apporte la sensation de brûlure.

62 Le concept je n'ai qu'à attendre qu'il naisse en moi. Je n'ai aucun moyen de « l'aller chercher ». Il ne connaît point — et cela par définition — la route qu'il faut suivre. Il n'est que des « actes brusques », puis un exposé général plus vaste, dans le nouveau langage.

Je ne puis passer, par raisonnement, d'un langage à un autre.

Je commencerai par : « Nous nous sommes entièrement trompés… » (et jamais « un peu »). Les systèmes peuvent être infiniment proches, ils sont toujours entièrement étrangers. (S'ils voisinent trop, il est très difficile d'enseigner le nouveau langage.)

63 Le fait est gain analytique dans la lecture de mes messages quand je distingue chaleur de feu.

64 Ce que je ne vois pas c'est pourquoi on ne pourrait pas instaurer un finalisme dont la « conscience » serait intérieure et non extérieure. C'est bien le cas dans le progrès non finaliste, mais non déterminé non plus, des sociétés humaines. Cette vaste analogie doit être pour une part valable. (Les rameaux avortés s'expliquent et en même temps cette semi-rectitude.)

Le problème serait mode de liaison de la conscience au germe ou conscience du germe et alors mode de liaison de cette conscience à la nature.

65 Mimétisme germinal ? Car il baigne dans un milieu. Il se reproduit de lui-même c'est en effet exact mais c'est directement dans l'organisme qu'il puise ses matériaux. Or, lcs cellules de l'organisme en liaison avec l'extérieur se modifient (par mimétisme ?) et modifient le milieu. Si le germe…

66 Ce qui me décourage à l'avance d'écrire, c'est que je ne sais pas ce que je vais dire, ou plutôt je ne sais pas comment bâtir mon pont entre le monde informulé et la conscience. C'est un langage que je dois m'inventer. (L'opération est intérieure : me rendre conscient.)

67 Ce que l'on nomme leur égoïsme c'est leur désir de ne point être dépossédés de leur rôle d'état. Car dans un socialisme non nivelant ils pourraient prétendre au même standing. Ou, plus exactement, d'autres qu'eux, dans le socialisme, prétendent à ce standing, sans paraître égoïstes (services rendus).

Mais eux pensent qu'il y a autre chose dans la possession du pouvoir d'achat que le dédommagement d'un effort ou le remerciement pour un service rendu. Il y a la responsabilité d'une gestion. Que le tableau soit entreposé là ou ailleurs, peu importe. Mais quel peintre sera sollicité de peindre ? Le sera-t-il ? Le haut fonctionnaire de l'U.R.S.S., quelles activités finance-t-il ?

Eux croient qu'une certaine formation (une certaine conscience dynastique) donne droit à certaines responsabilités. Cela hors de l'intrigue, de l'habileté, ou même de l'intelligence « intellectuelle ».

Ils croient que si l'on rebrasse comme une pâte à chaque génération les enfants des hommes, ceux qui émergeront et régiront (indirectement par leur incidence sur la direction des salaires) les activités spirituelles seront ceux-là précisément qui auront fait leurs preuves d'abord dans les activités temporelles. Or celles-là s'opposent à l'esprit.

68 Croire à la dynastie c'est croire que « l'homme moyen » ne représente rien qui vaille de vivre. C'est croire qu'il est mille vertus particulières et qui ne tirent leur rayonnement que de leur absolu. Mille vertus qui naissent lentement, et non d'une seule génération. Et qu'il convient aussi de sauver autant de dynasties que de vertus particulières. S'il n'est plus qu'une dynastie qui embrasse tout, elle sauve et fonde l'homme moyen.

69 Marx sur l'homme en savait moins long que Pascal. Ceux de gauche, ceux de droite. Pascal en savait moins long sur la marche de la fourmilière mais la fourmilière ne concerne point l'homme.

70 On profère dans la discussion un certain nombre de lieux communs. Il paraît communément acquis qu'une discussion ne fait point progresser une thèse, chacun demeurant sur ses positions. Et ceci est vrai tant qu'il est opposé deux systèmes clos (ils le sont tous) et non la synthèse qui les concilie.

J'ai remarqué, quant à moi, qu'on me désarçonnait facilement en m'opposant, avec un langage clair, une explication différente de la mienne. Je suis surpris, sur le coup, d'entrevoir une synthèse valable et qui semble ordonner le monde. J'ai l'impression qu'il serait loyal de l'accepter en bloc. Ce n'est qu'une fois rentré dans le silence de l'isolement que me reviennent les avantages d'une synthèse que je présente moins habilement, mais qui coordonne mieux les événements.

71 Je suis frappé en somme par les éléments convergents. Comme si une telle convergence n'était pas *toujours* démontrable. J'accepte cette démonstration comme acquise et il me vient le désir d'extrapoler. Or aucune démonstration n'est acquise car il n'est point de vérité que je puisse découvrir.

72 Ici je serai confus : j'éprouve quelques difficultés à cerner la réalité. J'ai ordonné selon une synthèse efficace les observations de mon époque. Comment puis-je espérer tirer de mes concepts directeurs un ordre qui englobe les observations futures (ou provoque l'expérimentation) ? Je sais d'ailleurs déjà que j'échouerai vite et que faire rentrer sous mes concepts certaines expériences nouvelles n'aboutit plus qu'à la complication d'un langage dont le seul mérite résidait dans cette simplicité même. La question peut se poser ainsi :

a) Le langage est-il valable parce qu'à la périphérie du système il se complique à peine (et ceci n'exprimerait pas l'efficacité de l'expérimentation).

b) Le langage est-il valable à cause d'une certaine vérité des analogies. Une coïncidence valable pour *n* circonstances *quelconques* offre bien des chances d'être valable pour la vingt et unième *quelconque*. Et ceci préparerait même une méthode (je dois me méfier d'introduire ici des sophismes sur les probabilités).

73 Je penche vers la seconde proposition. Si en effet l'observation était universelle (dans l'ordre des phénomènes naturels) et que de progrès en progrès mon langage ordonnait la totalité de ces phénomènes, mes concepts directeurs montreraient un certain visage. Or plus j'ordonne d'événements plus je me rapproche de ce visage. Mon visage imparfait peut donc être doué d'une certaine efficacité à la périphérie de mes observations présentes. Mais il reste que je n'ai aucune chance de tomber sur la vérité définitive car mon visage acquis peut se transformer en mille visages différents. Le visage ultérieur à choisir parmi cette infinité n'est fonction que des observations ultérieures.

74 Ne faut-il pas critiquer deux types d'observations nouvelles.

a) Celles qui se relient dans le canevas déjà saisi (une planète de plus par Le Verrier*) toutes choses étant égales d'ailleurs.

b) Celles qui tendraient à l'extension de ce canevas.

Une théorie aboutit-elle à la « découverte » des secondes ?

75 Et je me suis embarqué dans un cercle vicieux car ce sont précisément les secondes qui nécessitent le remplacement d'une vieille théorie. Elles n'ont donc pu être provoquées par celles-ci. La théorie ne peut conduire à l'observation de son contraire. Elle n'est nécessairement fertile que dans l'ordre de ce qu'elle régit (du moins directement car les instruments d'analyse aussi vont en progressant selon la science et suivent la science). Si une théorie me conduit vers une découverte c'est qu'elle était tributaire de cette théorie et non progrès. (La planète de Le Verrier est une application non un progrès.)

76 Donc distinguer « progrès » et « application nouvelle ».

77 L'échec d'une application nouvelle aboutit soit au progrès soit à la complication d'un langage. Quand il devient trop compliqué il faut faire la « révolution ».

78 Au lieu de dire d'abord : « Les corps s'attirent en fonction du carré de la distance », j'aurais aussi bien pu poser comme axiome fondamental qu'ils se contractent d'une certaine valeur dans la direction du mouvement. Puis que les corps s'attirent, etc. C'est une illusion de croire que la seconde proposition est une « découverte stérile » (du moins si, d'un point de vue absurde, les petites différences me choquent autant que les grandes). On pourrait appliquer ce qualificatif à la loi de l'inverse-carré qui n'est aussi que pure abstraction, impensable, et ne m'enseigne rien sur le monde. Elle n'est fertile qu'en ordonnant des événements. Ceux de Fitzgerald* aussi. C'est l'ensemble Newton-Lorentz* qui cesse d'être commode. (Je ne dois pas me laisser duper par une structure historique en attribuant aux deux concepts une différence de qualité.)

79 Conversation N. La forme des activités du territoire, la distribution des travailleurs, leurs filiations humaines déterminent le « visage spirituel » du pays (du moins en partie). Ce visage-là est, ou non, à sauver ; est, ou non, à revivifier ou à vivifier.

Dans l'ordre purement matériel il n'est qu'une loi : consommer dans l'objet le moins de temps possible, de façon à en produire plus et à réserver plus de loisirs. Si l'on tient compte de ce seul aspect de la question, il est probable que l'objet consomme moins de temps si les travailleurs sont logés près des ressources naturelles et aux grands nœuds de croisement.

En d'autres termes : Est-il plus économique de loger les hommes près du blé et de leur porter charbon et fer ou de loger l'homme près du fer et de lui porter le blé. Il semble bien que la discussion ne se pose pas.

80 L'égoïsme du financier n'est bien souvent que l'expression de cette loi du « moindre temps ». C'est, à travers le financier, la société humaine tout entière qui est égoïste. S'il refuse l'invention nouvelle avant d'avoir « amorti », c'est qu'il y a, en fin de compte, économie de temps. Et en effet un renouvellement perpétuel de l'outillage absorbe plus de temps que le progrès véritable n'en épargne. Par ailleurs un temps humain mis en réserve et annulé se traduit par une ruine quelque part car quelqu'un possédait comme capital, ou, plus exactement comme économie ce temps-là, précisément (ce qui est le seul vrai billet de banque, soit intégré dans l'objet, soit en réserve) et il le perd. Et toute la structure du pays s'en trouve modifiée, car la place tournante fixe que constituait ce possesseur n'assure plus dans la même direction l'aiguillage de la masse monétaire. L'ensemble des activités s'en trouvera donc modifié (non une faible part, mais l'ensemble. Ainsi si l'usine électrique qui me dessert est une centrale entièrement automatique je modifie dans toutes ses parties, en allumant ma lampe de chevet, la nuit, pour lire l'heure, la marche, le ravitaillement en mazout, la vitesse de rotation, de mon usine).

81 La disparition des « richesses » dont je me fous bien m'angoisse non à cause des « riches » mais précisément à cause des « pauvres » qui vont être un peu plus abrutis de travailler à la fabrication de tracteurs ou de tabourets plutôt qu'à la dorure, à la reliure d'art, à l'horlogerie de luxe, etc., un peu plus abrutis mais un peu plus gras. Le gain compense-t-il la perte ?

82 Car il est élevé non par l'usage du fruit de son travail mais par son travail même ; par la forme de son activité. Et l'ouvrier d'art mangeant mal est plus rehaussé que le manœuvre mangeant bien. Ou plutôt celui qui forge l'objet d'art est supérieur à celui qui le reçoit. Encore faut-il que l'objet soit reçu.

83 Et si la tasse chinoise vaut le prix d'une vie humaine, soit environ un million de francs, encore faut-il qu'il existe le seigneur qui aura accepté d'alimenter, de loger et de vêtir l'artiste pendant cinquante ans pour voir la tasse entreposée chez lui. Sinon l'artiste est obligé d'échanger objet pour objet, c'est-à-dire de fabriquer des tasses en série.

84 Ou bien l'État achètera la tasse, mais il n'achètera qu'une forme de tasse — et choisie par vote, c'est-à-dire banale.

85 L'activité qui élève d'abord le standard de vie, c'est la terre. Et les activités qui s'y lient aussitôt telles que le transport.

86 Raisonnement Prévost peut-être faux : poussière de petits commerçants. Grèvent-ils plus le temps intégré dans l'objet que l'administration du grand magasin ?

87 Vous me dites : le fascisme français tend à rétablir la notion de grandeur, à triompher de cette masse mais j'ai le droit de leur demander d'abord la cause du mal sinon je n'aurai point confiance dans vos remèdes. J'entends d'ici vos explications, vous les situez dans les enchaînements de circonstances : cet abâtardissement accompagne la démocratie, ou les lois sociales, ou Blum, ou le communisme. Et chaque fois que j'ai la connaissance d'un tel parallélisme je puis prendre un des deux éléments pour cause, l'autre pour effet arbitrairement (je pourrai dire : « C'est l'abâtardissement qui conduit au communisme », ou « il n'y a point de bien », ou ces deux éléments sont tous deux effets d'un troisième).

En fait vous prétendez m'expliquer le suicide en me démontrant que les pas de l'homme l'ont conduit jusqu'à la rivière. (Ainsi Trotsky s'il ne se situe que dans l'ordre des événements me démontrera aisément que la révolution a échoué, dans la mesure où l'administration russe est tyrannique et onéreuse à cause de Staline lui-même. Et en effet la pente naturelle des événements, si même elle est elle pour d'autres raisons, aura nécessairement pris pour forme un acte donné de Staline que nous pourrons interpréter comme une faute.) Il y a le plan des événements (traces des pas), il y a le plan directeur (idée du suicide). Staline, c'est la trace des pas.

88 Si vous me dites : « Cet idéal a régressé à cause du progrès de l'idéal contraire », vous me faites rire. L'idéal contraire a donc progressé à cause de l'éclipse de l'autre ? Trouvez-moi donc la commune mesure de ces deux phénomènes. Dans le cas du suicidé oubliez donc les pas, la cabane, la rivière, et inventez-moi quelque jolie blonde qui vit très loin. Et vous découvrirez avec surprise que le changement de comportement de la jolie blonde modifie toute construction logique dans les traces de pas et offre à votre analyse une autre construction logique. Cette jolie blonde expliquera en outre d'autres démarches que celles de ces pas et une synthèse plus générale.

89 Si vous me dites le progrès des gauches est dû à toute cette publicité, à cet enseignement de gauche, à ces conférences et à ces livres qui ont empoisonné l'esprit, alors je doute fort de cette causalité car si une pente naturelle indépendante de ces raisons fait progresser la gauche je sais que les signes de ces progrès seront les livres, les conférences, en un mot la publicité. La gauche contient sa publicité. La gauche se déplace avec son orchestre. Aussi j'ai le droit de douter du rôle personnel de Doriot. Je pense que si un courant sous-marin puissant et fortement motivé entraîne ce peuple vers la droite, le point de regroupement rappellera Doriot ou La Rocque ou Bonaparte. J'ai le droit de chercher si derrière les hommes il n'y a point certains concepts fertiles. (Je ne nie pas le pouvoir de l'homme, mais que la surface des événements soit restrictive. Associations du rêve. L'homme, s'il résout, est puissant.)

90 Vous faites perpétuellement un choix. Et je refuse. Car vous escamotez les occasions de progresser (et la gauche comme vous, qui n'est guère plus marxiste). Vous refusez à ce chef communiste le droit d'être à la fois noble et bas. Ou plutôt, vous me distinguerez en lui deux personnages qui n'agissent pas simultanément, mais ceci est une vue pédagogique. Car en fait c'est dans le même acte et au même instant, mais selon des points de vue différents, que ce personnage est noble ou bas. Et si j'accepte ces dilemmes peut-être vais-je m'évader d'un choix injuste.

91 Vous me dites : « Les deux cents familles* qui ne jouent pas leur rôle », et vous êtes plus dur que moi. Car je dirais : « Elles agissent du mieux qu'elles peuvent » mais le problème posé n'est point problème de morale (ou plutôt la morale est mauvaise clef de voûte car évidemment un monde chrétien *absolument* vivrait dans une heureuse communauté. Mais est-ce commode à réaliser ?).

92 Vous m'objectez des embryons de synthèse et vous me désarçonnez bien aisément. Si vous m'affrontez, ayant préparé votre combat, avec vos cinq ou six coïncidences qui me « démontreront » que les malheurs de ma patrie sont dus aux lanceurs d'ondes, que puis-je vous objecter en cinq minutes ? Rien contre vos coïncidences qui sont. Rien contre votre point de vue qui est en droit. J'aurai à entreprendre toute une éducation et à vous montrer que votre concept n'est guère fertile, ou qu'il en est de plus fertiles. Mais il s'agit d'une longue opération que la discussion n'autorise pas. Et chacun de vos arguments demeurera irréfutable. La vérité n'est pas locale et vous aurez toujours le droit de me dire que si le suicidé s'est noyé c'est à cause des pas qui se dirigeaient vers la rivière, ou que le communisme, s'il progresse, c'est à cause de la veulerie française. Mais je ne me sens guère instruit car je savais déjà que le progrès d'un parti, quelle qu'en soit la cause, prendrait visage de lâcheté de l'autre.

93 Je sais, plus exactement, qu'il n'y a point de vérité. Mais que je dois appeler cause non l'un quelconque des éléments liés à l'élément considéré mais celui qui ordonne le plus d'éléments possibles. Car bien sûr si je donne du courage aux droites je les rends forts mais je n'empêche pas la gauche de recruter, etc., et ici je dois expliquer non seulement pourquoi la droite régresse mais pourquoi la gauche gagne du terrain. Et pourquoi l'intelligence (Perrin*, Langevin*) va à gauche. Si vous ne m'offrez point d'explication plus fertile que le seul « amour du succès » (et ils l'eussent rencontré à droite) vous ne m'expliquerez rien.

94 Une cause n'exclut pas les autres. Je ne m'inscris en faux contre aucune cause. Je veux bien croire que la personnalité de Hitler a sauvé l'Allemagne. Je veux bien croire que l'état de l'Allemagne a suscité un Hitler. J'estime simplement stériles les discussions de cet ordre qui n'ont point d'efficacité ou définissent comme cause un élément qui n'a point pouvoir de synthèse et ne répond donc pas à ma notion de cause. Tout est cause, rien n'est cause. Mais il est une certaine possibilité d'ordonnance.

95 Je me moque bien de l'opération que vous faites lorsque vous m'exposez votre monde futur. Si vous ne m'expliquez point avec une grande clarté les causes des vices de celui-ci qui est présent, analysable, étalé sous nos yeux, comment voulez-vous que je vous suive si vous vous bornez à me montrer dans sa perfection le monde futur. J'ai le droit de penser que vous n'avez point assez d'esprit d'analyse pour prévoir des événements quand déjà vous ne savez peut-être pas les observer. D'autant plus que les inconvénients, qui ne sont pas cncore, naîtront de lui et que je ne puis pas par avance non seulement les peser mais les connaître. Ainsi en Patagonie où c'étaient les pumas qui mangeaient les moutons. Les pumas morts, on s'aperçut qu'ils tuaient surtout les guanacos lesquels demeuraient invisibles parce que peu nombreux mais prospérèrent et pullulèrent une fois le puma détruit ce qui se solda par un désastre pour les moutons qui durent partager leur herbe. Et vous ignorez, vous aussi, vers quel équilibre nouveau vous tendez. Il est inimaginable car le déterminisme échoue contre la synthèse créatrice. L'évolution n'est point contenue dans les prémisses. La logique n'est qu'apparence (telle ceux des pas du suicidé) ; vous écrirez toujours une histoire logique mais vous ne saurez point prévoir l'histoire car des milliers de directions sont possibles quand on sort de la cabane. Vous choisissez arbitrairement une direction parmi mille. En prévoyant vous escamotez l'essentiel : le contraire. Et par conséquent les synthèses futures.

96 Prudence de la droite qui pense en gros que les équilibres réalisés ont intégré une grande somme d'intelligence et qui croit que le monde, dans son dynamisme, échappe à une intelligence particulière.

97 Dans la société anarchisante ou communiste pourront renaître les non-conformistes tués par un premier stade de l'évolution. Car tant que les objets ne sont pas en nombre suffisant on se demande comment les distribuer sans contrôle et, s'il y a contrôle, sans condamnation des non-conformistes. Mais alors, si je tourne mon activité dans la direction qui me plaît comment sera assurée la production ? Je me dirige aujourd'hui vers les activités de production. Selon un mécanisme simple, part déduite de ses bénéfices qu'il emploie à entretenir des hommes travaillant pour lui à la civilisation, le capital ne me paie et ne me permet donc de participer au stock que dans la mesure où je produis. Je produis donc dans un certain rapport. Il ne peut être exagéré car il est une échelle de mesure et le capitaliste serait taxé d'accaparement si son bénéfice excédait un bénéfice usuel consenti qui correspond à un certain visage des activités du territoire. Il est donc un frein naturel à cette tolérance consentie (cet état d'équilibre entre production et civilisation) en particulier conditionné par la *concurrence.*

98 Dans une société communiste type stalinien le compromis est libre ce qui, pour la civilisation, est un avantage. Mais le non-conformiste — et le progrès, auquel il préside seul — meurt. Dans la société anarchiste il peut de nouveau vivre, mais quelle est la structure qui désormais conditionnera l'équilibre entre les activités de production et de civilisation ? Si je vis choisissant mon type de travail, je bâtirai des cathédrales et rien ne m'obligera à visser des boulons chez Citroën. Car la même forme de contrainte qui pourrait m'obliger à visser des boulons m'interdirait d'être non-conformiste.

La seule solution serait celle de ce travail civil obligatoirc dont parle Aron*. Mais pour qu'il soit fertile je dois être éduqué dans ce sens-là avec tous les inconvénients d'un tel système. À vol d'oiseau :

Moule standard de l'individu.

Dédoublement de la personnalité qui empêche l'homme de s'absorber dans sa création.

Désaffection du travail.

Par « travail civil » j'entends l'impôt de productivité prélevé sur tous les individus qui ensuite sont libres d'exercer comme ils l'entendent leurs activités spirituelles.

99 Concept nouveau. C'est d'une part la démocratie (dont les impôts sont la voie) mais d'autre part surtout la concurrence qui limite le rapport des activités de civilisation aux activités de production. (Dans la mesure où les premières sont financées par le capitalisme.) Et en 1935 on bâtissait moins de châteaux qu'en 1840. Dans la mesure où l'on produit plus, on tend à se civiliser moins (il s'agit peut-être ici d'un sophisme car si naissent dix industries d'où dix fois plus de bénéfices et si leur taux décroît les bénéfices ont cependant crû. Toutefois le rapport va en décroissant).

Il reste toutefois vrai que plus je morcelle ma propriété des moyens de production (à rendement égal) et plus mon taux de bénéfice décroît. Et plus se raréfie absolument et relativement la population qui en vivait (celle de la civilisation).

100 Ce qui sera créé, ce qui naîtra sera logique. Et non : ce qui est logique naîtra.

101 Dans une certaine mesure, quand on me parle du social, je vois l'escamoteur montrer l'oreille. (S'il s'agit de l'aménagement de ma société, qui ne dépend que de l'économie.)

102 Moi je trouve tout naturel que l'on défende dans un patriotisme certaines valeurs de civilisation. Et il est parfaitement cohérent que si celles-ci se trouvent plus menacées par l'évolution intérieure que par l'étranger, on s'allie à l'étranger pour les sauver. Le patriotisme basé sur un égoïsme commun d'ailleurs malaisé à définir est un non-sens.

Or le bas et sordide égoïsme commun, les gauches se vantaient de n'en pas être tributaires. Que reprochent-ils donc aujourd'hui à l'appel au fascisme étranger ou à l'émigration ? Les émigrés de 1789 me paraissent plus civilisés et plus cohérents que les barbares de 1937 qui se feront casser la figure pour un drapeau qui, cette fois-ci, véritablement, est vide de contenu, se réduit à l'insigne d'une équipe.

103 De gauche parce qu'il « aime » les masses. L'autre parce qu'il ne les aime pas. De gauche parce que l'honnête et méritoire travailleur a le droit de cracher par terre — ou parce qu'il a droit à un mouchoir.

104 L'homme de Pascal (droite) homme de Descartes (gauche). Il reste à écrire la véritable histoire du premier. L'histoire des concepts.

105 Propriété des moyens de production. Si le capital prélève lui-même les salaires à l'aide desquels il bâtira les industries futures, il les possède. S'il fait appel à ces salaires (société anonyme) dans exactement les mêmes conditions il les gère — et l'industrie est alors bien collectif. En fait ce sont les salaires de tous.

106 Si vous raisonnez sur la lenteur — que je vous objecte — du gain technique méfiez-vous des sophismes que vous construisez en limitant les exemples à une catégorie spéciale d'objets : les objets scientifiques dont la forme même est conditionnée par le progrès. Si les gains scientifiques me permettent de simplifier ce que je nomme un poste radio ou une auto, s'ils me permettent d'économiser successivement un rouage, puis deux, puis trois dans cette machine, l'économie du temps que je brûle pour la construire peut, en effet, apparaître comme très rapide. Mais notre discussion porte non sur l'objet scientifique dont la complication dépend de l'état de la science mais de l'objet usuel dont la complication est fixe et ne dépend plus que de l'usage (la table, la baignoire, la maison, le vase, la chaussure, le tissu, etc.) le progrès technique ne conditionnant plus que le temps intégré pour façonner l'objet dans cette forme déterminée et indépendante de la science. C'est ce progrès dont je dis qu'il est lent. Et c'est ce progrès dont nous parlons puisque nous traitons des objets distribuables à tous et qui définissent d'abord le standard de vie.

107 Autre forme de l'exposé précédent. L'ouvrier veut rouler en voiture. Il dépense (minimum extrême) un franc par kilomètre. Or il gagne cinq francs l'heure. C'est-à-dire que son kilomètre en voiture lui coûte la minute nécessaire pour le parcourir plus les douze minutes d'immobilisation dans sa profession qui paieront le prix de ce kilomètre. Soient treize minutes. Or, pour accomplir à pied ce kilomètre l'homme eût dépensé dix minutes. Il en perd donc trois. (L'économie devient positive si les passagers sont plusieurs.) Et il verra moins de pays qu'en marchant à pied.

En fait ce n'est peut-être pas tout à fait exact. Car en même temps qu'il a parcouru ce kilomètre il a permis à quelques autres de le parcourir. Son salaire horaire ne représente qu'une fraction de la production d'une heure. Un homme travaille pour trois ou quatre dans l'ordre de la production (utile) et consommable. (Réfléchir. Ici je ne devrais déduire qu'une faible part car c'est sur son salaire aussi qu'il paie le médecin et non sur l'impôt invisible. Ce qu'il perd réellement par rapport au prix de vente c'est le bénéfice du capital plus l'impôt c'est-à-dire moins de la moitié.)

Par ailleurs, impôt direct déduit, il ne lui restera pas cinq francs par heure. C'est-à-dire qu'un franc représentera plus de douze minutes mais cette considération ne joue pas car il aura cédé à un autre une part de son droit de rouler en voiture.

108 Ceux dont le temps vaut très cher font un gain (communiste) mais c'est statistiquement que la société qui mesure, en moyenne le temps des hommes au tarif syndical, ne fait point de gain.

109 Arguments J.
Arguments de polémique. C'est-à-dire qui n'ont de sens qu'en fonction d'un certain arbitre : celui qui jugera sur le brillant de la discussion et interprétera comme point marqué tout mutisme et toute réflexion de l'adversaire. (S'il s'agit d'embrouiller l'adversaire… ou de le clouer…)

110 Si l'on veut définir l'exploitation de l'homme par l'homme il faut la chercher un peu partout et se scandaliser de ce que celui dont « le temps vaut cher » a consommé (voiture) le temps de ceux dont ledit temps ne vaut pas cher.

111 De gauche parce que je n'aime pas les masses. Si j'étais de gauche les aimant (c'est-à-dire, dans ce cas, les préférant puisqu'il s'agit de les servir au détriment des privilégiés) je me méfierais de lutter contre des conditions de vic qui les forment ainsi plus nobles (misère, sacrifice, injustice) car je me refuse catégoriquement à penser bonheur d'un homme que j'ignore (satiété, bien-être égoïste, digestion bourgeoise), je ne puis penser qu'exaltation de l'homme que je connais ou que je souhaite.

(Le bonheur d'ailleurs ne provient pas des objets consommés et celui-là est dupe qui troque l'amitié contre la relation stérile avec l'objet.) Si votre cave ou votre grenier, ô anarchistes, produit une telle flore humaine et favorise une telle chaleur de l'intelligence et du cœur, sauvons la cave et le grenier, de même que l'on sauve la cellule du moine, contre les beaux immeubles clairs, la vie aisée et la justice.

Mais il est d'autres plans que celui de la civilisation morale et j'ai le droit de penser qu'un certain standard de vie sert la vie intellectuelle (Descartes : J'ai bénéficié du bonheur de n'avoir point eu soucis de fortune…).

112 Évidemment il est difficile d'aborder en non-finaliste le problème du sens de la vie. Si j'ai perdu le bénéfice de l'explication religieuse, il faut au moins que j'en transpose les valeurs car elles sont nécessaires et fertiles. Si la vie humaine n'a point de sens qui la fait tendre vers une fin, le souhait se réduit à vivre le mieux possible — mais je ne puis me contenter de l'atroce procès du [bigle] qui consomme une à une ses années sans rien préparer en lui-même, il est en cet insecte muré avec sa provision de nourriture quelque chose qui n'est point de l'homme. L'homme doit chercher ailleurs et s'évader (musique, poème, religion, sacrifice [universalité], etc.). Ce petit ingénieur de l'X avec lequel je déjeunais à Perpignan et qui ne savait rien hors les équations de sa fonction et le poker d'as. Quelque chose en lui est manqué. Il peut s'imaginer heureux, il peut se préférer ainsi, il manque le bonheur véritable (au titre où n'étant plus un but il n'est que le sentiment de richesse qui accompagne une activité véritablement humaine). Il ne sait point le goût de la pleine mer. Mythe du canard sauvage*.

113 Donner toute son importance à ce fait : il ne s'agit jamais de choisir consciemment. On ignore tout de l'essentiel de ce que l'on serait si l'on était différent. Il y a peut-être un appel mais confus, obscur, rarement impérieux.

Et il n'est possible que de convertir.

114 Je crois tellement fort à la vérité de la poésie (et il m'a aidé Eddington* quand il parle des ordonnances symboliques différentes) — le poète n'est pas plus futile que le physicien. L'un et l'autre recoupent des vérités mais celle du poète est plus urgente car il s'agit de sa propre conscience.

115 Il est absurde de toujours lutter contre. Si l'on faisait une bonne fois le bilan de chacune des choses ? Que revendiquent les droites, les gauches, les staliniens, les trotskistes, les anarchistes ? Vers quelle fin tendent les moyens proposés ?

116 Si les crises naissent avec l'époque où l'on augmente l'industrialisation, j'ai le droit de penser que le secret réside dans le processus de l'épargne. Il ne l'est point dans celui des objets offerts car des afflux nouveaux de marchandises (Amérique du Sud) ont toujours trouvé acquéreurs. Les salaires nouveaux ne sont pas immédiatement disponibles — ou encore la possibilité de se diviser l'énergie nouvelle (n'y a-t-il point de nécessité qui ait fait « attendre » ?). Sinon, il faudrait chercher dans la thésaurisation (insécurité) ou économie confondue avec Épargne.

117 Le socialiste : « Votre industrialisation sans plan est un des facteurs de la crise ; vous ne proposez point les objets dans la hiérarchie de leur urgence. Et par exemple le capital détient des revenus de bénéfices quand il est offert une poussière de petits objets qui nécessiteraient une poussière de salaires. »

Et d'abord nous avons vu que ces revenus se résolvent eux-mêmes en poussière en passant par les mains de celui qui bâtit le château ou du garde-chasse.

Mais d'autre part comment expliquerait-on qu'il ne se produit pas un équilibre naturel, fonction de la demande. Pourquoi, s'il est demandé d'abord des objets chers, serais-je amené à fabriquer une poussière de petits objets non demandés ?

Ensuite si un régime économique crée le besoin, et même s'y soumet avec démagogie, c'est bien le régime capitaliste. Vous, socialiste, vous ne prétendez point vous y plier mieux, mais bien lui résister et remonter une pente dégradante. En lieu et place de chewing-gum vous construisez des salles de bains. Et vous admettez qu'ayant distribué un pouvoir d'achat équivalent vous ne pouvez point ne pas les vendre. Alors ?

118 Quant à la concurrence, c'est le bénéfice qu'elle fait décroître, non le salaire (?).

Augmenter les salaires (dans l'ensemble) n'aboutit pas seulement, mais équivaut déjà à dévaluer. Et en effet le possesseur de cent francs (étranger) a droit à une moins grande part de travail ouvrier. Quant à l'or… évidemment cet étranger peut acheter la même quantité d'or. Et cet or chez lui procurera plus. Mais alors moi de même, j'achèterai de l'or que j'enverrai à l'étranger et l'or fuira logiquement.

119 En somme, cent francs valent une proportion définie dans mon système social *de tant d'heures de travail* (congés payés diminuent cette quantité) (de même décroissance du rendement).

120 Le plan des causes. Peut-être en trouverais-je un exemple en ce qui concerne les anguilles que l'homme observe d'avion. Et ceci dans la filiation des traces du suicidé dans le sable.

Si à hauteur de l'archipel Aland* le peuple des anguilles se divise, je trouverai toujours la cause physico-chimique (ou déterministe) du choix des orientations. Mais cette causalité est-elle autre chose qu'un accompagnement ? La détermination de la direction à prendre quel que soit son mode n'a-t-elle pas nécessairement une traduction physiologique ? Et cette causalité physiologique apparente est-elle autre chose que la « projection », sur un plan donné, d'une réalité extérieure ? N'est-il pas à la rigueur possible que le bras qui tue paraisse mû par une cascade d'enchaînements déterministes ? Ne puis-je pas dire que je crée ma cause en créant l'effet ? Et le déterminisme devient illusion.

121 Ceci est bien vrai de l'histoire où je crée la cause en créant l'effet. Un effet a nécessairement une cause mais une cause a mille effets. Mais l'histoire (biologie, chimique ou autre — car il y a l'histoire d'une réaction chimique) me masque cette réalité. C'est statistiquement qu'une cause n'a qu'un effet.

122 En d'autres termes, si j'observe un phénomène sur un plan différent de celui de la conscience et que je le vois se dérouler selon certains enchaînements de causalités, subsiste-t-il des hiatus irréductibles qui correspondraient aux interventions de la conscience (et dont, à l'inverse, l'absence signifierait le non-rôle de la conscience) ou bien le rôle de celle-ci ne se situe-t-il pas toujours comme rôle directeur (et c'est logique) n'astreignant jamais la logique mais la conduisant, car la logique ne se conduit point seule (les mathématiques, que guide de façon invisible l'intuition, c'est-à-dire le choix invisible des points de vue).

123 Si je supprime l'arbre je supprime des messages que je puis recevoir.

124 La vérité. Il est vrai qu'elle était là à midi. Ceci est du domaine des messages enregistrés et pour analyser autrement les messages perçus par plusieurs consciences le langage devient d'emblée inextricable. Mais pourquoi (cause) était-elle là? Tout est lié à tout dans le monde : je puis choisir l'explication qui me convient : je la démontrerai. Celle d'entre elles que je nommerai « vérité » est celle qui sera fertile et permettra aussi de prévoir d'autres sens ou (dans le cas de la maladie), de guérir. Ou, dans le cas du social, de résoudre. En fait, n'est-ce pas simplement celle qui me fournira un langage simple ?

Ainsi la cascade des causes. Elle était là à midi pour telle raison, et n'importe laquelle. Elle était là à midi et ici hier pour une autre raison ; ce jeune homme brun — car la première raison me fournira un langage trop compliqué, mais son comportement de tous les jours, dont ces deux actes, ce n'est plus lui qui me l'explique. Mais une certaine destinée intérieure (de l'ordre par exemple du complexe psychanalytique). Et si, de l'individu, je découvre par mon intuition cette racine me voilà apte à des découvertes bien étonnantes de petits faits particuliers. Et, en fin de compte, le monde physique et intérieur, dans l'ensemble, ne s'explique plus que par Dieu.

125 L'habileté à organiser des synthèses dessert sans doute plus qu'elle ne sert la recherche de la vérité. Ce n'est point là la véritable intelligence. Si j'étais parfaitement habile et virtuose du verbe, je présenterais n'importe quelle architecture des causes sous ses apparences les plus tentantes. Et je serais toujours satisfait par l'erreur (ou plus exactement par l'inefficace). Je croirai cependant ma thèse efficace si je sais y faire rentrer — par habileté de langage — (ou expliquer par elle) — n'importe quel fait nouveau, oubliant que la seule efficacité réelle n'est point l'efficacité pédagogique mais l'efficacité dynamique, celle qui fait prévoir.

126 Vérité pédagogique (histoire).
Vérité dynamique.

127 Le grand médecin n'est point celui qui découvre par raisonnements une habile clef de voûte (pédagogique) qui « explique » tous les malaises particuliers. Il ne sait point — il n'a point de moyen de connaître — s'il s'agit d'un effet ou d'une cause. Mais celui qui a l'intuition de l'unité intérieure.

128 À moi ce problème : la vérité dynamique n'est-elle pas toujours plus simple que la vérité pédagogique ?

Non. La loi de Newton est plus simple que les formules d'Einstein s'il s'agit d'expliquer le monde expérimental de Newton. On a entendu dire : « Newton apparaît comme une simplification, une approximation suffisante pour… » donc plus simple puisqu'on la préfère dans le cas des mesures grossières.

Mais Einstein devient plus simple quand il s'agit de rendre compte de l'expérience 1937.

129 La science à la fois se simplifie et se complique. C'est le terme qui est confus.

130 Si je ne découvre point de lois en histoire, si des phénomènes aussi liés — et donc saisissables par le langage — que la guerre ou l'avènement de Hitler ou la solution du conflit d'Espagne me sont — je le sais par l'expérience — aussi inaccessibles que tous les Romains malgré la critique scientifique d'aujourd'hui, c'est qu'il n'y a point finalisme, ou plus exactement déterminisme, mais conscience. La précision des lois statistiques (compagnies d'assurance) conjuguée à l'imprécision des prévisions historiques voilà la marque de la conscience. (Mais je retrouverai toujours la trace des pas.) Il n'est point de mystère — jamais — dans la coupe des événements. Et cette femme qui était ici puis là s'y rendait chaque fois pour des raisons logiques. Mais cela ne signifie point qu'une autre coupe, plus près de la raison humaine, n'eût point augmenté la clarté de mes vues sur les événements.

131 L'exploration de ces démarches ne nie point la liberté.

132 Elle est plus simple encore. Quand on discute autour d'un tapis vert c'est qu'on cherche à prévoir qu'une poule sortira de l'œuf. Mais il n'y a ni poule ni œuf. Et l'on perd son temps et son énergie en démarches mentales qui n'ont point d'objet. Et ensuite si celui qui n'a point discuté assisté par sa simple foi l'emporte dans l'expérience, on se scandalisera. « Chance insolente… etc. » Il n'aura point paru raisonnable.

L'argument de Déat* ne vaut rien ni de Borel* sur les probabilités : le suffrage universel ruine l'esprit de création.

CARNET IV

1 Ça m'est égal l'indignité des hommes qui exercent cette fonction, mais où le retrouver ailleurs le médecin des âmes ? Si cet exercice fait naître l'âme…

2 L'autre et sa connaissance cartésienne : ce n'est pas exact. Il n'est de connaissance qu'intuitive. Descartes refuse les contradictions.

3 C'est bien cela… commune mesure de l'amour. Cela ou la mort à la guerre. Un amour qui ne déçoit point.

4 Sous une autre forme, pour sauver la même structure, il faut sauver la même hiérarchie des salaires.

5 Je compte plus sur la vie pour diriger l'extension de l'usine que sur la pensée abstraite d'un fonctionnaire (ex. Dniéprostroï*).

6 Il a oublié les colliers de perles sans aucun doute, mais il a oublié aussi les Hispanos et la céramique, et les tableaux. Il a oublié tous les objets qui intégraient trop de travail pour être distribuables à tous : c'est la civilisation qu'il a oubliée.

Et comme il est intellectuel abstrait, il pense la rétablir d'un coup de plume comme une donnée accessoire, mais s'il n'a pas d'abord pensé le monde en fonction de l'homme, il y a peu de chance pour que l'homme y trouve sa place.

7 Sottise du plan qui ne peut prévoir les guanacos. Cette cité fondée par l'intelligence d'un seul et qui tente d'ailleurs une démarche impossible (report vers l'avenir d'une logique qui ne rend compte que du passé) perd le bénéfice de toute intelligence qu'intègrent les équilibres naturels.

8 Des événements non enchaînés sur un plan, rien n'empêche qu'ils soient enchaînés sur un autre plan (Pas vers la rivière). Ainsi le hasard n'a point de sens absolu. Ce n'est que la non-connaissance.

9 Fausse position, B.* Les hommes qui prélèvent l'impôt afin de faire vivre une population qui ne contribue pas à la production des objets distribuables à tous mais qui représentent la civilisation, il ne s'agit point de savoir qu'ils prélèvent ni de connaître ce qu'ils prélèvent mais de juger le fruit de leur activité. B. oublie le problème capital (l'entrepôt ne signifie rien).

De même pour le château, la collection particulière — à peine entreposée pour peu de temps et déjà devenue bien collectif — le territoire gagnerait-il à n'être point doté de châteaux ou de collections ?

10 La vertu des analogies s'explique par l'identité des structures. Le quelque chose qui fait que je fausse ce que je mesure est une structure. La psychanalyse elle aussi peut s'exprimer dans le langage des structures de groupe.

11 Il est bien inutile de geindre sur la démocratie, la démagogie, le machinisme. La cause profonde du dépouillement de l'individu de toute originalité particulière trouve des racines autrement nourrissantes dans le perfectionnement des moyens de communication (déplacements des inconnus l'un vers l'autre mais surtout identité des sources : journaux, radio, téléphone, transports en commun). Manquent étrangement silence et prière (pouvoir de formation de la prière où l'individu se trouvait en dehors de lui-même). Par quoi remplacez-vous, Gide, un tel exercice ? Les âmes d'aujourd'hui deviennent de corne.

12 La psychanalyse. Son objet essentiel est la recherche du « sens » des choses. Quel est le sens d'un rêve — et ceci paraît vrai. Mais quel est aussi le sens d'un acte ? ou d'une image poétique ? Et la psychanalyse, sans peut-être bien le reconnaître, nourrit le rêve d'une commune mesure (l'individu, sentiment et action est infiniment simple, seul le langage le complique qui ne possède point d'épithètes aptes à exprimer le mélange de jalousie et de générosité que nous nommons complexe). Je cherche donc, sous les symboles, à lire cette commune mesure.

Je me charge maintenant de la théorie des refoulements et de l'inconscient et du sexuel. (Si l'individu est bien vu j'aurai toujours une résonance symbolique sur le plan sexuel comme sur les autres. Mais j'ignore ce que c'est qu'une *cause*.)

13 Dans la maladie le phénomène entièrement [consolé] (et non remis) en présence du médecin.

14 Une certaine typographie classique. Non que ceux qui l'emploient soient plus intelligents mais la bêtise est dissimulée, ou encore ils bénéficient de l'intelligence intégrée (celle qu'ignorent les gauches).

15 Si les brevets rapportent moins que l'exploitation des brevets n'est-ce pas qu'au lieu de signifier une exploitation de l'intelligence par les marchands, cet état de choses signifie que l'administration prime l'invention et que le génie le plus rare est le génie de l'administrateur ?

16 Je les entends dans les bistrots qui jouent aux cartes et, à propos du jeu de cartes, fabriquent des phrases où tous leurs sentiments jouent un rôle : la colère, l'indignation, la pente religieuse, etc.

17 Il ne s'agit pas de savoir ce que vous estimez qu'ils méritent. Il s'agit de savoir ce que vous désirez qu'ils deviennent. La grande erreur a été celle-là.

18 Difficulté de la morale de l'homme seul. S'il est seul il n'y a plus de référence. Rôle de Dieu ou du prochain qui juge — et non point nous.

19 Donc danger du concept de mérite et de récompense.

20 Une grande erreur consiste à croire que l'on a épuisé un sujet quand on en a donné une explication (ainsi la douleur quand on a expliqué les larmes). Certes je sais relier par les équations les phénomènes électriques qui me permettent dans ma chambre d'écouter Paris ou Buenos Aires. Mais cette détection, cette [invasion], mais cette coïncidence absolue ?

21 Réflexions sur la radio. Quand la radio passe des informations politiques, celles-ci n'ont de sens que si l'on tourne le bouton pour chercher le contenu de ces superstructures en opposition, les richesses de ces guerriers dont les informations nous présentent le schéma des luttes.

22 Ce qui me tourmente le plus sur terre : cette part de C. prise dans l'inséparable alliage et ignoré de soi. Tout cela se retrouve en Dieu. Vous êtes le grand réservoir du monde peut-être perdu.

23 Le sophisme de Gide. Car l'objet d'art ne peut être acquis par une collectivité. Cela lui enlève tout sens humain. Et le goût moyen de la foule aboutit à ce qu'il hait : à la Russie. D'ailleurs, se posera toujours le problème de la matière — et alors : quelle immoralité de la part de celui-là d'écrire des sonnets d'amour quand il n'est pas assez de blé. Qu'il aille donc cultiver la terre. Car au fond ce qui est reproché à Rothschild quand on lui reproche d'avoir consommé avec son argent le sonnet d'amour : c'est d'avoir empêché ce poète de cultiver la terre.

24 Quelles sont ces collectivités qu'il désire et qui ont conservé tout ce qui fait la richesse de l'individualité ? Comment veut-il qu'on n'aboutisse pas à la Russie ? L'anarchie peut bien scinder en ces groupes ce qui tend immanquablement vers la structure stalinienne — dans la mesure où elle réduit la consommation de temps par l'homme sans fonder des collectivités puissantes, elle détruit fondamentalement encore le fabricant de sonnets de luxe.

25 La divinité s'exprime à travers l'individu qui va contre le goût moyen.

26 Il faut considérer la production, défalcation faite des exportations. Il reste tant de champagne pour la France. Combien récupérerait-on de gros vin rouge (non exporté) en changeant d'emploi les travailleurs ?

27 Je vois évidemment beaucoup d'hommes bâtir un château pour l'un d'entre eux au lieu d'agrandir leurs chaumières. Mais j'ai surtout vu ce châtelain multiplier les usines pour une propriété nominale évidemment litigieuse en soi mais strictement analogue à une gérance. La part du château, quelle est-elle ? Faible en période de prospérité si l'on tend à acquérir de la richesse c'est-à-dire des usines. Plus faible encore en période de marasme où l'on ne doit pas dépenser. En fait personne ne bâtit plus de châteaux. Et ceux qui sont bâtis, est-il préjudiciable au sort des hommes qu'ils soient occupés par des individus sauvant ainsi une sorte d'aristocratie de façade qui favorise peut-être l'aristocratie vraie ? Ainsi est-il mal qu'il y ait dans le village l'église et dans la ville la cathédrale ? Ces biens-là ne sont point distribuables ou, distribués, n'augmenteraient point le bien-être. D'ailleurs en fait par le détour du château dont en fait — étant donné les impôts — les occupants sont locataires, leurs bénéfices litigieux — si litigieux il y a — sont redivisés en pouvoir d'achat dans la masse.

28 Moi, je me fous complètement du point de vue de Garcia Olivera. Est-il juste que celui qui a une meilleure vision vive mieux que le métallurgiste ? J'ignore comment définir justice (Est-ce égalité ?) La seule question est la suivante : « Quelle structure favorisera le mieux la création et la vie spirituelle ? » Je renverserai donc les rôles, j'appellerai justice ce qui…

29 Faire de la science ce n'est point « prévoir » à l'aide d'équations qui en science même ne prévoient point, mais tenir compte de la philosophie née de la science qui — elle — a régi le progrès. Progrès de concept en concept non déterminés l'un par l'autre (si les conséquences étaient contenues au principe, le monde serait finaliste) mais simplifiant chaque fois plus. C'est la science qui nous apprend à choisir [par définition] de la justice. C'est au nom de la science que je refuse certaines démarches telles que cette recherche des lois futures.

30 La différence entre le déterminisme* et le finalisme* réside en ce que justement le futur n'est pas contenu dans le présent bien qu'il lui soit indissolublement lié. Plusieurs conséquences possibles et statistiques.

31 S'il y a choix entre gouvernement par l'individu et gouvernement par la masse… je pense — et la petite ville de province me l'apprend — que le gouvernement par la masse est le plus écrasant et le plus injuste qui soit.

32 Exemple de sélection : seuls les bons peintres… mais alors il n'y aura plus de bons peintres : ils sont le fruit d'une sélection, qui ne porterait plus sur personne, puisque les mauvais peintres mourant de faim de ne rien vendre ne feraient plus de peinture.

33 La science ne permet jamais de « prévoir » ou plus exactement elle ne prévoit que des répétitions. Une théorie est fondée pour rendre compte d'un ordre de relations entre les phénomènes ; l'imagerie qui découle des équations importe peu. Les équations comptent seules. Elles sont valables jusqu'à la... décimale et c'est tout.

Une théorie ne prévoit jamais un développement, ni quelle synthèse succédera à la thèse et à son antithèse.

Faire de la science c'est découvrir l'enchaînement des causes en remontant dans le passé et — aujourd'hui — les relations. Mais non de prévoir l'avenir, c'est-à-dire la méthode de calcul des décimales inférieures. Ou l'arbre à partir de la cellule vivante initiale. Ou la destinée du prolétariat. Penser le monde social futur est antimarxiste.

Le déterminisme consiste à poser que l'arbre est né et le renouer par un enchaînement de faits qui soit explicable. Non à poser que la connaissance des lois naturelles permette, en étudiant la cellule initiale, de prévoir l'œil et l'arbre, car alors cette pensée serait purement finaliste, c'est-à-dire son contraire.

(Même si la cause au lieu d'être interne était externe, si la nature façonnant peu à peu la vie, la connaissance de ces lois pouvait faire prévoir... *[inachevé]*

Si la conscience peut prévoir l'œil, l'univers est finaliste.

Si la conscience ne peut prévoir l'œil (et elle ne peut le prévoir), c'est qu'il n'y a qu'un enchaînement de causes en remontant le cours d'événements réalisés, mais de multiples possibilités en descendant ce cours. (Les mathématiques sont déductives mais l'intuition dirige. Déductives en remontant le cours des théorèmes, intuitives dans la direction de l'avenir.) La psychanalyse est direction de rêve, je n'explique point mon rêve lorsque j'ai retrouvé la liaison des associations mentales. Pourquoi ai-je proposé cette direction quand une infinité d'autres étaient possibles.

Est-il une loi qui, fondée pour les trois premières décimales, demeure valable pour la quatrième ? Peut-être mais déjà je m'éloigne d'une précision absolue. Une théorie a une zone de validité qui excède, mais peu, l'expérience actuelle. Valeur de l'analogie. J'ai défini un certain visage qui ressemble par plusieurs points. Il ressemble encore par quelques autres.

Une théorie me sert entièrement à faire des hypothèses et à les contrôler. Et ces hypothèses sont fondées. Donc je pourrais prévoir… Mais ici se garder du sophisme car ce que j'ai prévu ce n'est point le développement de la théorie — mais son contenu. J'ai prévu que ceci rentrait dans le cadre de la théorie et l'ai vérifié. Cette extension n'est point extension dans le temps. C'est la soumission à une répétition de ce qui d'abord semblait étranger à cet ordre de répétition. La découverte d'un visage sous un autre visage. Le seul progrès réel est le gain que l'on fait dans la mesure des décimales, celui-là est imprévisible. Newton ne sait en rien prévoir et ne prétend point le réussir. Quelle forme prendront les mêmes lois quand on mesurera quelques décimales de plus. Et cela parce qu'il ignore quelles seront ces décimales.

Je ne sais point prévoir les progrès du langage non plus que celui des sociétés. Non plus que le progrès de la cellule vivante.

34 Le marxisme s'oppose lui-même au finalisme. La synthèse, langage neuf, rompt le déterminisme dans le langage. Je ne puis donc prévoir. Mais les marxistes qui l'ignorent sont antimarxistes. Et moi, comme du prolétariat, j'ignore quelle fut la mission historique de la cellule qui voulait devenir un œil.

Penser notre monde d'aujourd'hui. Et n'est-ce pas un travail suffisant ? ni suffisamment fertile ? Comment croirais-je à celui de demain qui échappe à la préhension de l'homme quand vous ne me résolvez pas dans un langage clair les contradictions d'aujourd'hui. L'histoire de Rome est bien banale.

Peut-être découvrira-t-on un jour les lois de l'évolution vers le futur. Pour l'instant rien ne nous autorise à le penser. Toute prévision a été fausse.

On a bien prévu les aéroplanes… Il faut démontrer ce sophisme-là. Cela signifie « on a tendu vers » et évidemment on n'a réalisé que ce vers quoi on a tendu. Ce n'est point là prévoir, c'est créer. L'avion est né de ce qu'il a été conçu. Ou désiré. Ce n'est point l'arbre sorti de sa graine et prophétiquement entrevu, c'est l'arbre désiré. Et cette invention-là est finaliste. L'homme — et sa conscience — font un apport de finalisme.

Mais la vie aussi est perfectionnée et ce dont l'homme est capable c'est donc, s'il n'est point d'âme, la matière vivante qui en est capable. Et si la matière vivante en fin de compte n'est point d'une essence étrangère, c'est plus généralement la matière, sous quelque forme, qui en est capable. Et l'univers serait d'essence finaliste.

Cependant cela ne me gêne en rien pour le comprendre selon le langage scientifique. Car si la direction à venir est finaliste, je sais qu'en remontant le cours des événements je dois pouvoir écrire le monde en déterministe. Le finaliste est probablement stupide quand ses opinions métaphysiques lui épargnent ce travail-là. S'il y a eu conscience supérieure dirigeant l'évolution, sous la coupe scientifique, je dois cependant retrouver une cascade de causes naturelles. Et je dois pouvoir ainsi écrire l'histoire — mais au passé.

Toujours est-il que je ne puis prévoir, vers l'avenir, les démarches de ce qui est conscience.

35 S'il y avait imagination de l'œil comme de l'avion, l'œil naîtrait, car la conscience est créatrice.

36 Aucun raisonnement extérieur à l'expérience n'a permis à Newton de fonder sa loi de l'inverse carré. S'il en avait été autrement, il existerait une vérité absolue (et les théories ne progresseraient point par intuition, mais par déduction, et le marxisme serait faux). Aussi les empiristes ont-ils raison de dire qu'il n'est de leçon à tirer que de l'expérience et que toute construction purement intellectuelle est vaine. Ce qu'ils ne voient point — et ceci est capital — c'est que, fondé pour rendre compte de données purement expérimentales, démontré par la seule expérience affrontée, le concept qui, à une époque, l'exprime valablement, loin d'être expérimental, est purement intellectuel. Ce n'est point une vérité d'expérience. C'est un langage. Fondé par l'esprit seul, n'ayant de sens que dans l'ordre de l'esprit seul, il est si peu expérimental qu'il mourra et fera place à un concept d'essence entièrement différente, sans que soit infirmé en rien, dans l'ordre des premières décimales connues, le concept auquel ses expériences avaient précédemment conduit.

37 L'homme. Tout est subjectif et lié au psychisme. La douleur du moins est relative et demande l'imagination de l'instant suivant. Le coup de poing, la balle, la décharge électrique inattendue ne font point « mal », mais aussitôt leur projection dans l'avenir, c'est l'instinct de conservation qui « fait mal ». Ainsi la rage du combat insensibilise.

Aussi certaines attitudes psychiques préservent-elles. Et le juteux qui se dresse contre l'officier, il y a peu à espérer en venir à bout par la contrainte physique. D'abord parce que n'ayant rien à perdre, prison signifie pour lui repos et parce qu'il trouve dans sa haine un anesthésique de la douleur — étant capable de se mutiler pour l'exprimer. Cependant il peut être atteint et ligoté par le psychique : ainsi l'importance de « prendre barre sur… » Toute l'autorité se perd s'il est commis quelque bourde psychique, s'il y a eu erreur dans quelque règle du jeu mystérieuse. Ainsi, « tourner en ridicule ». Et nulle sanction ne rétablira l'ordre ruiné. Parce que dès lors chaque punition sera reçue, non comme une expression d'autorité, mais comme un aveu d'impuissance, une pauvre vengeance. Le chef ne sera plus qu'un malheureux tortionnaire face à la vertu du croyant.

38 Il me suffit de dire qu'étant donné l'univers, l'homme ne pouvait qu'apparaître, éliminant par nécessité (ou plus exact : nécessairement) les formes inférieures pour que m'apparaisse seule valable la position finaliste. La matière cosmique, telle une graine, contient nécessairement l'homme et y aboutit en ligne droite puisque la sélection de même, qui le modèle, est une loi de la nature. (Mais ce finalisme-là se situe à un étage qui ne gêne point la science.) Peu m'importe que le finalisme se situe à l'intérieur du germe, dans son dynamisme propre ou dans le germe + lois naturelles qui l'enrobent et le dirigent. Peu m'importe que Dieu se situe dans le protoplasme — et pourquoi en serait-il ainsi — et dans les lois qui modèlent le protoplasme au cours des siècles, ce qui est presque — ontologiquement, plus cohérent. Ce qui me frappe c'est que l'ensemble initial se dirige en ligne droite vers l'homme et élimine ce qui ne tend pas vers lui. Ce finalisme supérieur laisse subsister toute la vertu du déterminisme sur un plan moins intellectuel. C'est-à-dire que demeure proposée à mon étude la genèse de la vie sous le gouvernement des lois naturelles. (Pourquoi la statistique ne tend-elle pas vers l'inorganisé, telle est la question supérieure mais celle que j'ai à résoudre est : étant donné que la statistique tend vers l'organisation croissante… comment exprimer en fonction des lois de la chimie et de celles de la statistique la genèse de la vie ?)

Mais peut-être est-il une autre réponse. Car ou bien il en est ainsi, ou bien il en est autrement. S'il en est ainsi, le monde est d'essence finaliste. S'il n'en est pas ainsi c'est que l'équation différentielle initiale ne contient pas l'Univers dans son développement ultérieur — et comme elle le contient d'une certaine façon puisque je puis poser quelle sera dans cinquante ans la position de la planète Mars, il est nécessaire que quelque part, en quelque façon, soit rompue cette ligne de conduite rigide. Mais je suis déjà peut-être entraîné quand je sais que la position de Mars n'est qu'une loi statistique, cela m'autorise peut-être à penser que là où il n'y a pas lois statistiques (comme dans le cas du corpuscule élémentaire) je ne puis rien prévoir — et de là à se former l'image confuse qu'il n'y a plus loi statistique concevable pour l'avenir de la biologie, ou des lois physiques qui atteindront de nouvelles décimales ou de la création humaine, il n'y a qu'un pas. Je vais penser en termes plus vagues et plus incertains encore : la vie ne serait-elle pas ce qui organise dans un certain sens la statistique. Et lue vers le passé l'histoire invente le jeu clair de lois naturelles — et lue vers l'avenir l'histoire est impossible. Et d'ailleurs elle échoue toujours. Ainsi est-il concevable de méditer avec fruit sur l'origine des espèces car le passé nous apparaît toujours comme nécessaire.

Cette convergence vers la vie du déterminisme du germe et de l'action du monde extérieur, ce miracle de la convergence, voilà où se situe un finalisme vrai. Il est absurde de prétendre que le germe initial voulait être arbre. C'est ce point de vue-là qui s'oppose à l'idée de science et serait susceptible de ruiner le progrès de la connaissance (d'enrayer) car je dois expliquer la genèse de l'arbre par la seule interdépendance du déterminisme chimique de la graine et de l'action du milieu. Pourquoi cette interdépendance aboutit-elle à la vie est un problème (réponse qui échappe à la science et rien ne m'empêcherait ici de dire : Parce que telle est la volonté de Dieu.) Mais la question que je dois me poser en tant que savant est : « comment cette interdépendance... ». Mais lorsque j'aurai expliqué comment je n'aurai pas expliqué pourquoi. Et le problème finaliste — supérieur — se posera aussi nettement que si j'avais eu à chercher la genèse de l'arbre dans le seul déterminisme interne du germe. La convergence de deux facteurs ne recule point le mystère. Bien au contraire.

Ce qu'il y a de stupide et de métaphysiquement inutile dans le finalisme primaire est qu'il prétende expliquer l'œil par la tendance du germe vers l'œil. Il évite ainsi de chercher. Mais en quoi est-ce plus finaliste ?

En fait, la question qui m'angoisse, moi, homme, n'est point : Comment se fait-il que ce qui est est ? Car je vais trouver une réponse dans l'ordre de la science. Mais : Comment se fait-il que ce qui est tende à être d'organisation plus élevée que ce qui fut ? Ce que le finalisme doit pour être valable se proposer de démontrer est que cette question couvre un sens réel et ne tombe pas dans l'écueil de l'anthropomorphisme.

En d'autres termes l'éléphant et sa fantastique

logique interne est-il dans l'ordre des probabilités ? (Et encore là je fais erreur car si je connais les lois de l'interdépendance je connaîtrai qu'il ne peut pas ne pas être dans l'ordre des probabilités), mais j'ai eu encore quelque peine à rejeter ce problème à cet étage supérieur et à le penser.

Il y a lieu de chercher quelle est la question que doit se poser le finalisme.

39 Fertilisation transcendante. Il est évident que je puis écrire l'histoire logique, avec enchaînement causal rigoureux, de l'homme qui sort de sa baraque, marche vers la rivière et se noie, par la simple étude de ses processus cellulaires. Et l'image se traduira en chimie et, étant donné la chimie, tout sera logique et clair. L'ensemencement transcendantal se situe sur un autre plan, et dans un autre langage surtout : la blondinette qui habite le Pérou. Mais dans l'ordre des phénomènes elle est une image. (Et la psychanalyse tend à montrer que même sur le plan chimique, cette image devait naître puisqu'elle est un symbole des complexes que l'homme tendait à réaliser. Cependant, dans cette remarque, je suis contradictoire avec moi-même puisque je restitue peut-être sa valeur au déterminisme. Le vrai problème est de savoir) comment cette image s'introduit-elle ? Où se montre le hiatus s'il y en a un ? À quel instant l'individu a-t-il échappé aux enchaînements des causalités ? Plus exactement ce hiatus est-il visible dans le processus physico-chimique ou ne s'est-il introduit qu'à la faveur des indéterminations physiques ? Ce qui le fait échapper à l'analyse et rentrer dans un tout cohérent. (Mais alors la loi statistique n'est plus applicable aux démarches de la vie ?)

40 B. fait de grands efforts d'argumentation pour démontrer qu'en poussant les droites dans leurs raisonnements on parvient à leur faire avouer que malgré leur « nationalisme », ils sont plus près de Mussolini que de Duclos*. Il s'agit là de difficultés de vocabulaire car leur vocabulaire nationaliste a été fondé pour une époque où nation coïncidait avec forme de civilisation spirituelle. Mais de telles formes ont rompu leurs frontières, et, faisant abstraction de tous les bas intérêts, ne m'attachant qu'aux aspects nobles du problème, je peux dire que le catholique italien qui pense sur la formation, le rôle, le sens de l'homme, la même chose que moi, est plus près de moi que celui-là dont la parenté n'est définie que par une sonorité de langage (même par son sens : il diffère) et un découpage du sol. Patrie, c'est patrimoine spirituel. Le *[un mot illisible]* est en commun avec…

Et tout ce que peut espérer B. c'est de faire sortir les droites d'un langage qui ne les exprime pas et qu'ils n'osent modifier, et les faire s'exprimer mieux. Mais il n'y a aucun espoir de les confondre et si cette polémique est engagée, elle n'a de sens qu'électoral : faire perdre contenance devant un témoin imbécile.

De même il est difficile aux gens de droite, à cause d'un langage déjà fondé et de ses valeurs sentimentales, de préférer Hitler à Staline au Maroc espagnol. Il y a avec l'un moins de chances de bouleversements qu'avec l'autre, quels que soient les dangers réels. S'il s'était agi d'une paisible démocratie espagnole en lutte contre le militaire, la droite n'eût jamais toléré l'action de Hitler, mais F.A.I.* ou Staline sont « virulents ». Comme il est difficile, dans l'ordre de certain vocabulaire, de se découvrir ami de l'Allemagne, mieux vaut nier qu'elle soit présente. Mais si je démontre aux gens de droite que Hitler est réellement installé je ne les couvrirai pas non plus de confusion. Je les obligerai à moderniser leur langage. L'hypocrisie n'est souvent qu'une pudeur qui ne sait même pas se définir.

41 Probabilités. Un jeu de cartes mêlé donne une chance sur… de voir réalisé un arrangement déterminé. Mais un jeu ayant été mêlé par hasard, je n'ai pas le droit d'être surpris de ce que par exemple trois dames se suivent, car il ne s'agit là que d'un arrangement parmi d'autres et non plus extraordinaire qu'un autre — de coïncider par hasard avec un arrangement de l'esprit humain. Et cependant il est des arrangements privilégiés, soit par exemple les cartes dans l'arrangement du jeu de bridge : cœur, carreau, etc., avec as, roi… chaque fois. Rien ne m'enlèvera de l'idée qu'il a été arrangé par un homme. Je dirai : Il y a des milliards de milliards de chances contre une qu'il ait été arrangé par un homme. Cette certitude équivaudra pour moi à une certitude mathématique. D'où vient le paradoxe puisque tout autre arrangement était par essence aussi improbable et donc considéré comme tel et comparable à une image préconçue évoquait tout autant le passage de l'homme. De même les cailloux au bord de la mer s'ils écrivent la Bible. Mais ne l'écrivant pas ils constituent un arrangement tout aussi improbable. Et cependant de ce que la Bible soit écrite je ne tire pas qu'il n'y ait pas mystère sous prétexte que je ne sois tombé que sur l'un des mystères possibles parmi une infinité d'autres. Le reproche d'anthropomorphisme de Prévost ne me convainc pas.

Il y a donc ce fait extraordinaire : étant donné un jeu de 52 cartes, dont tout arrangement est aussi improbable qu'un autre arrangement quelconque, j'en puis tirer cependant une conclusion qui n'a rien à voir avec le jeu. J'ai mêlé ce jeu sans le regarder. Je l'ai laissé dans ma chambre. Je reviens et je le trouve ordonné dans l'ordre du bridge. Je sais que quelqu'un est entré. Et je n'ai qu'une chance infiniment petite de me tromper.

Lié à la biologie : probabilité éléphant. Le nombre des expériences a été trop faible pour expliquer cet arrangement privilégié. Il est évidemment l'un des arrangements possibles et nécessaires en ce que mon jeu de cartes une fois mêlé réalise l'un des arrangements possibles et je n'ai pas le droit de m'étonner de ce que l'ayant mêlé je découvre un arrangement qui, s'il avait été demandé *a priori*, eût été infiniment improbable. Cependant je parie à coup sûr qu'un homme est passé là si je trouve l'arrangement bridge, sur un nombre limité d'expériences — et quand il s'agit d'éléphants j'estime qu'ici aussi vis-à-vis de l'incroyable improbabilité de vie d'un organisme supérieur, quelqu'un est passé là (hasard mutationnel ne suffit pas). Je puis dire que la probabilité de la vie étant déjà réalisé le miracle cellulaire qui est une première improbabilité, est au moins celle de briques posées l'une sur l'autre, en nombre égal aux cellules qui auraient, chacune, une chance ou deux seulement de faire reposer l'empilement au-dessus du polygone de sustentation. Les expériences réalisées sont en nombre inférieur.

42 Je note des millions de lettres inscrites chacune sur une carte. Je reviens et constate que ces lettres, dans l'ordre des cartes, composent un texte lisible. Déjà j'entrevois l'action d'un homme qui se sera introduit dans ma chambre. Ce texte est le récit exact de ma vie et porte toutes les dates importantes des événements qui m'intéressent. Enfin l'adresse et le téléphone de ma maîtresse. Pourquoi le hasard est-il *moins* probable. Il s'agit d'un arrangement qui n'est ni plus ni moins probable qu'un autre et cependant de coïncidence sur un plan qui n'est plus celui du calcul mais de la conscience je déduis des événements extérieurs aux probabilités.

43 En d'autres termes, « ma chérie je vous aime » me trouble déjà grandement mais « tu es né le 29 juin 1900 » me trouble bien plus. Cette certitude a un sens car je puis asseoir sur elle, sans crainte de faux pas, des comportements éventuels. Le progrès dans la certitude aussi a un sens (non seulement c'est un homme mais c'est quelqu'un qui me connaît). Or sur la coupe de calcul je ne puis définir ce progrès dans la certitude.

44 Langage visuel donné par Dieu aux hommes, et dont ils se servent si mal. J'aurais voulu sauver cette petite fille pétrie d'une pâte de lumière. Mais que faire d'une boue qui luit vaguement ?

45 Supposons que nous communiquions à un piston une énergie cinétique donnée. Cette énergie cinétique est indépendante de la masse du piston. Cette énergie dépend du combustible brûlé par seconde, et se traduit à chaque instant par une pression sur une surface d'application. Le produit de ces deux quantités me donne la force de sustentation (ne dépend-elle que de l'énergie ou non…). (Si, ayant mis mon énergie sous forme de chaleur, je double la surface, j'aurai doublé le volume, et la pression étant moitié moindre, le produit demeurera constant. Si je double la masse du gaz échauffé, je double à pression égale son volume, donc à course égale, sa section mais, à énergie égale, je réduis de moitié son élévation de température.)

La durée d'application de cette force dépend, elle, de la masse du piston libre. Plus il est lourd, plus il est long à mouvoir. À masse égale, elle ne dépend point de la section du cylindre, car les volumes et donc les variations de pression varient comme la course.

La durée, donc l'effet de la force de sustentation, ne varie donc qu'avec l'inertie du cylindre.

Il ne s'agit plus que d'accorder cette inertie verticale descendante de quelque part dans l'air ambiant, pour récupérer la masse du piston. Si je puis me donner un piston d'air comprimé, je puis sans préjudice perdre cette masse.

46 Chaque démarche créatrice — et non répétition de la vie ruinerait la statistique. Je n'ai plus le droit de jouer sur les probabilités quand la vie est intervenue. Mais elle n'intervient pas en répétant. Elle intervient en fondant (l'organisme de première genèse).

47 En d'autres termes j'ai le pouvoir d'inscrire ma démarche dans des arrangements de matériaux qui deviennent des arrangements ni plus ni moins probables que les autres et tels qu'eût pu les réaliser le hasard seul.

48 Un autre point est que cet arrangement n'est significatif que pour une conscience particulière (code), il n'est point significatif en soi comme l'est peut-être le fait de la vie. Ainsi pour un Turc ignorant notre écriture la phrase regardée n'évoquera point le passage de l'homme.

49 Donc je fonde un code. Je retrouve ce code appliqué quelque part dans le monde, j'en déduis qu'a agi quelqu'un qui le connaît. Et je le déduis à coup sûr.

50 Blessé par un être humain. Blessé par *[un article défini et un mot illisible]* — qui — blessé par vous Seigneur !

51 Nous devenons tellement durs (Lagarde* parlant de l'Espagne : ne plus savoir sortir de soi-même et se joindre). Alors questions économiques ? quelle utopie : une religion.

52 Pour une turbine à gaz (sans masse appréciable) il ne faut pas utiliser l'inertie. Il faut utiliser la dépression.

53 Psychanalyse. L'homme veut formuler ce qu'il éprouve. S'il ne le formule pas, il invente des actes.

54 Certes, accèdent stupidement à la vie spirituelle — mais à toutes les vies… et quelle est donc la vie intellectuelle du commis de sous-préfecture ? Mais au moins, sa vie spirituelle, si rudimentaire qu'elle soit, lui façonne l'âme.

55 Journées de 8 heures — loisirs, etc., conquête de la classe ouvrière ? Voire ! Il y a longtemps que la classe ouvrière travaille à peu près pour elle-même. S'il est des gérants qui touchent gros ils sont en faible nombre et jouent peu de rôle. Mais elle se ruine pour ruiner ses gérants dans la même proportion exactement. Libre à eux de préférer consommer moins et travailler moins. Si telle est la conquête — mais on m'a tant redit qu'il fallait un support matériel à la culture.

56 Le désastre, s'il y en a un, est dû au grand nombre des petits rentiers qui consomment sans produire. Mais ceux-là ne sont pas en cause ni leur nombre.

57 Ça fait plaisir au patron que nous nous enrichissions ensemble... moins. Et le raisonnement me fait penser à l'idiot de Sitges* qui voulait combattre sa sœur. Victoire de la classe ouvrière. Quoi ? D'avoir le droit de crever de faim ?

58 Sophisme évident. Évidemment les gens de maîtrise font partie de la masse, comme ils font partie de la totalité. Et leurs intérêts sont « ceux de la masse », dans la mesure où masse signifie les hommes. Mais préfèrent-ils recevoir leurs directives de leurs inférieurs ou de leurs supérieurs ? Être guidés par l'intelligence ou par le nombre ? Tel est le seul problème.

59 La logique est un concept humain. Quand nous avons trouvé une cause elle nous suffit (exemple résistance matériaux pour structure ailes) alors que rien ne nous permet de croire que sur d'autres plans, en même temps, cette forme ne répond pas à d'autres causes.

60 C. J'ai surtout souffert non par elle mais *pour elle*.

61 Paradoxe : un pays qui n'a besoin de rien perd son influence. Il n'a même pas son éducation à échanger. L'influence allemande bénéficie de matières premières dont elle manque.

62 Évidemment odieux le ministre français sceptique qui renonce aux joies de l'homme d'État et tire les siennes d'un budget abstrait où il ne s'agit plus ni de l'intérêt de l'homme ni de celui de la nation — mais de l'intérêt du parti et plus simplement de la combinaison politicienne. Et les problèmes extérieurs ne sont plus envisagés que sous l'incidence de l'échiquier intérieur. Et en Allemagne on entend parler de l'homme — comme en Russie — de la création d'un art élevé, chez nous jamais.

63 Et cependant nous sommes les civilisés, et cet art dont ils s'occupent — et cet homme dont ils s'occupent ils le tuent, comme en Russie, comme chez nous les socialistes intelligents. Car au fond il ne s'agit pas d'offrir l'art mais les conditions de l'art et elles sont mystérieuses.

64 Pouvoir attractif du fort. Regroupement vers l'Allemagne. Dégroupement ailleurs : Irlande, Flamands, Tchèques. Et toute l'Europe centrale.

65 Au-dessus des agents de liaison connus, visibles, mécaniques, le journal, la radio, le livre, le discours — cette osmose permanente qui joue dans un peuple d'Europe comme au désert. Cette contagion de transiement dépasse celle de la foi — cette vérité qui progresse en surface comme en durée, elle se poursuit plus tenace que par ce livre, cette radio, ce journal. On croit encore dans certains villages du

Midi que les protestants portent l'œil au milieu du front.

66 Une démocratie administre au lieu de gouverner.

67 Certes l'Allemand disponible tombait dans le cubisme ou la psychanalyse. Certes la recherche de la forme du langage, quand elle prime la recherche du contenu de ce langage est un facteur (et non un signe car on confond les deux notions : le facteur est historiquement classé comme signe quand il joue) de décadence. Mais il est d'autres remèdes que le nazisme. Le mécénat ?

68 Dynastie de l'ébéniste sans laquelle il n'est point de conscience populaire ni de progrès. Si chacun rejette sa filiation et sa petite patrie locale. S'il n'est plus qu'invasions et interchangeabilité pour les coutumes professionnelles. Affreuse logique socialiste. Pour sauver la filiation il n'est que de dégrever les études quand elles se poursuivent sur les traces du père. Morale de la profession. Non rigidité. Mais former des aristocrates, ce qui n'empêche point l'aristocratie de s'ouvrir au sang nouveau. Cette vérité apparaît évidente dans l'histoire de l'aristocratie de classe. Et pourquoi non dans celle du minotier ?

69 Les hommes n'ont point de langage pour penser le monde d'aujourd'hui.

70 Faire élire le peintre par le peuple, quel paradoxe monstrueux quand la peinture nouvelle n'a jamais été comprise qu'après éducation de l'œil. Refus de tous [ferments].

71 On exige de quelques-uns, pour les juger, qu'ils se formulent ou formulent la vie où ils baignent. Et voilà précisément l'opération créatrice la plus difficile de la pensée. Regardez-les vivre. Regardez donc celle-là, la garde-malade ou la mère — mais ne l'écoutez pas. Elle n'a à sa disposition, comme catégories pour saisir le monde, que celles dont l'ensemence ce « Lyon-Républicain » défraîchi que j'ai aperçu sur sa table.

72 Painlevé. Je crois que le sophisme consiste à dire « Comment un savant d'une telle classe et capable de synthèses aussi efficaces se mêle-t-il à la vie publique au lieu de s'enfermer dans son bureau ? » — Alors qu'il fallait dire : « C'est parce que cet homme est universel, ne s'enferme pas dans son bureau, mais se mêlant à la vie publique observe partout des structures — qu'il est capable de synthèses aussi efficaces. »

73 Diviser la vie en deux périodes : « avant la conscience » et « après la conscience » est anthropomorphique. Et en effet, du point de vue de Sirius*, nul ne pourrait juger ainsi. Donc quand le singe, dans un certain nombre d'expériences, invente une solution absurde avant de « concevoir » la bonne solution — et ici l'erreur de l'idiot n'apparaît pas comme un objectif contre la conscience —, pourquoi les erreurs du transformisme*, de l'adaptation, du [régénescement], seraient-elles des arguments contre son analogue : le vitalisme* ? Il n'y a pas plus lieu de demander la perfection au principe vitaliste d'évolution qu'à la conscience.

74 Si je parviens à créer la molécule vivante à partir du processus purement physico-chimique, en quoi est-ce donc un argument contre un vitalisme bien compris (évolution dominée par une conscience) ? Et en effet c'est de *ma* conscience qu'est sortie la vie.

75 Le vitaliste qui recule de position de repli en position de repli en prétendant qu'il est un certain phénomène que la chimie-physique n'éclaire plus, se situe mal. Car de repli en repli, il touchera l'élémentaire ou l'origine, ce qui échappera toujours à l'analyse. Et il est anthropomorphique de prétendre que le lisible se distingue de l'invisible. C'est tout aussi bien dans le visible que je devrais lire les hiatus.

Mais ces hiatus ne sont pas de l'ordre que l'on imagine. La création c'est la direction, et celle-ci est toujours invisible. Mais le substrat doit se maintenir physico-chimique, et jamais sur cette coupe-là je ne découvrirai la création (pas plus que dans le livre de géométrie, où l'acte créateur, l'intuition, demeure invisible, toujours appuyée sur les syllogismes. Il me suffit de compter sur une indétermination élémentaire).

76 Et si la vie, selon moi, c'est la cohérence, la permanence dans le temps, non seulement d'un état mais d'un hasard ? Et ainsi cette génération chaotique, la conscience y a introduit quelque chose de permanent.

77 Cette fille de l'Armée du salut, violente et orgueilleuse, que j'ai aperçue à Genève. J'avais envie de lui dire : « Votre discours sur la chasteté me fatigue, le premier péché c'est l'orgueil et c'est le vôtre. » Mais j'ai pensé que cet orgueil n'était qu'un hasard glandulaire, et que mon jugement serait injuste. Dans l'absolu. Alors où la chercher pour la trouver ?

78 Je prendrai de chacun de vous tout le bien et j'en formerai un cantique.

79 À les en croire, le désordre initial et les lois du hasard ont abouti à l'ordre et au rationnel — par quel miracle ? La vie s'est organisée selon eux parce que le hasard — seule source des lois statistiques — l'exigeait.

La vie, c'est tout de même, comme le disait Eddington, ce qui fait briller le feu en hiver et se former de la glace en été. Rien ne s'oppose à la nature si l'on spécifie par « opposition » un hiatus physico-chimique dans l'évolution des phénomènes. Et certes, il n'y a pas de hiatus physico-chimique dans la genèse de cette formation de glace, car certes, je parviendrai aussi à ranger les phénomènes de la conscience qui a conçu et permis cette glace, dans le processus physico-chimique. (D'ailleurs, s'il n'y a pas hiatus quelque part, les phénomènes de conscience sont antérieurs à leur apparence anthropomorphique. J'appelle phénomène de conscience le quelque chose qui fait apparaître la glace en été et le feu en hiver — ou l'élévation de l'arbre contre la gravitation.)

Certes, l'énergie se retrouve. Il n'en est pas créé. Et celle-là vient du soleil ; mais, sans la plante, elle eût été reçue par les pierres, dispersée, et eût accru l'entropie* du monde. La vie est une résistance aux gains de l'entropie. Dans la mesure où le progrès de l'entropie signifie « temps », la vie s'oppose à l'écoulement du temps. Si ma lignée s'éteint, l'entropie va croître plus vite.

Il existe peut-être la loi suivante : tout phénomène physico-chimique évolue selon la plus grande pente de l'accroissement de l'entropie, mais les phénomènes de la vie évoluent comme si le gain de l'entropie n'était nullement maximum. Et par phénomène vivant, je signifie celui où se manifeste la conscience. Mon charbon, s'il brûle dans la nature, il brûle dans l'air et accroît l'entropie ; mais si moi, homme, je le brûle, je sais dans quelle direction vont mes efforts d'ingénieur en chaudières : accroître au minimum, en brûlant mon charbon, l'entropie du monde. Et certes, je veux bien admettre qu'il n'y a point différence fondamentale entre mon groupe électrogène et la cellule vivante. Pardi ! Tous deux subissent la même loi qui est du règne de la conscience. Et inversement, si je compose un jour, dans un laboratoire, une cellule vivante, je n'aurai pas le droit de parler de la vie née de la matière. Mais de la vie née de la matière plus conscience. Qu'elle cesse de se manifester, ma conscience, et mon groupe électrogène, pris par la rouille, accroîtra l'entropie du monde.

Le point de vue mécaniste sain peut se définir ainsi : rien, jamais, ne mettra en défaut sur le plan physico-chimique le déterminisme total ou partiel auquel la science m'incite à croire. Rien, des phénomènes de la vie, ne contredira jamais ma science. Mon finalisme, mon vitalisme ne la rencontreront jamais. Pas plus qu'une fois mis en marche mon groupe électrogène, je n'ai découvert le hiatus. Il ne s'oppose pas à la science : il la confirme. Et cependant, des éléments transcendantaux sont intervenus dans le circuit — ou plutôt ont dominé le circuit : la conscience du savant et de l'ingénieur. Mais cette intervention ne laisse point de trace dans la chimie et la physique.

80 J'ai, dans les pages qui précèdent, développé trois idées distinctes qu'il s'agit de mieux distinguer :

a) Identité de vie et de conscience.

b) La vie conduit le monde aux états les « moins probables » (glace en été). Elle n'est pas tributaire des lois statistiques définies sous un certain jour (tout en étant tributaire des lois statistiques définies sous un autre jour). Le groupe électrogène n'est pas l'état le plus probable. L'organisation de la matière. Ni le poste radio. Ni surtout la cellule vivante que certes créera le chimiste.

c) Jamais cependant les lois de la vie ne s'opposeront aux lois de la matière ; le vitalisme bien compris ne peut nuire à la science. Ni ruiner l'objet même de la science. Au contraire, quand l'exercice de ma conscience aboutit au groupe électrogène.

Et ceci peut être aussi :

d) Une transformation énergétique quelle qu'elle soit tend à un accroissement d'entropie qui est moindre si la vie et la conscience entrent en jeu (arbre ou groupe électrogène) ; les fleuves vont à la mer. Mais si l'homme intervient, l'état final n'est pas le même. La charge de mes accumulateurs est autant de gagné sur l'entropie du monde.

81 La vie, c'est le processus qui réalise les états les moins probables. S'il y a « principe directeur », celui-ci demeure tout aussi invisible que l'intervention de la conscience dans la création du groupe électrogène. Ensemencement transcendantal analogue à celui qui fertilise : dans le livre de géométrie, le seul principe d'identité dont le signe est le syllogisme stérile. C'est la direction qui est créatrice.

82 « Toutes les directions sont possibles : si une seule est créatrice, elle doit se réaliser » ; à cet axiome se ramène le mutationnisme*, comme le déterminisme* pur. Ce qui est l'emporte sur ce qui ne l'est pas, et l'organisé sur l'inorganisé. Mais ceci fait intervenir par erreur un point de vue transcendantal. *C'est contraire à la direction de l'entropie*.

83 Il reste qu'étant donné le plan sur lequel se situent les vitalistes* et finalistes, c'est *toujours* Jean Rostand* et Claude Bernard* qui ont raison.

84 Réserves de charbon : c'est bien la vie qui s'est opposée à l'accroissement de l'entropie ! D'où cette réserve.

85 Constituer cette réserve, c'est organiser, mais c'est aussi (si l'on veut) « individualiser » le gain d'entropie désindividualisé.

J'appelle individu une structure organisée qui diminue au maximum ses échanges thermiques avec une autre structure voisine, ce qui reviendrait à les accepter avec toutes les structures voisines, c'est-à-dire ne pas s'opposer aux progrès de l'entropie. Un cristal certes s'organise, mais (peut-être) ne constitue-t-il pas un palier dans la chute de l'entropie.

86 La vie certes perd une certaine quantité de chaleur quand pour l'homme, par exemple, la température extérieure est < 37°. Et il consomme et rayonne. Mais cette température de 37° n'est-elle pas la température ambiante du monde préhistorique ? Chargé de vapeur d'eau, il devait peu se refroidir. Et si l'Esquimau de 37° hante les régions glacées du pôle, c'est que la vie s'est peu à peu décalée d'avec les conditions de la genèse. Et laissons l'Esquimau s'habiller chaudement. Idem : salinité du sang, mer intérieure. La vie ? Principe de permanence malgré les gains de l'entropie. Mais ceci n'est que secondaire. Seul compte l'état moins probable.

87 Le miracle (ou le hiatus) serait la création d'énergie. Cette résistance au progrès de l'entropie n'est point miracle en soi. L'eau évaporée, et qui retombe pour alimenter les lacs supérieurs, servant ainsi à la transformation en chaleur d'une partie de l'énergie. La création intervient dans la « cohérence » de tels phénomènes. De ce que ce visage, parmi les possibles, soit fondé, et fondé à se transmettre ou à se répéter.

88 Miracle de découvrir en moi ce dont j'ai besoin, et qui est, par définition, hors du champ de la conscience. Mais est-ce tellement irrationnel ? Car analogie de structure (mal pensé encore) conduit peut-être, car ce sont des structures, non des (faits) qu'enregistre le cerveau.

89 Quand la réponse est toujours ambiguë, comme aux questions d'intuition ou déduction en géométrie, déterminisme ou vitalisme en biologie, ou plus généralement création ou filiation, c'est que la question posée n'a point de signification. Il y a création perpétuelle, mais transcendante. Descartes a entièrement raison, mais ses contradicteurs aussi. Car l'intuition sans discipline cartésienne est noyée dans l'absurde. Mais la discipline cartésienne sans l'intuition directrice et créatrice (voir Einstein) est stérile. Le hiatus est perpétuel. Mais, entre deux univers qui ne se rencontrent jamais. Une sorte de survol qui ne laisse point de trace. Une fois écrite, la science se succède logiquement à elle-même. Ainsi de la cellule vivante synthétique et du groupe électrogène. Et cependant l'irrationnel, cet acte intuitif pur, se retrouve à chaque pas dans la genèse.

90 Comment une structure se condense-t-elle en objet pensé ? ou : un objet pensé ne serait-il que structure ? (d'où : psychanalyse).

91 Un nombre suffisant de relations stables définissent un objet. Il est pensé dans ses relations. Et d'ailleurs ceci est cohérent avec notre perception du monde extérieur. Je débrouille mes messages seul.

92 L'objet pensé n'est pas une image fixe rangée dans un tiroir : c'est un système de relations. Le miracle c'est de définir par un mot un système fixe de relations. La conscience c'est ce quelque chose qui non seulement subit le système de relations mais en quelque sorte l'invente, le domine, en fait un être. Mais le langage et la conscience font deux, et perdre la mémoire verbale ne signifie nullement perdre la conscience des relations qui elles ne sont pas localisées. Le mot n'est que l'extension à des opérations musculaires (parole) ou auditives, par réflexe conditionné d'un système de relations. L'abstraction c'est la relation des relations. Ainsi le concept. — La pensée conceptuelle c'est l'équation différentielle de la pensée-image.

93 L'opération créatrice réside dans la possibilité de changer de type de structure, ce qui, sur le plan verbal, exige du créateur qu'il ne soit pas dupe des mots, et, sur le plan conceptuel, qu'il ne le soit pas des concepts. Les relations seules sont vérité. Mais tout réseau complexe peut être vu sous des jours divers.

94 Le primitif qui a séparé la notion « rouge » de la notion « froid » a fait une opération créatrice pure analogue à celle de Newton et d'Einstein. Il a simplifié le monde extérieur en *fondant* ce dédoublement qui n'est que le fait d'un point de vue. Il n'est réalité qu'une fois fondé.

95 La conscience est transcendante à l'intelligence bien que l'intelligence, sans elle, ne puisse sans doute guère progresser. Guide des démarches vers l'abstraction, mais son effet, peut-être, n'est que de « gouvernement ».

96 Ce que j'ignore encore c'est s'il y a un pont possible entre des réflexions sur la conscience et les problèmes de la vie — de gouvernement transcendant — dont je parlais plus haut. Comme sur les rapports de la conscience et de la matière sans interaction.

97 Ou plutôt : s'il n'y a jamais hiatus qu'est-ce donc que j'appelle gouvernement ? N'est-il pas indispensable d'admettre une indétermination élémentaire dans les phénomènes physiques ?

La réponse doit se trouver dans l'analogie avec la création du livre de géométrie. Là encore aucun hiatus. Aucun « indéterminisme » non plus. Et cependant la matière est fertilisée, en appelant matière, ici, le syllogisme.

98 Si, à l'échelle moléculaire, l'entropie du système solaire était infinie, et que le soleil continuât à expédier ses radiations, il me semble qu'il ne changerait rien à cette équi-répartition de la chaleur : ou plutôt, il se formerait des réservoirs énergétiques liquides dès le soir (vents et pluies), en tout cas ne subsistant guère après son extinction. La vie seule peut user de cette énergie pour bâtir des systèmes complexes qui fassent régresser l'entropie. Elle peut coloniser d'abord tout le carbone, puis, toujours grâce à l'usage de cette énergie, construire à l'aide des atomes des structures exothermiques et des énergies potentielles. Ce capital peut aller en croissant (pétrole et charbon).

Une telle réserve n'est concevable sans la vie que si l'un des corps protège l'autre contre l'émission des radiations (même pas car le premier rayonne). Évidemment le photon* peut créer : il peut trouver l'arrangement que définit la chlorophylle réalisé par hasard. Mais le photon peut aussi détruire et statistiquement le désordre serait plus rapidement réalisé que l'ordre. (Il faudrait lire ce que le photon peut créer et détruire.) La vie c'est ce qui tend vers les états les moins probables.

99 La vie se définit contre la statistique. Il est absurde de chercher à l'expliquer par la statistique, comme dans le mutationnisme.

100 Si la vie se définit ainsi contre le « temps » dans la mesure où le temps est défini par les progrès de l'entropie, peut-être est-il absurde de chercher à comprendre, comme dans le cas d'une machine, son évolution dans le temps.

101 Vous êtes satisfaits de vos belles structures de pensée ? Vous n'êtes pas difficile, mes amis. Vous, Langevin, Jean Perrin… le marxisme résumé par vous ? cette admirable synthèse des contradictions ? Mais alors le Christ, Descartes, Newton, Leibniz*, Lorentz étaient marxistes et ce marxisme qui englobe la civilisation féodale elle-même est aussi vague et général que certaine libido et le concept qui ne se mesure pas à l'expérience est branche morte.

102 Au végétal il faut de l'énergie « actuelle » — neuve, non de l'énergie potentielle. Sauf en ce qui concerne la graine. Savoir si, dans l'obscurité, un végétal peut se nourrir d'un autre végétal — absorber son carbone. Mais la graine, elle, est peut-être réellement une réserve de nourriture.

103 Ce que je reproche avant tout à la psychanalyse, c'est cette notion qu'elle charrie, sans d'ailleurs toujours l'exploiter, d'un inconscient qui s'oppose au conscient, qui est maintenu secret. Selon elle, les opérations de la pensée sont à peu près les mêmes dans l'inconscient mais comme effectuées par un autre, dans son mystère bien muré. Le quelque chose que mon inconscient se formule, je le censure et le change en symbole.

Évidemment j'exagère. Un psychanalyste protesterait. Mais je pense, moi, que sous aucune forme l'inconscient ne s'oppose au conscient. L'inconscient c'est l'ensemble des structures qui constituent l'individu. La conscience ajoute à ces structures le survol par catégories verbales. C'est tout naturellement que je m'exprime par symbole. Loi de la plus grande pente de l'expression. Je choisis le symbole qui s'accole le mieux à ma structure, la rend le plus pleinement. Je puis oublier le mot de l'énigme, sa cause réelle ; mais non la structure qui est la seule réalité, d'où l'apparence de refoulement quand cette structure, je l'exprime par d'autres images que la réalité historique. Mais j'oublie bien autre chose de l'enfance : j'oublie tout, sauf ce qui m'a frappé. Et si je me souviens de ce qui m'a frappé, il y a beaucoup de probabilité pour que mon souvenir ne ramène au jour qu'une structure. Je ne refuse rien : je ne parviens pas à me souvenir complètement ; l'acte de survol par la conscience m'ayant moins marqué que la structure.

104 Tableau calculateur : règle de caoutchouc pour échelle variable.

105 À l'aide de cette règle, si je connais une vitesse ou un cap et deux dérives à deux caps (dont le premier), je mesure instantanément ma vitesse propre.

106 Pouvoir secret. Les mots « naturel et pur » que l'on trouve comme publicité. Cet extrême plaisir. De même la vierge pour le vieux noceur. Quel hommage !

107 Image si émouvante. Sans doute structure de l'élévation de la conscience : La jeune fille qui sait et la vieille naïve (Mallarmé* — ou la duègne — ou la gouvernante noire) celle dont sort plus beau qu'elle. Le vilain petit canard d'Andersen — ou Dieu père des hommes — ou le messie des juifs : les hommes attendent leur dieu.

108 Je n'aime pas cet article de *[un mot illisible]* tournant en ridicule les démarches d'esprit théologiennes — non plus que les pages de Sertillanges sur la sottise des incroyants. Cette polémique est stérile par définition, pourrait-on dire. Je dois me gouverner selon une loi absolue : exprimer toujours la coupe la plus haute de la pensée de l'adversaire, tenant compte de ce fait que si cette pensée a été non seulement exprimée (le fou peut exprimer) mais entendue, c'est qu'elle contient, plus ou moins imparfaite, l'image de quelque chose d'universel. De simple. Donc de vrai.

D'ailleurs à cet étage, je ne découvrirai plus que des vérités. J'apporterai aux hommes leurs vérités — et je les nouerai en gerbes. (Bassesse de *Voltaire**.) Je pourrais ainsi exprimer la sottise des « pamphlétaires ». En quoi cela toucherait-il Voltaire ? ou la ladrerie des bigles.

109 Une structure exprimée est dotée d'une nécessité interne. Dans tous les symboles se retrouvera cette nécessité. Le symbole est l'habit qui rend visible une structure.

110 Très important : des observations sur plans divers montrent que le progrès, même rectiligne, ne nécessite nullement la prescience de l'avenir mais la simple conscience du présent. (Et les changements conceptuels de structure que cette conscience autorise — actes purement créateurs.) Inversement, la tendance au désordre ou à l'accroissement de l'entropie montre qu'aucun progrès n'est concevable sans conscience. L'évolution rectiligne vers un type hautement organisé, et que les probabilités n'expliquent point, ne nécessite pas le concept d'un finalisme qui ne satisfait point l'esprit. À chaque étage, le survol par la conscience suffit.

111 La vie seule organise des réserves d'énergie.

112 Les sociétés sans contradiction — Sparte, Rome — n'ont pas été créatrices (cependant, Égypte et Louis XIV ?) mais la Grèce, le Moyen Âge, les démocraties… Ici exemple d'une vérité conceptuelle. Si je ne trouve pas l'image *simple* qui me permettra de mettre en place l'Égypte ou Louis XIV soit en donnant un sens spécial à création, soit en donnant un sens spécial à ordre et anarchie, et malgré qu'il me soit toujours possible de « recoller » ma théorie, je renoncerai à ma vérité comme ne m'intéressant plus. Ce que je puis dire c'est que peut-être il est une certaine façon de définir ordre et création, qui me permette de dégager une structure. Et mon acte sera simple car étant donné la façon dont je parlerai de l'ordre et de la création il va de soi que ma thèse sera évidente. On me dira : « Vous n'avez rien formulé que d'évident. » Certes ! la science rend le monde évident. On ne découvre pas de vérités cachées.

113 Conversation Claudine Chonez*. Elle cite Franco qui a trouvé sa paix dans la discipline stalinienne. Et qui justifie cette paix, du fait que le renoncement provisoire à toute liberté prépare la libération de demain.

Mais s'il y a libération actuelle, ou paix actuelle, c'est que les conditions de libération et de paix sont déjà remplies, et la signification du mobile futur joue un faible rôle. L'important est qu'il y a mobile futur, serait-ce construire un pont ou construire les conditions de la liberté. Plus exactement construire (c'est-à-dire être pris dans un certain état dynamique, mais je ne signifie pas par ce mot son seul sens banal, je m'expliquerai plus tard). Cette atmosphère de soumission à la construction étant fruit de la contrainte stalinienne, c'est en fin de compte la contrainte stalinienne et non cette liberté future d'efficience encore inconnue, qui forme en Franco l'homme qui plaît à Franco. Encore un qui avec des mobiles opposés à ceux de Trotsky et des anarchistes, découvrira que sa révolution a été trahie. Si un but est tel qu'il m'anime et me fasse me plaire à moi-même, parce que me donnant le sentiment de l'existence, il n'est aucune raison pour qu'il me favorise une fois devenu but atteint. Mon sens de la vie alors changera, et rien ne me permet d'escompter qu'il favorisera en moi le même homme. C'est pourquoi deux buts opposés peuvent à la fois animer en l'homme le même homme, et décevoir une fois réalisés. Dans tous les sens toutes les révolutions seront trahies. (Et par trahir je ne spécifie pas une transformation nécessairement regrettable, mais simplement une transformation imprévisible, peut-être heureuse. Il est impossible de connaître, par la voie de raisonnement intellectuel, quel homme sortira de conditions données ; on ne pense pas le futur.)

Franco trouve donc sa libération, comme il dit, dans la simple contrainte stalinienne. Et il s'imagine être agrandi parce qu'il est forgé du malaise que nous causent les contradictions. Et lui qui critiquera si âprement la paix du vieux royaliste campagnard se forge une paix dont la qualité n'est guère plus haute. Si elle est plus haute, c'est au seul titre qu'elle est mobile d'action, comme le serait la ligne aérienne, en sus d'être idéologie claire. Le lot du royaliste ancien modèle n'est qu'idéologique. Franco trouve sa libération dans l'action étayée sur une idéologie simple. Ce n'est guère nouveau, ressemble au nazisme, à l'Islam et à la paix du joueur de boules.

Car il est deux méthodes pour sortir des contradictions. L'une consiste à se forger un système simple quel qu'il soit, et à dénommer erreur l'opposé de sa vérité. C'est l'univers du fanatique qui conçoit clairement Dieu et le diable. C'est l'univers de l'orthodoxe stalinien. Cet univers favorise et facilite l'action immédiate, puisqu'elle est clairement dirigée, mais le massacre des hérétiques s'impose de façon continue, et ces hérétiques sont innombrables puisque le coran proposé n'a pas absorbé leur vérité, à quoi ils tenaient essentiellement avec le même fanatisme et pour des raisons aussi valables. Mais cet univers interdit surtout toute possibilité de progrès par synthèse chaque fois plus haute, puisqu'il interdit les contradictions. Triomphe d'une thèse sur la thèse inverse n'est pas synthèse.

L'autre méthode consiste à admettre la contradiction même si elle est intolérable à l'esprit humain. Et justement parce qu'elle est intolérable. L'esprit humain qui accepte par honnêteté deux vérités expérimentales contradictoires ne tolérant point la contradiction, lutte pour la découverte d'un langage qui absorbe, sans en rien refuser, les deux vérités à la fois. Le malaise, la confusion, le doute, le désordre même, qui naissent d'une contradiction acceptée, est fertile par essence, et prépare de plus hautes joies que la foi du fanatique : celle de la victoire de la conscience. Je nomme vérité expérimentale celle qui s'observe. Le soldat de Franco est noble. Le soldat d'en face l'est aussi. Je refuse les systèmes qui, pour demeurer cohérents, sont nécessairement amenés à ne considérer l'armée adverse que comme un ramassis de pillards, d'exploités ou d'imbéciles. J'appelle vérité expérimentale, le fait que des sculpteurs ou des poètes naissent dans ces conditions données, non dans celles-là. C'est à la théorie à rendre compte de ce qui est, à rendre compte de la vie. Non à la précéder. Ils ne m'intéressent pas ceux qui prétendent créer les sculpteurs avec un système de bourses pour sculpteurs. Ça c'est la théorie. La vérité expérimentale, c'est par exemple la cathédrale. À moi d'en dégager le sens. Car ce n'est peut-être pas la civilisation de la cathédrale, sous tous ses angles, qui est nécessaire. D'abord et avant tout ce travail d'analyse. Puis la synthèse, portant sur les fruits de cette analyse. Mais cette analyse m'apprend par exemple qu'il y a délation en U.R.S.S. Et je refuse un mal en vue d'un bien. Ça, c'est du raisonnement. Je désire ce qui concilie mes diverses aspirations parmi lesquelles des relations humaines qui excluent cette atmosphère de délation. Certes aujourd'hui, aucune synthèse ne m'est proposée. Mais au contraire de Franco, j'accepte de reculer ma paix.

114 Cruauté par exemple. J'ai emprisonné dans un vocable non un état en soi, mais une certaine structure I arbitraire. Aucune raison pour que cette totalité colle en psychanalyse, par exemple, l'« amour cruel », c'est peut-être l'indifférence qui jouera (canard) et semble cruel puisqu'on aime.

115 Commencer par ce jeu qui change le sens de la vie. « Ici on ne dénonce pas. Ici on s'épaule… Ici on se tait. » Et l'atmosphère de cette maison est modifiée de fond en comble. Il n'y a aucune utopie à l'espérer. « Les hommes partout les mêmes… ? » Baliverne (et l'aisance aristocratique qui ne se

« formalise » pas). J'ai fait une belle expérience en Argentine dans la guerre radio-chefs d'aéroport. Où voyez-vous qu'avaient joué les problèmes individuels ? Toi qu'on fait entrer dans l'équipe « Ici on s'aide les uns les autres ». Et voilà qu'enfin tu respires !

116 Opposition entre sociologie expérimentale (cathédrale pour sculpteurs) et sociologie scientifique (bourse pour sculpteurs).

117 La nécessité d'un ensemble suffisamment fort à quoi appartenir (par opposition à la ferme de Manosque qui refuse de participer à...) se fonde sur ce que des structures trop petites ne peuvent subsister (Europe de luxe avec des États faibles) — et sur ce qu'il est nécessaire de créer un fort mécénat pour favoriser l'art (la montre de 10 000 francs que la petite structure ne pourra produire).

118 Ce n'est pas parce qu'il était pure « intelligence » que le concept de l'équilibre européen était souhaitable — ni parce qu'il était « traditionnel » mais la tradition avait créé (ou était liée à) un certain état d'équilibre national (c'était de l'intelligence intégrée). Et de cet exemple je puis dégager le sens vrai de « filiation » qui permet les gains (l'éclosion de l'Art par exemple), on joue sur l'intelligence intégrée (et donc invisible), on ne peut jouer sur une création pure car on n'invente pas l'avenir.

119 Vous allez attaquer Air France par exemple. Et l'on vous répondra en vous démontrant que la compagnie ne pouvait être gérée différemment ni aboutir à d'autres résultats, ne nous apercevant pas que l'excuse donnée vaut celle de la femme : « Je ne pouvais être ici à six heures parce qu'à six heures, j'étais là-bas... » La création ne se situe pas dans la logique.

120 Procès des intellectuels. Le naziste ne considère pas que tout le chemin parcouru par l'homme, de l'époque des cavernes aux civilisations d'aujourd'hui, l'a été grâce à ce qu'il nomme les « intellectuels », c'est-à-dire grâce à l'apport successif de concepts nouveaux, plus ou moins librement exprimés. Mais il a raison s'il s'insurge contre une cité que « gouvernent » les intellectuels. Il faut que l'intelligence s'exprime librement et qu'elle n'ait point droit de régir (chez le naziste elle régit — quoi qu'il pense — mais ce qui aggrave le cas, c'est qu'il s'agit du règne d'une intelligence inférieure). Car en fin de compte, et sans contrainte, elle régit infailliblement si elle apporte un langage fertile, c'est-à-dire qui absorbe sans en rien perdre les vérités contradictoires : qui concilie, non en mélangeant, mais en surmontant. Les hommes ne savent pas résister à cet attrait de la clarté et cette vérité-là « devient » — mais chaque intelligence gouvernée par l'orgueil — et chaque fou — croit proposer une synthèse dans son système. Il se trompe généralement (combien d'explications proposées pour l'atome, et refusées parce que non simples ?). S'il a le droit de l'imposer, il ruine l'homme par d'irréparables coupures non justifiées. La vie tire de l'eau qu'on lui verse, les sels dont elle a besoin. Il faut simplement que l'eau coule. Il n'y a pas à juger. C'est la plante qui juge (ce qui ne signifie en rien soumission à la masse).

121 Rien n'est plus mystérieux dans l'homme que le « contentement de soi-même ». Cet intérêt pour son rôle, son importance, ses exploits. Quel est le roi à qui sont rendus ces hommages et pourquoi les phénomènes intérieurs accaparent-ils son attention alors que seuls le nourriraient les phénomènes extérieurs.

122 Miracle des mots : odeur de feste ne ment.

123 Grave contresens sur le chef : celui qui exige… cela dont il a besoin… Non. Le chef d'abord, c'est celui qui a besoin des autres. S'il n'y a point de chefs, on n'a plus besoin de vous, anarchistes !

124 Vous avez complètement oublié que les institutions valaient ce que valent les hommes — la société ce que valent les mille démarches particulières qui lui donnent son sens — et la volonté d'une nation les volontés individuelles. Ressort de soupape et Daurat* : l'invention est collective quand elle est dirigée. Mais un politicien ne trouverait pas ces solutions.

Regardez une pierre : chaque molécule tire à peine vers le bas — mais selon ses capacités. Et la pierre pèse. Et chaque fois qu'elle n'est plus retenue, elle prend aussitôt sa direction.

Nous chercher un chef, c'est, pour nous, nous chercher nous-mêmes. Un chef c'est celui qui a infiniment besoin des autres. Et nous voulons qu'on ait besoin de nous. Personne ici n'a besoin de nous. Nous faisons antichambre pour offrir nos services. Un chef, c'est celui qui nous attire au lieu d'acheter comme un octroi de faveurs l'acceptation de notre aide.

Voyez Mermoz, la joie des hommes quand il en est beaucoup exigé. *[Une phrase illisible.]*

Vous êtes misérables de n'avoir besoin de grandeur. Et qui êtes-vous ?

125 C'est la notion de fête qui est en jeu. Celui qui économise pour en jouir. Celui qui économise pour les autres. La démocratie en annule la notion.

126 Aucun espoir tant que vous ne ressentirez pas de nouveau comme un coup porté à tous les hommes l'injustice subie par un seul.

127 Il y a lieu de revoir la psychanalyse en n'en conservant que l'apport solide.

a) Apport. La psychanalyse a mis en valeur l'importance du symbolisme, l'universalité du symbole (les symboles superposés), elle a mis à sa place la réalité dans la cascade des symboles qui l'expriment.

b) Mais elle a fondé ce mécanisme du symbole sur une notion absurde : le refoulement, ou, plus absurde encore, la censure. (Non absurde en soi comme moteurs de symbolisme.)

Je trouve anthropomorphiques cet escamotage et ce travesti ; de plus intervient là ce concept de « subconscient » semblable à une cave en sous-sol où s'accumulent les provisions et d'où s'évadent des fantômes déguisés qui vont faire leur tour de valse sur la scène de la conscience. Ces deux « étages » sont exemples de ces notions analogiques auxquelles rien ne répond.

Évidemment le problème posé est le suivant : « Ce qui est oublié se trouve quelque part donc… ». d'autre part : « Ce qui est oublié continue cependant d'agir, donc… ».

128 Reprendre plus loin.

J'ai parlé de l'alarmant désir de la soif. Même chose quand on « étouffe » de ne pas respirer, on croit respirer sans le faire comme dans le cas des pannes d'inhalateurs.

*129 Benedic, anima mea, Domino et noli oblivisci omnes retributiones ejus et renovabitur sicut aquilae juventus tua**.

130 Le culte des morts c'est la naissance de l'espèce en tant qu'unité spirituelle. Tous ces témoins. Tous ces éléments de divin parce que modèles. Spirituel même sans religion.

131 Cette clef. Dans ce théâtre : qu'est-ce qui se transmet ici ? Transmettre c'est unir mais aussi fonder l'homme. Quel homme ?

132 Il nous manque ce temps de village où l'on pense la vie humaine. Car nous, en ville, de simples états et l'amour a moins de lien avec l'enfant que chez les nègres.

133 Style : ils ne savent jamais de quoi il s'agit.

134 Et je n'ai point peur de me contredire, sachant que les contradictions ne sont que balbutiements d'un langage qui ne peut encore saisir son objet. Quiconque craint la contradiction et demeure logique tue en lui la vie (quiconque ne fait point l'effort douloureux de surmonter ce malaise de genèse, quiconque refuse d'être accoucheur) quiconque craint en lui la genèse obscure qui le relie à l'univers lequel n'est point encore formulable, puisque le langage limité ne le peut saisir qu'à tâtons et découvrir là un pan, là une arête, ici un solde et non l'immense cathédrale qui est transcendante aux matériaux, quiconque ne cherche que la formule n'use que du formulable, celui-là, je le dis, est déjà un mort.

135 Peut-être non-sens les enfants qui ne comprennent point — c'est-à-dire seuls comprennent.

136 Étonnante émission radio qui débute par la bassesse la plus classique puis s'exalte sur *La Marseillaise* qui contient « les semailles et les vendanges ».

Or *La Marseillaise* contient avant tout la haine de la racaille contre les chefs. (Avec d'ailleurs un sacré élan d'amour dans Liberté, liberté chérie — une chaleur comme il n'en est plus chez nous.)

Mais ici, comme dans le mauvais style, on ne sait plus de qui on parle. Comme dans les discours électoraux. Ce pays est paralysé et ne sait que réviser un seul héritage.

Le président de la République stupide — cette déification de la médiocrité. Cependant, se sent fier qui est reçu par lui. Plus que jamais la fonction annule l'homme. On croit aux fonctions comme l'on croit (voir probabilités de Borel) à la vertu efficiente du vote. Oui s'il s'agit d'un jugement — non s'il s'agit d'une création. Alors jamais. Les concepts directeurs, les patrons intellectuels des votants s'opposent à cette création. La vérité d'hier réside dans la foule. Et la statistique permettra peut-être de la dégager (ainsi la hauteur de la cheminée des locomotives dans leur enfance si j'interroge cent vieillards). Mais la vérité de demain n'y peut pas résider. Et la démocratie est un frein sans égal (quand elle prétendait délivrer !).

Mais la démocratie rétorquera : nous avons réalisé les meilleures conditions…

Peut-être de naissance de l'idée — mais jamais du passage de l'idée en acte (secret du prototype remarquable et de la pitoyable série). L'idée, chez elle, n'est qu'analyse.

Le fondement initial de notre impuissance semble être dû chez nous à la croyance intuitive paradoxale en un déterminisme mécanique. Le monde de demain est contenu dans celui d'aujourd'hui — et celui qui doit effectuer un acte créateur cherche à lire dans la réalité le sens des événements (lire et non bâtir) comme si les événements avaient un sens ! (Lorsque j'aurai découvert, se dit-il, le sens des événements — et il existe puisque plus tard les historiens le découvriront — alors je pourrai agir efficacement sans lutter contre la vérité interne.) Ils croient que la société de demain sort de la société d'aujourd'hui comme le chêne à partir de la graine — nécessairement. Et comme ils cherchent à lire ce qui n'existe pas ils ne font rien. Ou bien ils s'en remettent à ce vote qui seul peut dégager la vérité cachée… (oui si elle est *contenue*. Si la foule en est dépositaire. La foule a vu fuir l'assassin. Nul ne s'accorde sur la taille. Si je veux retrouver la taille, je le pourrai à l'aide de l'indication statistique).

Mais surtout ils ne s'intéressent qu'à la perfection du mécanisme.

Ainsi Daurat eût pu fonder des laboratoires avec une structure parfaite d'administration, des bons de commande, de correspondance avec les escales. Mais il a créé un dynamisme seul efficace. Et les ressorts de soupapes ont cessé de casser.

Le poids d'une pierre vers la verticale est fait de la somme des poids de toutes les particules.

Et nous voulons, nous France, peser vers la victoire, quand rien chez nous ne pèse vers rien : Radio, propagande, armement, appareils photos qui enrayent : montrez-moi ce poids qui tire en avant ! vous pourrez bien modifier tant que vous voudrez la structure administrative (avec votre croyance en l'intérêt du type de structure !). Collez-moi simplement là des hommes. (Et l'autorité descend de la tête : donnez-moi une tête.)

Rivière* peut bien ricaner de la tendance allemande à « profiter des occasions », de quelles occasions profiterions-nous quand nous ne tendons vers rien ? Le flux de la marée, en apparence, n'est fait que d'occasions [perdues] ? Oui. Mais s'il n'y avait pas la gravitation lunaire à quoi serviraient donc les occasions ? Quelle que soit la machinerie administrative rien ne s'étale, rien ne grandit, rien ne se fonde quand rien ne tend vers rien. Nous manquons de tropismes !

Des hommes ? Tant que nous en voulons : voyez mécaniciens de l'aéropostale. Si nous tendons, nous sommes autrement ingénieux à profiter des occasions, à exploiter les routes qui s'offrent. Mais qu'importe d'être installé dans le centre du carrefour si l'on n'a point le désir de marcher.

Cette prodigieuse anarchie. L'autre idiot qui refuse aux Américains le droit de prendre des photos. (Aucune pente vers la conquête de l'Amérique.) Celui-là qui se scandalise de ce que l'on étudie l'enrayage des mitrailleuses (aucune pente vers l'efficacité de l'arme), l'autorisation d'Hitler m'a dit (aucune pente vers la création d'un dynamisme), la non-assistance à la Finlande* (aucune pente vers l'occasion inespérée — et cependant quelle clef de voûte : le moral, la stratégie, la propagande — et l'Amérique. La voie d'entrée de l'Amérique !).

Quant aux grèves perlées des usines* — en pleine guerre !

Ceci parce que Daladier « essaie de comprendre les événements ». (Quand il n'y a rien à comprendre et qu'il pourrait en être, lui, l'explication.) Et attend que la poule sorte de l'œuf puisque l'œuf est là : c'est le monde d'aujourd'hui auquel succédera un monde de demain. Et Daladier attend le monde de demain !

Pourriture de structure. Ainsi les « idées » et les « programmes » comptent plus que les hommes. (Quel critérium de la valeur de l'idée et de celle du programme que le choix fait par une foule qui achètera tel chocolat parce qu'il blanchit en vieillissant — et qui lit d'abord *Paris-Soir* à cause de la science des titres.)

137 Ils ont voulu détruire le christianisme au nom de l'homme qu'il fondait (lutte parricide de l'anarchiste) et sauver l'homme qu'il fondait. Mais c'est cet homme-là qu'ils ont d'abord détruit.

138 J'écrirai pour vous rendre hommage, vous dont on ne sait pas honorer les aspirations. Je ferai un bouquet de vos aspirations. Il faut que de temps à autre se lève celui qui prend en charge. Et je me chargerai de vos élans. Finie l'amertume d'être méprisé.

139 Psych. On peut toujours inventer un système dans l'ordre duquel tout lapsus pourra être expliqué plus ou moins clairement par un refoulement profond. Freud a raison quand il dit « toujours ». Mais « toujours » ne s'applique qu'à la nécessité de la discipline du point de vue qui peut en effet toujours jouer. Un point de vue n'étant ni vrai ni faux. Il ne faut pas sentir ces exemples comme une démonstration transcendante. Cet ordonnancement est valable pour toute théorie. Je ramènerai ainsi tout de l'atome à l'inverse carré.

140 Il y aurait beaucoup à dire (et à étudier) sur le besoin de l'homme de s'exprimer ou « d'être exprimé ». — Dans quel cas est-ce malaise ? (Car le paysan devant sa maison qui respire le soir n'est point le poète qui sait exprimer et cependant il est heureux.) Sans doute dans le cas du litige ou de la contradiction irréductible. Ce serait ce malaise qui a conditionné le progrès de l'homme. Dans ce cas l'acte symbolique cause de la névrose n'est qu'une « expression » coûte que coûte. Si je saisis, je suis sauvé.

Mais où se situe ce litige puisque j'admets qu'il n'est point du domaine verbal, que ce n'est point un litige clair. Que signifierait « litige organique » ?

En tout cas censure signifierait impossibilité d'exprimer et son refus d'exprimer. Et j'ai évidemment avantage à préciser un autre mode de connaissance que celui qui réside dans l'acte symbolique : car il est mode de connaissance au même titre que l'image verbale (qui en fin de compte n'est jamais qu'image).

« Le mode de connaissance par images verbales purge du malaise qu'impose le mode de connaissance par images organiques ou gestes. »

Je retrouve là, en tout cas, les mobiles du progrès, de l'ascension de l'animal à l'homme et les gains conceptuels de l'homme. L'homme c'est ce qui tend à surmonter.

141 La connaissance ce n'est point la possession de vérités mais d'un langage cohérent.

La béatitude c'est la possession du concept souverain, l'accession à un «point de vue» qui unifie l'univers. Je ne sais rien de plus sur l'univers en soi. Mais il n'est plus de litige entre l'univers et moi.

142 Freud me répliquera en démontrant toujours que la censure s'exerce sur quelque chose de désagréable — et que donc ce désagrément justifie le refoulement. À quoi je répondrai que ce sentiment désagréable affecte précisément, par définition, l'informulable. Je vais plus loin que lui car je sais dire — moi — pourquoi était désagréable l'expérience subie et en même temps, du même coup — pourquoi elle se trouve censurée. Litige d'abord inabsorbable avant l'élaboration d'un concept clair.

Tout de même, dans toutes ces démarches — ne serait-ce que la connaissance — et la mauvaise humeur de la femme qui ne traite pas l'objet direct — l'homme me montre bien qu'il cherche à saisir.

143 Reste la question des lapsus. Qu'il ne soit jamais hasard, d'accord. Tendance à réaliser un désir. D'accord. Même refus de quelque chose de désagréable, d'accord. Ce que je critique c'est le pont entre ce refus tout naturel et qu'il n'est point nécessaire de baser sur un mécanisme complexe — et le retour sur un déguisement de quelque chose de désagréable.

144 Là gît une contradiction interne de Freud. Pourquoi n'oublierais-je pas tout simplement le quelque chose qui m'est désagréable ? Pourquoi cette double opération de refus et de retour ? Cette fausse image de remords comprimé. Il est beaucoup de choses que je sais oublier.

145 Si le quelque chose, à la fois je l'oublie et il revient, ce doit être moins élémentaire que ce concierge et ce déguisement pour tromper le concierge. Ce doit être que le type de retour est précisément — sur un plan obscur et dans un langage hermétique — la solution de la contradiction : la synthèse. Je vais plus loin que Freud (j'ai plus d'extension, ce qui est marque d'une vérité plus générale) puisque j'explique non seulement le mobile du déguisement mais la *nécessité* de tel déguisement et non d'un autre. Je vais plus loin que Freud sur la même voie : car c'est lui qui m'a montré que remonter la chaîne de causalité des associations mentales n'était point expliquer le chemin qu'elles ont pris.

146 Moi je sais bien — et c'est fondamental — que dans l'état de fatigue où tout effort de conscience est impossible c'est tout naturellement sous une forme symbolique que j'exprime la réalité sans qu'aucune censure intervienne.

b) Je sais que ces symboles sont plus complets que l'expression verbale maladroite.

c) Je sais bien que ce dont je me souviens ce n'est point du détail mondain mais de la structure de l'événement. En elle réside son essence. Il est naturel que j'oublie la modalité pour me souvenir de la structure (d'où apparence de refoulement).

d) Je sais bien que cette substitution est multiple (trois rêves donc infinité).

147 Le problème est le pont entre la réalité et les démarches de l'esprit.

148 Et si je ne puis plus crever les yeux — comme cet empereur de Byzance* — c'est qu'à l'instant où je me penche sur son visage j'y reconnais le visage de mon dieu.

Je voudrais dire encore que le langage me fonde, c'est-à-dire les relations que j'ai établies.

149 Alors symétrie en France par ce langage qui pourrait être universel quand l'autre ne souffre point de conversion. Et je ne discuterai pas ce droit à l'autre. Je dirai : je préfère d'emblée mon langage parce que j'ai choisi ce grand seigneur-là de préférence à l'autre.

150 Freud. D'une façon ou d'une autre le problème c'est celui de la première contradiction. Il n'y a point contradiction dans la conscience de l'animal qui devrait être — selon une logique superficielle — un nœud de contradictions.

Toujours développé en logique de surface, je pourrais expliquer par : mais c'est la première affirmation qui apporte la première contradiction et la première affirmation n'existe pas chez l'animal.

Mais dans tout ceci logique de surface qui peut-être ne couvre rien.

151 Exemple. Impossibilité de doubler Daladier d'un homme qui lui dicte ses décisions, car la vie s'introduit dans le rythme, dans l'opportunité immédiate des réponses. Il y a deux structures superposées, celle de l'intelligence, celle de la danse.

152 La contradiction ne provient-elle pas de ce que, si j'ai défini une structure, puis une seconde structure, j'oppose évidemment des êtres, considérés comme distincts, ou du moins, je les sépare, alors qu'ils comprennent certains éléments communs. (Je ne puis pas définir de structures qui n'impliquent rien de la structure voisine.)

153 Concept. Un concept c'est l'individualisation d'un tout, ou plus exactement d'une structure. Et je me sers ensuite de ce nouvel être comme d'un invariant. Le « rouge » est un concept au même titre que la classe marxiste ou l'inverse carré de Newton. Sa « simplicité » son « unité » provient exclusivement de sa constance comme invariant. La charité est un concept et une structure. Elle régit un certain système de relations. Mais elle n'est un invariant qu'au titre où je sauve le concept. Il est des invariants que je fonde.

154 Mais sans doute ici simple difficulté de langage car ça n'a aucun sens de dire qu'une structure est stable ou non, la structure considérée en tant que telle n'étant qu'une « opération de l'esprit ». Il fallait dire : la structure est — ou non — directrice. Si j'en assure l'invariance par un réseau de relations stables, elle demeure directrice.

155 Or mes structures empiètent les unes sur les autres, et le raisonnement — qui nécessairement les distingue — en devient incertain et confus (peut-être cette image ici est-elle surtout verbale).

156 Le concept contient la définition mais lui est antérieur. Le concept c'est l'idée de définir ça. (Ça, qui n'était antérieurement qu'un ensemble. Et qui devient un être.)

Si je dispose d'une courbe sinueuse quelconque, chaque courbe régulière périodique qui s'y intègre est un concept. Le concept, ici, simplifie l'univers. Et l'ordonne. Et je ne puis pas dire que je « retrouve » ces courbes régulières, vérités antérieures à moi et cachées ici par la nature, car, de toute évidence, quand j'ai tracé, au hasard, mon dessin, je n'ai point pensé « courbe régulière » mais ligne sinueuse quelconque.

Mais maintenant que je dispose de ce langage, je puis énoncer ma courbe par exemple en l'appelant Σ (λ) — et un quelconque de ses accidents tels qu'une abscisse. Et cela me suffit pour connaître ici l'ordonnée. Quel est le gain ?

157 Évidemment ma courbe n'avait point de nom et je l'ai nommée. En la nommant je formule ses qualités. Mais je réponds mal à ma question.

Peut-être ai-je effectué là une opération transcendantale, une courbe n'ayant d'abord de sens qu'en tant que ligne sur un papier. Elle ne pouvait être « pensée » — mais je puis désormais oublier toute image et cependant la contenir en moi. J'ai changé d'étage de concept.

158 Réflexion : ma courbe est grossièrement approchée si j'en fais la somme finie de *n* termes. Je crois simples les lois de la nature parce qu'il me semble les exprimer par une somme finie de n termes. Rien ne me prouve qu'il n'en faille pas une infinité pour être tout à fait précis. Alors il n'est pas plus de loi « gouvernant » la nature que la loi gouvernant le tracé de cette courbe que j'ai définie au hasard.

Mais si une courbe représente pour moi tous les phénomènes de la nature, la même somme Σ de n termes me rendra à peu près compte de leurs relations entre eux.

159 Il est quelque chose que je saisis mal en moi. Ce que je dis, quand j'use de cette analogie, s'applique exclusivement à ce qui est révolu dans le passé, non au tracé ultérieur. Or, quand il s'agit d'une répétition, la science prédit où et comment insérer la notion de temps (cette question est *très mal* posée) qui joue différemment dans les deux cas ?

160 Je rejette : un « facteur » devient un « signe » historiquement, quand il a joué.

161 Toujours ces intellectuels. Ils ne se rendaient pas compte des poussées élémentaires et presque irrésistibles car, une fois transmutés en mots, « désir d'expansion » et « sentiment de la justice » ont le même poids dans une équation. Ainsi proposent-ils le désarmement comme ils eussent proposé, faute de connaître la pesée de la mer, la démolition des maîtres couples des navires.

Quand une société est bien construite — et atteint l'état d'équilibre —, alors tout se fait invisible parce que immobile. Et tels oiseaux ne sont que musique et couleurs. Je dis qu'ils sont en état d'équilibre. Mais supprimez cet épervier qui s'en nourrit — et ils ravagent vos moissons. Ainsi du poids de la mer calme : je puis bien supprimer la digue…

162 Nous pouvons difficilement penser que l'homme puisse aimer la guerre — et quand ce peuple part en guerre, nous inventons la folie d'un Hitler. Ce sont les « mots » qui ont opéré la catastrophe (délire verbal, bourrage de crâne). Alors que bien au contraire c'étaient les mots qui avaient réussi le miracle. Nous étions gouvernés par la divinité de belles structures permanentes. Elles équilibraient la masse de la mer (comme dans une caserne, la structure des conventions fait qu'un colonel sans armes équilibre une foule armée).

En fait, si l'on oublie les mots, voilà que l'espèce avide et compacte dévale vers les territoires peu habités et verdoyants. Elle y sacrifie des individus. Mais l'espèce, mais la nature vivante et sans conscience spirituelle, se moque bien des individus. C'est tout de même à cause des mots que l'Italie ne fonce pas sur la Tunisie, que l'Italien est lâche. Il est régi par une structure spirituelle (plaisir de vivre) qui ne lui fait pas aimer la guerre. Mussolini ce n'est pas une victoire des mots. C'est une victoire sur les mots. Et d'ailleurs, ce qui nous scandalise d'abord, quand l'Allemagne fonce, c'est qu'il ne soit point tenu compte de certains visages spirituels. C'est que le fait de la Hollande n'équilibre pas le fait de l'Allemagne. Ce qui nous scandalise, c'est un craquement de langage.

163 Quant à l'individu, s'il n'est pas respectable comme l'image de Dieu qui lui donne tout son infini, s'il ne sent pas conceptuellement son importance, il mourra comme le Chinois ou la fourmi.

164 Si j'invente un langage (Hitler) qui fait accepter la mort par les hommes, je ne suis pas contre nature. La nature l'accepte. Mon langage trouve ses racines dans les pentes de l'espèce.

Mais certes il faut d'abord avoir oublié beaucoup de choses.

Et qu'il s'agisse de déchristianisation ou de désarmement, nous étions pareils à ceux-là qui démontaient les maîtres couples du navire, trompés par l'immobilité de la mer. Ils croyaient que la mer avait pris une forme.

J'accepte certes qu'un système conceptuel aboutisse à des impasses. Ainsi de la médecine qui ruine l'espèce puisqu'elle en rend les tares invisibles. (Et la charité de Vautel* est un crime.) Ainsi du culte des biens matériels (qu'introduit la publicité) et qui va contre d'autres parties de ce système (l'homme spirituel). Que certains craquements et aménagements fondamentaux soient nécessaires, cela me paraît trop évident — mais de cela à la ruine d'un système conceptuel, il y a un abîme. Je ne crois pas Hitler irrésistible. Hitler redécouvre le poids de la mer. C'est entendu, et sous un certain angle, c'est génial — mais nous n'avons, nous, qu'à découvrir la puissance des maîtres couples du navire. L'esprit, s'il veut, donne une forme au monde. Et la conscience bâtit contre la gravité, contre l'entropie, contre l'espèce. Si j'en fais l'image d'un dieu, ce mendiant équilibre une cité.

CARNET V

1 Ils séparent la pensée de l'action, comme d'autres l'action du rêve. Ils font travail d'analystes ou d'historiens. Et, bien sûr, ils ne réussissent pas à s'insérer dans les démarches de la vie.

2 Dans la vie on n'a jamais le temps…

3 Impôts. Cette justice vers laquelle tend ce système compliqué n'est qu'apparente et ne peut provenir que d'un décalage entre un usage et un idéal déterminé. Car cet idéal peut être tout aussi bien réalisable directement par des salaires appropriés. L'illusion est que j'ai réduit de 50 % par exemple les gros bénéfices. Mais réduits de 50 %, ils sont déjà de gros bénéfices. Et j'ai réduit un chiffre qui d'abord a été majoré.

4 Il est à remarquer que le point de vue de la « charge de l'impôt » est un point de vue purement linguistique. L'objet de 50 francs prix de revient, l'industriel le vend 100 francs. L'impôt étant de

25 francs, il ne fait que 25 % de bénéfice au lieu de 50. Perte. Mais l'acheteur aussi peut me dire qu'il n'eût, sans impôts, acheté l'objet que 75 francs. C'est lui encore qui a payé et rien ne peut me départager les deux thèses.

5 Capitalisation absurde dans les Assurances sociales, issues de ce point de vue que « l'on épargne pour la vieillesse ». Elles ne peuvent se réaliser que par un versement immédiat aux vieillards d'aujourd'hui, malgré qu'ils n'aient rien payé. Cette mise en marche présente est absurde. En fait simple rente sur simple impôt.

6 En fait aussi, rétablissement tellement souhaitable de l'économie féodale en imposant aux entreprises le soin de faire vivre les vieux employés.

7 Si l'on met en marche les Assurances sociales en 1938, portant sur des hommes qui ne toucheront que d'ici vingt ans leur retraite, on va capitaliser pendant vingt ans, c'est-à-dire collecter des sommes absurdes impossibles à investir (l'investissement vrai c'est le don actuel), et qui manqueront très exactement comme pouvoir d'achat.

On prétend, dans vingt ans, distribuer le bénéfice de cet argent investi, ce qui est peut-être mythe sans signification. En fait jeunes et vieux formant des groupes de nombre stable, on distribue chaque année aux quelques vieux ce qui est prélevé sur les nombreux jeunes. Si pour dix vieux, il y a 90 jeunes qui touchent 100 francs, je les impose de 10 % et tous touchent 90 francs.

Je puis mettre d'emblée mon système en marche aujourd'hui (sous l'angle la jeunesse paie la vieillesse) car sous l'angle individualiste moi, jeune d'aujourd'hui, paie pour moi, vieux plus tard. J'aboutis à des absurdités insurmontables (dont ce dépôt absurde de « mon » argent).

8 Ce semble une règle générale que l'étude sociale doive désindividualiser pour comprendre. Sinon :

a) illusion de l'épargne ;

b) illusion du réinvestissement toujours possible ;

c) illusion sur la nécessité de « placer » cet argent des Assurances sociales.

9 Mettre cet argent en réserve, c'est très exactement mettre en réserve les poireaux et les pommes de terre d'aujourd'hui qui seront achetés dans vingt ans (ce que j'ai réservé c'est une partie du pouvoir d'achat) mais ils pourrissent !

10 Que l'on ne vienne pas se plaindre ensuite des scandales et prévarications : cet argent lui-même est pourri : où irait-il ? Bien sûr, un truc peut-être pour construire des palais (mais non rentables) et alors rien à voir avec l'amour de la vieillesse. Ou c'est alors que durant vingt ans je construis des maisons de repos. Mais eux mêlent tout.

11 J'ai toujours dit que brûler du café n'avait point de sens : ça a un sens. L'habitude fait qu'au-dessous d'un minimum de confort, tout de même on n'épargne plus. Il faut bien vivre. Alors, si je propose au pouvoir d'achat un stock de minimum vital — et non l'aisance — l'argent sort et circule. Mais il s'agit tout autant de sauver le chômeur que le capitaliste. Plus je brûle de café mieux l'argent circule et moins l'on chôme.

12 Espagne. On a envie de panser leurs blessures à tous en les réunissant sous la même pèlerine de berger.

13 Tous ces rats que l'on chasse de leurs trous. Rassurer.

14 Monteverdi* : cette assemblée sereine où celui qui avait froid et peur, souffrait de la solitude et de l'insécurité, est reçu. Je ne suis plus seul (présence dans la grande musique). Ainsi la religion, ces belles images dont on ne sait pas ce qu'elles contiennent : ainsi je les rassemble et les apaise.

15 Le concept « qui a commencé » n'est d'aucune efficacité.

16 Civilisation : et qu'importe la mort, nous sommes une musique qui s'est évanouie vers les étoiles.

17 Le phénomène qui, en thermodynamique, se dit entropie, je le découvre partout dans la nature. Si la conscience n'intervient pas, l'énergie se dégrade, et si j'ai divisé en A et B un système S capable de fournir de l'énergie interne (de réaliser une opération mécanique par poussée interne), si je le laisse livré à lui-même, sans contrôle par la raison, cette énergie est dégradée et ne peut plus être récupérée que par rapport à un système plus vaste S' > S (ainsi d'un piston et de deux ressorts antagonistes d'abord capables de faire travailler le piston (tension A > B) mais livré à lui-même, tension A = B).

Cependant la conscience peut tout sauver par transfert de l'un des ressorts. (Et c'est le démon de Maxwell.)

(En fait mon système oscille de droite à gauche si la matière y est douée d'inertie. Si donc j'arrête mon piston à mi-course, j'ai récupéré de l'énergie due à sa force vive. Mais l'énergie comprise dans la tension des deux ressorts est bien la même qu'auparavant. D'où provient l'énergie récupérée ?)

énergie pot. Entropie (il faut l'espace S' pour récupérer cette énergie, sauf si la conscience intervient et déplace le ressort).

Si l'énergie est cinétique, je ne la récupère que par rapport à un système de référence. Mais (sauf chaleur) l'énergie ne s'est pas annulée mais elle intéresse désormais un système plus vaste : et, pour la récupérer, il me faut prendre un nouveau système de référence intéressant une masse double du premier. Par exemple choc de deux boules. Le maximum récupérable est la tension du ressort qui a arrêté relativement les deux boules de masse *m*. Mais désormais une masse 2 *m* est en mouvement.

18 Je ne puis certes pas encore trouver un mot exact pour l'exprimer, mais il apparaît éclatant sous un nouveau jour, qu'une grande partie du monde se soit démonétisée. Je veux bien que la chose n'ait point d'intérêt. Mais ça signifie cependant quelque chose que la Russie ne soit plus le territoire où l'on allait chasser.

Au temps des grands Empires grisâtres...

19 Il n'est certes pas sans signification que — si je cherche quelque trace de cette énergie que le soleil nous a distribuée depuis quelques millions d'années (pétrole, charbon...), — ce soit la vie, et la vie seule qui en ait constitué les réserves. La planète est moins désorganisée qu'elle devrait l'être à cause de fougères ou de poissons.

La vie résiste à l'accroissement de l'entropie — et la conscience peut en inverser la direction. Ainsi le démon de Maxwell*.

20 Il faut évidemment réfléchir longtemps sur cette question fondamentale. L'énergie sous toutes ses formes se dégrade. C'est-à-dire se disperse. (Et mon énergie n'est récupérable que si le gradient* est suffisant, si le volume qui l'enclot est accessible, et si elle se trouve suffisamment organisée.) Le fleuve en marche constitue une réserve, non le remous. Cent degrés issus de la chaudière, non cent degrés du Sahara à l'Équateur; cent degrés absolus et non trois degrés absolus. Or quand je m'éclaire, j'ai dépensé l'énergie de la chute d'eau qui était capital concret. Mais une fois que ma lampe m'a éclairé, j'ai détruit une faible part de ces photons pour mon usage personnel. Et encore cette énergie-là demeure peut-être quelque part théoriquement récupérable — mais la plus grande part de l'énergie, que je n'ai pas reçue en circuit fermé, je l'ai dispersée dans l'univers. Et si je ne l'ai pas dispersée dans l'univers, je l'ai en fin de compte désorganisée. Il n'y a plus de direction privilégiée ni d'instrument assez subtil — et assez conscient.

Si, dans une enceinte où se meuvent des billes, j'introduis une bille de plus douée d'une certaine énergie, cette énergie est mesurable puisque je connais — et distingue — sa direction par rapport à l'immobilité moyenne. Mais si, par un acte né de ma conscience, je n'ai plus su la préserver, son énergie, après peu de temps, est répartie entre toutes les billes. Elle n'est plus qu'un constituant de l'immobilité moyenne.

21 En fait, si je veux mettre en réserve l'énergie du soleil, je puis ou construire un barrage : c'est-à-dire très exactement sauver ma bille (j'aurais pu construire un plan incliné pour la recevoir), et ceci est une opération de conscience. Ou tout simplement charger la vie elle-même de cette opération, en laissant croître puis pourrir des fougères ou en extrayant l'alcool des fruits. La construction de mon barrage est un acte de vie.

22 Ainsi la plante sauve la lumière et je connais des grottes où la mousse qui pousse sous les lampes a su recueillir leur lumière. La grotte tapissée l'eût peut-être toute recueillie.

23 Soit S une enceinte fermée. Il me faut une certaine énergie pour me réserver un S' vide. Si maintenant je libère par un orifice ponctuel une certaine quantité de gaz, tout se passant axialement même si les molécules se trouvaient autrement, si t_1 est la durée d'ouverture, il existe un temps t_2 et une distance 1 où je ne retrouverai que les molécules les plus rapides et ainsi de suite. J'aurai donc sélectionné mes molécules de différente vitesse dans autant de tubes que je voudrai, et réorganisé l'énergie. Mais la cause, c'est l'introduction de la conscience, donc de la vie. Mais l'énergie du vide ? Eddington est timide quand il dit simplement que la vie fait apparaître la glace en été et le feu en hiver.

24 Peut-être est-il possible de perfectionner cette image par le jeu d'orifice ponctuel séparant deux enceintes de même pression et de même température.

25 S'il n'y a pas de barrages conscients (structure organisée), l'énergie issue du soleil ne peut être mise en réserve, car les lacs surélevés doivent perdre autant qu'ils reçoivent. La vie répond aux lois de probabilité.

26 Toujours cette même correspondance entre la conscience et la vie. La raison ou la conscience, c'est le pouvoir du choix. De la vie aussi.

27 Ils ne transcendent jamais (Daladier*) anthropomorphisme…

28 Il me faudra insister absolument sur le rôle du temps. Je suis en effet chaque fois choqué quand on définit l'objet de la science par la prévision de l'avenir. Il faut casser ce concept en deux et montrer que la science ne « prédit » rien, ni le lendemain social (puma) ni le lendemain biologique (évolution vers le futur) ni la décimale supplémentaire qui n'a pas servi à édifier la théorie en usage ni à plus forte raison la théorie neuve qui l'intégrera. Quand Le Verrier calcule et quand Herschel* trouve la planète « nouvelle », en fait, ils admettent simplement que l'univers n'a pas suffisamment évolué en cinquante ans pour infirmer l'image newtonienne valable pour un nombre donné de décimales, et ils ne prévoient qu'une « répétition ». La science, c'est la prévision des répétitions, et quand on prétend découvrir plus, on pourra sans doute toujours montrer que ce quelque chose de nouveau se ramène par transformation à une simple répétition (d'où l'intérêt des modes de transformation tels que la géométrie projective par exemple). C'est l'identité que je retrouve, et cela est bien naturel puisque je n'ai rien fait entrer d'autre dans les équations.

La science, c'est la recherche et la découverte

des identités (cachées), mais il y a, à la périphérie de l'expérience, une expérience non faite qui ne peut être identifiée à rien encore (voir le rapport avec la philosophie de l'émergent).

Peut-être : le secret dans une certaine conception du temps (le temps qui « ajoute » n'est point le temps qui « étale »).

29 Évidemment elle a « découvert des évidences » (Jeanne*) mais découvrir des évidences c'est toujours les créer.

30 H.* et l'entropie. Il réarme l'espèce humaine.

31 Dans la démocratie je sauve cet individu misérable, mais dans la véritable civilisation occidentale, je sauve Dieu, non les droits de l'homme mais, à travers l'homme, les droits de Dieu. Et je respecte Dieu — en l'homme son image — mais non l'individu.

32 Selon la justice stalinienne — ou naziste — cet homme je le supprime s'il est socialement déficitaire. Ainsi du pilote qui a avarié son navire. Selon la justice occidentale je le libère au nom de sa patrie intérieure, de la qualité de son navire ou de son règne à la table du soir. Je ne sais ni peser ni mesurer l'homme.

L'erreur de l'autre est qu'il croyait le pouvoir mesurer.

33 La démocratie évidemment va dans le sens des probabilités statistiques, de l'accroissement de l'entropie, du fractionnement de l'autorité jusqu'à la limite (Anarchie), de la dispersion des énergies. Et elle aboutit bien à la libération apparente de l'homme. Mais apparente. Ce n'est que la libération de l'individu. Car l'homme se dissout.

Et les démarches démocratiques s'appuient sur la logique et le raisonnement. Car il est impérieux, dans les sciences de l'inanimé, cet accroissement de l'entropie. Mais non dans celles de la vie. Et de temps à autre nous assistons à une révolution que le langage ne permettait pas de prévoir, n'autorise pas. (Quoi de plus inacceptable, intellectuellement, que la guerre ? Alain* l'avait bien découvert quand il croyait que, pour en purger le monde, il suffisait de bien découvrir l'inacceptable.) Et cependant surgit parfois un homme qui se dresse contre l'accroissement de l'entropie et, de même que la vie, contre la statistique, a édifié des molécules, — réarme l'homme et rétablit les potentiels. Injustice (la justice parfaite, en fin de compte, c'est l'équilibre parfait, donc la mort), hiérarchies, pouvoirs arbitraires, on restitue leur potentiel à tous les réservoirs d'action.

Bien sûr l'image s'avère toujours injuste et fausse, comme l'est d'abord aussi celle de Pasteur ou d'Einstein. La justice c'est aussi l'ordre ancien.

La vérité qui simplifie autorise seule l'action.

34 (A) Même remarque pour l'honneur fondé sur la justice ou la fidélité à une parole. Le déshonneur c'est toujours de varier. C'est de vivre. L'honneur vaut pour les morts ou plutôt je saurai recréer leur honneur. Mais aujourd'hui ils cherchent tous, les purs, à vivre selon leur honneur et ils se haïssent. Mais c'est que l'honneur n'est plus exprimable.

35 Ils me fatiguent avec tous leurs projets de fusillades. Il est inutile de fusiller car les religions doivent convertir. Avec quoi bâtirai-je le christianisme si je fusille les mécréants ? Et puis, ce que « vaut » un homme c'est tellement « ce qu'il devient ». Moi je ne sais pas ce qu'il est.

36 Quand j'ai lu ce papier de Brasillach* où il me reprochait violemment comme une faute de goût la faible dose de lyrisme ou de pathétique qui chargeait si peu mon laïus radio, j'ai compris la prochaine défaite. Car ni ce lyrisme ni ce pathétique ne lui eussent — ni ne m'eussent — paru ridicules venant d'un nazi. Mais chez nous sans caution profonde. Et comment serais-je mort en criant « Vive la France » ? J'eusse semblé prétentieux et inactuel. Mais l'autre peut mourir en criant « Heil Hitler ».

37 Alors la mort n'est plus payante. Elle ne fond plus l'individu dans plus vaste que lui. Comment accepterait-il de mourir ?

38 Si la France a perdu pour eux sa signification, c'est qu'elle leur a peu demandé (toujours le chef, qui est celui que l'on sauve perpétuellement).

39 L'étoile et le cryptogramme de l'étoile posent un autre problème que celui de la connaissance. Et c'est celui du complexe ou du simple. Car la symphonie qui se déroule, aux mille instruments, aux mille musiciens, avec leur génie particulier et leurs accrocs, cette complexité *de chaque instant* (ou en chaque instant), je puis bien en fournir une image infiniment simple, et qui est une intensité en fonction du temps. Elle suffit sur la bande sonore pour contenir la symphonie et tous les génies particuliers des exécutants. Il n'y a plus, à chaque instant, qu'une mesure d'intensité. De même le message de l'étoile. Mais si j'étale une lumière qui est réelle je crée déjà les bandes du prisme. C'est non seulement le langage qui devient complexe, mais encore l'image. Puis mes concepts de poids, de température, de pression, de distance, de qualité chimique étalent sur d'autres plans cette unité, et je sais, sur l'étoile, de quoi écrire un livre, un livre aux pages infiniment diversifiées. Et cependant, il n'était rien à l'origine, sinon une intensité en fonction du temps.

40 Ou plutôt : toutes ces connaissances diverses, tout l'univers complexe, j'en offre une image infiniment simple. Une intensité en fonction du temps. Et une seule.

41 Il y a dans cette double démarche quelque chose que je ne sais pas penser encore, puisque quand j'écris la synthèse — c'est-à-dire une intensité en fonction du temps — je ne sais plus rien.

42 (A) Exemples parfaits de concepts décousus, indémontrables, quoiqu'ils constituent des points de vue ou des opérations de choix *a priori*. Maud'huy : « Quand on est officier on exécute et on se tait », et contre Corniglion il s'indigne. Corniglion* : « Quand on a donné sa parole on sauve l'honneur, on coule sa flotte. » Et il s'indigne. Ce qui est naïf, ce n'est point de condamner l'autre en fonction de sa propre justice. Mais bien de s'indigner. Il y a là un jeu puéril. Je n'aime pas ces abois de voix. Sois le plus fort et tu auras raison. C'est tout.

43 S'ils sont tous deux grandiloquents c'est bien pour la raison que je disais plus haut à propos de Brasillach : leur lyrisme n'a point de caution, une caution suffisamment juste concilierait des aspirations contradictoires car chacun d'eux ici accepte de sacrifier une part d'honneur. Chacun accepte de s'aveugler et dit : « Je ne veux pas savoir… » et ce refus qui est évident avec Maud'huy est vrai pour Corniglion. Ainsi le catholique veut ignorer la critique des évangiles. Mais de ces deux aveugles naît l'affreux duel de colin-maillards. Et vers quoi s'il vous plaît ?

44 Il est bien sûr amusant le paradoxe que j'oppose d'abord aux imbéciles. « Savez-vous pourquoi une pierre tombe ? — Oui, elle est attirée vers la terre. — Qu'est-ce qu'être attiré ? — C'est tendre à se diriger vers. — Qu'appelle-t-on "se diriger vers", quand il s'agit de la verticale descendante ? — Tomber. — Une pierre tombe donc parce qu'elle tombe ? Et vous êtes content de vous ? »

Et j'oppose aux idiots la démarche d'esprit de

Newton ou d'Einstein. J'en déduis que comprendre c'est accéder à un phénomène plus général. Peut-être mais — sous un certain angle — ni Newton ni Einstein ne prétendent comprendre mieux que l'imbécile. Ils ne dégagent en fait que des structures mais « n'atteignent » pas de vérité. Et l'imbécile aussi avait dégagé ces structures — et capitales. Une pierre tombe quelle que soit sa couleur. Et quel que soit le jour de la semaine. Et quel que soit... lui aussi reliait la chute de cette pierre à un phénomène plus général. Et, en fait, ici, comprendre c'est d'abord « prévoir ». Être intelligent, c'est comprendre et comprendre, c'est prévoir (problème des structures de style : c'est le « c'est » que n'eût pas écrit Pascal). Or, on ne sait prévoir que des répétitions et comprendre c'est dégager le quelque chose qui se répète. Comprendre, c'est dégager un concept (celui de pierre, de sa couleur ou de son jour) et Newton, simplement, a dégagé un concept plus général qui absorbait des formes diverses de trajectoires. Et c'est l'imbécile qui avait raison contre moi.

45 Et c'est encore la notion de structure qui est extrapolable à l'amour lui-même et rend compte des comportements divers qu'autorisent les divers points de vue. (Yvonne*.)

46 Le concept sert à définir quel est l'élément qui se répète et que donc je retrouverai. Et Pasteur a défini la répétition applicable à l'enfant menacé par la rage. Et Newton la répétition applicable par Lavoisier* à l'Étoile nouvelle — et l'imbécile dont je parlais plus haut la répétition applicable aux pierres de couleurs diverses. Mais celui de la pyramide n'a rien défini qui se répète. Sa considération est infertile. Il n'a rien défini que je puisse juger. Il s'est plu simplement, comme le fou, à organiser des témoignages. Il en a déduit ce qu'il appelle une vérité, mais cette vérité n'a de sens que si je sais m'en servir.

47 Le seul drame est celui de la fatalité. Certes. Mais il faut entendre par fatalité, fatalité interne (et dans le comique qui manque son train) le seul drame est l'existence. Et dans Simenon* la fatalité inexorable de ces existences juxtaposées. Tout le drame de Simenon gît dans cette confrontation sans secours (sans le secours d'un langage valable) d'existences.

48 Psychanalyse. Je ne puis pas savoir directement ce qui me plaît par exemple ou me déplaît, car ce qui me plaît ou me déplaît n'est point un fait ni une image mais une structure. Une structure est déterminante comme un mot (tel que honneur) qui n'est jamais qu'une structure. Quand j'ai dégagé celle-ci (et formulé) je la brise peut-être en tant que structure. En tout cas j'y ajoute une opération de conscience (alors que j'ignorais comment intervenir faute de « voir », de « savoir formuler » l'adversaire).

49 Quand je dis « briser une structure » je glisse vers l'usage d'une analogie arbitraire, mais il y a toujours « des chances » pour qu'une analogie aussi voisine emprisonne encore quelque vérité. (Et cela peut-être par continuité.)

50 La difficulté d'oublier les mots dans leur « sens local ». Ainsi de moi par exemple : si j'ai donné des gages exagérés, alors aussitôt mon anxiété cesse et je « rejette » (de même que je rejette après l'amour) et j'en pourrais déduire que la structure réside dans ce qui est commune mesure de gage et d'amour. (Et peut-être donc aussi ce rêve de tribun qui ne peut plus communiquer.) C'est un certain état de relation. (La question à poser : pourquoi le symbole, souvenir d'enfance, est-il plus fertile qu'un autre ? D'ailleurs il a bien pu, lui, imposer une structure, il est la clef de voûte de son « unité ».)

51 Le temps qui étale, c'est le temps de l'historien. Celui qui ajoute, c'est le temps de la vie. Et rien de commun entre les deux, mais on doit pouvoir user de l'un comme de l'autre.

52 Je le découvre une fois de plus avec H., quand elle m'étouffe avec ses histoires sur Berl* ou Herriot* : c'est que dénigrer ou exalter c'est la même opération. Et moi je ne m'intéresse pas à ces (opérations-là) préoccupations-là. Ni pour ni contre. Je ne m'intéresse pas à Herriot.

53 S'il se trouvait que tous les biologistes fussent bigles et si j'avais montré que celui-ci était bien bigle puis ce second puis ce troisième l'énoncé de ma loi eût paru celui d'une évidence. Mais la démarche de l'esprit est autre et c'est parce que j'ai énoncé ma loi que je songe ensuite à remarquer que le premier biologiste est bigle, puis le second. Évidence, logique, déduction, ne sont que des fantômes vides. Une vérité « devient » évidente, logique, déduite, mais après l'acte créateur.

54 Il est « possible » que les intérêts de la France ne soient pas solidaires des intérêts anglais. Je dis « possible » car cela dépend de ce que l'on appelle d'abord intérêts de la France. S'il s'agit de la liberté ou du sauvetage de la démocratie ils sont solidaires. S'il s'agit du statu quo colonial ils sont solidaires. S'il s'agit de la saveur d'une certaine mosaïque européenne ils sont encore solidaires.

Ils ne le sont point, certes, sous d'autres angles. Mais ce n'est point ce changement de polarité qui autorise notre bassesse de radio et de presse.

55 En fin de compte ce que j'appelle liberté, c'est le pouvoir d'agir contre la statistique (il n'est de cause que statistique), et ce serait alors un attribut de toute la matière vivante.

56 Car la notion même de causalité implique la définition du mode de liaison entre antérieur et postérieur. Or nous savons bien qu'en fin de compte, il n'en est qu'un seul : la statistique dans l'ordre d'une certaine géométrie. Car toute loi de liaison se ramène au jeu de la statistique et à l'accroissement de l'entropie.

57 Serez sauvés quand aurez retrouvé l'amour des armes. Ce qui vaut c'est ce qu'elles enseignent. Êtes devenus animaux domestiques.

58 La création d'un concept est la création d'un ensemble dans du disparate, une structure ou réseau de relations liées par réflexes conditionnels.

59 Quand je crée un ensemble dans du disparate c'est un visage que je montre. Si je l'impose par la puissance affective de l'œuvre, si je m'impose de lui bâtir un tissu conjonctif je le fonde. Un être est né (alors seulement). Et il est simple parce que ce que je dénomme simple c'est ce qui forme un tout inséparable. Ou ce qui se détruit si je fais la somme des parties.

60 C'est pourquoi je puis dire que le concept est simple quoique composé de disparate ; son essence (et ses qualités) sont transcendantes au disparate (philosophie de l'émergent). Quelque chose a été ajouté. Ce quelque chose est *un*.

61 Évidemment puisque je dis être « un » ce qui n'est point analysable sans destruction (analysable ou morcelable).

62 Le langage est loin de tout charrier ou de tout contenir car il est des structures non dénommées (comme chez le chien) et sans doute innombrables. Elles sont définies par le réflexe conditionnel qui associe en bloc toute une part de disparate. (Ainsi se constitue l'individu qui s'exprime mal sur soi-même et formule mal mais est cependant.)

Sous cet angle la psychanalyse est la prise de possession par la conscience d'un de ces ensembles impérieux de n'être point connu.

63 Très important de définir les causes de cet « impérieux » que je sens si bien. Mais pourquoi plus si non connu ? Car certes « château » est impérieux et indestructible.

64 Mais comment puis-je lutter contre ce qui est mon « point de vue » et non l'objet de mon analyse ? (Cette explication me satisfait mal.)

65 Le souvenir d'enfance n'a sans doute point d'autre intérêt que de « dénommer » l'ensemble. Il devient utilisable comme « château ». J'ai découvert une voie d'accès qui me permet d'y ajouter quelque chose. Sinon il ne m'apparaît jamais mais provoque simplement des états de moi-même du point de vue desquels je juge et pense et organise. (Et comme ma logique peut aller dans toutes les directions possibles…)

66 Il ne s'agirait donc point de « briser une structure » mais de la dénommer.

67 Il y a certainement un lien à chercher entre l'émergent (qui est transcendant aux parties) et un certain aspect du temps (celui qui ajoute), qui est transcendant à l'équation différentielle ou à la prévision de la répétition. Car dans les deux cas, la logique ne vaut plus rien (pour prévoir dans le temps l'évolution du phénomène, ou pour prévoir les qualités de l'ensemble).

68 La question à poser : l'ensemble une fois devenu, réagit-il sur les parties ? Ceci est évident dans l'ordre moral (la maison qui change le poids sentimental de ce lit). Mais l'atome, une fois devenu, réagit-il sur l'électron ?

69 Cela ne l'empêcherait point d'être transcendant à l'électron (exemple de mauvais style : empêcherait !), puisque les qualités de l'atome ne seraient point prévisibles à partir des qualités de l'électron.

70 Ainsi le passé serait un ensemble « devenu » et transcendant à ce qu'il était en tant qu'avenir.

71 Problème de l'interaction. Je sais évidemment que l'état politique du monde, laissant prévoir la guerre, favorisera l'existence de l'activité de M. Bazil Zaharoff*. Je sais évidemment aussi que M. B. Z., une fois né, tendra à favoriser les conditions politiques qui le motivent et le servent — mais ceci en parasite — et je n'ai point le droit de dire que M. B. Z., si peu important, conditionne le risque de guerre malgré que son activité n'aille que dans ce sens. Car c'est alors le risque de guerre qui se conditionne soi-même, et je n'ai rien appris.

72 Or donc une économie intérieure. Soit un pays de cent habitants, dont 99 vivent des raves qu'ils tirent du sol. Le produit de l'activité du centième conditionne et la masse d'or disponible, et donc, la masse monétaire disponible. Si je veux faire entrer les 99 restants dans le mouvement économique, il m'est impossible de financer leur activité. L'homme disponible ne conditionne ni l'or disponible ni le billet. D'où nécessité d'une monnaie « intérieure » en période d'équipement.

73 Ici l'arithmétique ne s'applique pas. Cent mille qui souffrent ce n'est pas plus « affreux » que la souffrance d'un seul. L'horreur ne se multiplie point par le nombre. Et nous le savons bien qui ressentons mieux cet enfant qui pleure que cent mille Chinois noyés.

74 J'ai découvert le principe de l'autogyre*. La pale vers l'avant est attaquée par-dessous, vers l'arrière par-dessus. Donc elle communique par force centrifuge aux molécules en contact une circulation de sens Joukovsky*.

75 Le plan dans l'œuvre littéraire fait partie de l'illusion des logiciens, des historiens et des critiques. Car les lignes de force s'ordonnent nécessairement autour du pôle fort. Le plan est une conséquence de l'existence forte et non sa cause. Et qui parle d'ailleurs du (préalable) plan des symphonies ou des sculptures qui se présentent une fois achevées comme parfaitement ordonnées ? Si, avant d'écrire, j'énonce en gros quelques mouvements de mon œuvre (ici, ça monte ; ici tel goût de souvenir ; ici, plus sombre...) ce n'est point ce plan-là qui conditionne mon œuvre. Il n'est que l'expression de ce que j'ai une œuvre à écrire. Car évidemment l'essentiel se présente d'abord en tant que structure. Mais comme mon travail est précisément, essentiellement de découvrir et de dégager cette structure qui seule importe, il est un peu absurde de penser qu'elle est schéma rigide qui va gouverner et contenir l'œuvre. Et ce que je modifierai perpétuellement jusqu'à ce que le verbal « ressemble » à l'essentiel non verbal, ce sera précisément le plan.

76 « Il faut de l'ordre dans le discours » est une expression absurde. Un discours devient ordre une fois fait. Comme la grande destinée, comme l'arbre. Mais ils croient y trouver un truc pour conquérir et pour bâtir ! Et ils commencent par l'ordre avant la vie !

77 Ainsi des lois de la nature. L'ordre, d'abord, c'est « l'expression » de la nature.

78 À propos de ma lettre à N. Ce que je lui disais sans polémique, je l'ai redit coloré par la polémique. Elle répondra à la polémique et croira m'avoir répondu tant il est vrai que le langage énonce mais ne saisit pas (mais ne contient pas).

79 Faudrait-il distinguer « point de vue » et « objet » ?

80 Mon photon n'est pas identifiable. Il n'est sans doute pas non plus dénombrable. Tout ce que je connais de lui, c'est sa probabilité de présence, mais je pourrais aussi bien dire son « degré de présence », car sans doute est vain le problème qui consiste à se demander — étant donné l'existence d'une source lumineuse S — s'il existe une distance *d*, bien que la probabilité de présence d'un photon y devenant très faible, la perception de S y devienne discontinue. Ce qui s'avère discontinu, c'est l'action locale de la manifestation.

Mais le continu c'est la science du potentiel, le discontinu celle de l'existence. Un champ est continu, l'espace est continu, mais s'ils deviennent tangibles en quelque manière, par quelque effet, reflet ou signe, c'est le discontinu qui les exprime. Mouvement continu sans doute est un non-sens : Alors naît le discontinu. Ma lumière n'est que potentiel, quand rien ne la manifeste. Je n'ai le droit de dire qu'elle se meut qu'en tant que je la fais exister. Quand elle existe elle ne se meut plus : elle est. J'ai fait naître le discontinu. Les potentiels ont une vitesse mais point de présence. Les manifestations ont une présence mais point de vitesse. Et si je force mon électron d'exister, je ne connais point sa vitesse. Et si je connais la vitesse d'une possibilité d'électron, je ne connais point sa présence.

Je ne connais mon électron qu'à l'instant où il se transforme en possibilité d'autre chose. Mais là où il se transforme, il n'a point de vitesse : il est. Et la possibilité d'autre chose n'a point encore de présence, tant qu'elle ne se changera pas en possibilité d'autre chose. La présence est discontinue : elle est un point d'impact dans l'espace et le temps. Mais le potentiel n'est qu'une relation entre l'espace et le temps et rien de plus.

Si les photons provenant d'une zone éloignée pouvaient donner lieu à une manifestation discontinue de S, je pourrais — situant en deux points de l'espace deux observateurs — connaître à l'instant la position et la vitesse d'un électron individualisé, ce qui est en contradiction avec le principe de Heisenberg* (comme avec la physique quantique puisqu'il est des points du trajet où il n'y a *pas* d'électrons, dans le cas des interférences).

On dit que ce n'est que par une transformation — laquelle fausse la mesure en jeu — que l'on montre l'existence de l'électron (comme du photon). Moi je dis qu'il n'y a point existence sans transformation. Et la matière la plus grossière, je ne la connais que dans la mesure où je la transforme.

La matière n'est qu'un effet de la structure de l'espace-temps, mais quand je la connais, c'est que j'ai fixé l'espace et le temps. Il est alors vide de sens de parler de mouvement. Ce que j'appelle mouvement, ce ne sont que des relations de structures géométriques entre mes axes de coordonnées. Ces relations ne touchent point d'objet spécifiable. L'objet commence de naître quand je ne pose plus les relations mais envisage des coordonnées déterminées.

Quand j'envisage des relations entre les coordonnées, j'ai des mouvements mais point d'objet.

Quand j'envisage des coordonnées spécifiées, sans considération de leurs relations, j'ai des objets mais point de mouvement.

Mais le bloc de matière lui-même qui est passé à portée de mes sens, je ne le connais que par les éléments que j'en ai « arrêtés » et le mouvement que mes observations m'ont fait déduire n'est que le mouvement d'une probabilité de présence, car l'objet, je n'en ai rien su, sinon les messages immobiles.

En fait, si je crois connaître à la fois sa position et sa vitesse, je raisonne mal. Je connais la position d'objets concrets immobiles et la vitesse d'un potentiel non concret. Mais je solidarise par l'esprit ces objets au potentiel en mouvement. Je connais la position de tel électron, la vitesse du potentiel d'autres — et je les identifie. Cette opération est impossible s'il n'y a point famille d'électrons identiques les uns aux autres, sous le concept de corps ; car, ou bien je le tiens — et il est immobile — ou bien je mesure sa vitesse et il n'est pas connu.

La preuve en est que si ce corps n'a rien émané, la connaissance qui me permet d'affirmer son existence n'est en rien, par définition, connaissance de lui-même. Je ne connais rien que des champs, c'est-à-dire une certaine structure de l'espace-temps qui me permettra de chiffrer la probabilité d'existence de mon corps en un lieu et un instant donnés, et comme mon corps est composé d'éléments nombreux, la probabilité devient certitude.

(J'appelle masse le degré de présence de $\frac{I}{h}$?)

La physique de l'infiniment petit se préoccupe

exclusivement du passage du potentiel à l'existence (sans laquelle serait inconnu ce potentiel).

La physique de l'infiniment grand ne se préoccupe plus que du potentiel, parce que le problème des manifestations de l'existence ne se pose plus, tant je dispose en chaque instant d'émanations immobiles. Si je ne fais plus de physique quantique, ce n'est point qu'elle n'ait plus d'objet, c'est que je ne puis pas en former en moi le besoin.

L'orbite de l'électron, c'est une probabilité de l'onde rectiligne, mais probabilité fermée sur elle-même.

(La masse serait bien le degré de probabilité, car si la vitesse est infinie ou plus exactement égale à celle de la lumière, la probabilité de présence devient infinie.)

L'ondulation servirait bien à chiffrer une probabilité de présence (mais alors aussi la révolution atomique. Et dire qu'il y a cinq électrons, c'est dire qu'il y a cinq orbites, c'est-à-dire cinq probabilités, c'est-à-dire masse >).

Au fond, le besoin est le même (celui d'exprimer mon phénomène dans le cadre des concepts usuels d'espace et de temps) qui m'oblige à admettre la dualité onde, corpuscule ou position, vitesse. Particule en tant que j'exprime une position. Onde en tant que j'exprime une vitesse (ne peut varier dans l'espace-temps qu'un potentiel).

Si la notion de vitesse est à disjoindre totalement de la notion de position, pourquoi les variations de ma position entraîneraient-elles des variations relatives de ma vitesse ?

Quand je déplace dans un champ mon système de référence, le gradient de ce champ mesuré sur mes axes est indépendant de mes mouvements. Et tant que je ne l'oblige pas à se manifester, ma vitesse n'est qu'un gradient indépendant de toute idée de position.

Ce qui varie avec ma vitesse dans un champ, ce n'est point son gradient mesuré sur mes axes, mais le gradient de ce gradient. Ce n'est point la vitesse de la lumière mais la vitesse du déplacement des raies du spectre vers le rouge.

Si je cours au-devant de la source S lumineuse, je modifierai quelque chose : la valeur des quanta d'énergie (ainsi la force vive d'un corps et une couleur). Le potentiel ne varie pas avec « ma » vitesse (et c'est par ce potentiel même que s'exprime ce que je dénomme vitesse). Il ne varie qu'en fonction de la distance. Ce qui varie avec ma vitesse, c'est la variation, le gradient de variation du potentiel, et c'est ce que j'appelle énergie.

La masse est le degré de probabilité, la vitesse de gradient du gradient de son champ. Son énergie n'a de sens qu'en tant que je lui impose au lieu L et à l'instant *t*, de perdre ses caractéristiques de vitesse, c'est-à-dire d'annuler le gradient de son gradient, qui devient gradient du gradient d'autre chose.

Le gradient d'un champ est [fonction] de sa distance d'une source (je connais ma distance à la terre par deux valeurs du champ le long d'une verticale : si cette valeur a baissé de $\frac{1}{2}$, je connais 1 comme le double de cette mesure). Quant à la vitesse, c'est le gradient de ce gradient : il n'est point affecté par ma distance.

Si je suis lié à la terre et connais que ma distance varie en fonction uniforme inverse du temps (par exemple si je descends uniformément le long d'un mât) je puis connaître ma distance et ma vitesse. Soit deux repères A et B sur une règle verticale que j'emporte avec moi. Ma vitesse est évaluée par le quotient du temps qu'il me faudra attendre pour que le niveau gravitationnel mesuré en B le soit en A. Si je porte un troisième repère C, ma distance est donnée par la connaissance du champ en ces trois points.

Je puis maintenant supprimer ma liaison à la terre, et observer une source lumineuse S (homogène). Si je m'arrange pour que les quanta soient constants et observe les variations de l'intensité lumineuse S, je puis également connaître ma position et ma vitesse par rapport au sol.

La connaissance de ma position et de ma vitesse a donc une signification, même si les émanations dont je dispose sont des photons. (J'aurais d'ailleurs aussi bien pu trianguler, ce qui utilise bien aussi les photons.) Remarquons qu'ici je n'ai fait aucune hypothèse faisant intervenir la vitesse absolue de ces photons.

81 Interférence signifie sans doute qu'il est des points de l'espace où il n'est point de transformation en présence possible.

82 Les interférences sont interférences de l'existence et du potentiel. La longueur d'onde étant le degré de présence : fréquence de l'existence dans l'espace et le temps. (Et si la masse est infiniment grande dans le cas d'une vitesse infinie, c'est que le degré de présence est absolu. La longueur d'onde est alors infiniment petite.)

Le degré de présence s'exprime par la proportion de non-présence. Je la mets en relief par interférence. J'immobilise la présence et la non-présence.

83 Si j'étale dans le temps, je constate la cause et l'effet. Et je cherche à saisir dans un langage logique les événements du passé. C'est-à-dire que je fonde un visage qui désormais est logique. Ainsi saint Paul. De sa vie antérieure, de son choc de Damas, de sa conversion, il a fait un tout évident. Et tout se répond, ou tout se prépare selon les voies de Dieu. Et l'on peut apercevoir, prédestination, voies de la Providence, etc. quand c'est par définition que tout doit se répondre et se prévoir. Dans le visage de mon sculpteur, je ne m'étonne pas que tout se réponde, ni dans la physique mathématique. Puisque cette correspondance est « mon » œuvre. Mais dans la vie, j'invente un personnage extérieur, qui a conduit ce ballet et bâti ce mouvement. Je m'émerveille de ce que la prophétie soit ensuite éclairée par la vie. Sans y lire les simples diverses parties d'un même visage. Mais dans les matériaux bruts c'est saint Paul en moi qui a fait un visage. Vers quoi suis-je conduit ? Vers rien. C'est à moi de pétrir cette pâte qui est mienne — sans rien en perdre. Ainsi saint Paul a utilisé jusqu'à sa luxure de jeunesse en vue de la gloire de son Dieu. Mais il eût utilisé aussi sa sagesse.

84 Les diamants aussi proviennent de la vie. Et avec un plus haut degré de victoire contre l'accroissement de l'entropie.

85 « Il est assez pressé » moins bon que « il est très pressé » dans l'histoire Leclerc-Doret*. Car la démarche de l'ironie monte en épingle et est inutile.

86 Travail d'esclave. R. Faux concept, car il s'agit non d'argent mais de consommation d'objets : Il dit que l'on offrira, pour quelques dollars, trop d'objets à consommer. Mais ou bien ils tiennent à exporter ou non.

87 Des impôts exagérés font que pour une trop grosse affaire l'argent n'est pas rentable. Il faudrait que le bénéfice, pour rembourser, augmentât avec le volume d'affaires, ce qui est impossible. Une somme de deux petites affaires, rien par ailleurs n'étant changé, devient enviable. D'où, tendance nécessaire à la fragmentation c'est-à-dire à l'augmentation de prix de revient, diminution du travail consommable.

88 Celui-là est fier de sa découverte de l'homme complexe. Mais l'autre d'avoir découvert l'unité.

89 En résumé, je vois naître — ayant renoncé aux concepts anthropomorphiques — que l'étude de l'atome comme des nébuleuses m'ont révélé *[un mot illisible]* de certaines observations fondamentales.

a) Un champ est continu. En tant qu'il est la connaissance d'une possibilité d'action. Et je ne saisis point l'objet. Il ne me livre point encore d'énergie. Il ne se transmet pas.

b) Le mouvement d'une particule élémentaire telle que le photon est continu. Mais il ne s'agit point encore d'un photon réel identifiable. Le processus réel d'identification est la transformation. Je définis réalité concrète par transmutation et changement d'étage. Mon photon n'est réel qu'autant qu'il se transmute en électron. Il est alors discontinu. Je puis alors lui affecter des coordonnées dans l'espace et le temps, mais je ne puis prétendre — car cette opération n'aurait point de signification — en déduire les relations entre ces coordonnées.

S'il y a relation entre les coordonnées, il y a possibilité d'existence, laquelle est continue. S'il y a existence, il y a tout simplement coordonnées, mais non relation. J'ai à choisir de mon photon ou de le faire exister (c'est-à-dire se transformer), et alors je connais sa position à l'instant *t*. Ou d'en définir la probabilité de présence et, de ce photon potentiel, je puis définir la vitesse. C'est-à-dire une relation entre l'espace et le temps. Mais il n'a encore de place assignée ni dans l'espace ni dans le temps. Il « n'existe » pas encore.

[Suit une page sur laquelle a été collée une citation imprimée et découpée :]

« Je n'ai aucune crainte pour les Français, ils se

sont élevés à une telle hauteur dans l'histoire du monde que leur esprit ne peut plus être asservi en aucune façon. »

GOETHE

[Le carnet se termine par une soixantaine d'adresses et de numéros de téléphone parmi lesquels ont pu être déchiffrés les suivants :]

Capitaine Lapicque SEG 20-26 institut d'optique

Corniglion Édouard 21, rue de France 84900 Nice

Daurat Clermont-Ferrand 67-91 poste 48

Guillaumet 436, rue Paradis

Coeffier Isthmia 240, route du Cap-Brun Toulon 23-36 Hôtel de Béarn

C. H. Wilen 925 Prospect Pl. Brooklin N. Y. City

Dr Pozzo di Borgo 40, boulevard Victor-Hugo

Lisbonne American Express : *[plusieurs mots illisibles]*

De la part du commandant Lacoste M. Gardette, entreprise maritime et commerciale pour *[deux mots illisibles]*

Le Repaire Vaubry Haute-Vienne colonel Chambe

De Panafieu

LESTRADE BROWN, AMERICAN EXPORT LINE

Kisling Grand Hôtel Portugal, rua Arpao. Boîte postale n° 28435 A de Souza Lopes Parque das necessitades Lisbonne 760770

Léon Wencelius Swarthmore College Pa

Neuvy Société Air liquide rua Pinto Ferreira

Anabella (*sic*) 92945 Arizona

Lakan chez Mme Marc Freyssinet 339, boulevard de la Corniche Marseille

[Dans la liste se sont glissés aussi quelques noms de médicaments :]

Bellergal et Belladonal, Cétogène (mal de tête)

[Sans pouvoir lire l'adresse, on trouve encore les noms suivants :]

Bataille, Creyssel, Planiol, Tremblay, Roussy de Salles, Robertson, Becker, Bernier, Raynal.

NOTES

AGENDA

A 1 *Serge* (Viktor Lvovitch Kibaltchich, dit Victor) : homme politique (1890-1947). Militant de la liberté, il connut les geôles staliniennes. Léon Werth organisa son évasion ; il le présenta à Saint-Exupéry en 1936. En 1940, Serge s'exila à Mexico où il mourut.
Ses œuvres : *Ville conquise* (1932)
S'il est minuit dans le siècle (1939)

Gil Robles (José María) : homme politique espagnol (1898-1980). Professeur de droit, militant catholique, il est élu député en 1931 et crée la Confédération espagnole des droites autonomes qui est portée au pouvoir en 1933. Ministre de la Guerre en 1935, il appelle le général Franco comme sous-secrétaire et organise avec lui l'Union militaire espagnole. Écarté du pouvoir en 1936 avec l'arrivée du Front populaire, il se réfugie en France jusqu'à la fin des années soixante.

Front de Carabancel : banlieue au sud-ouest de Madrid où ont lieu les combats. Saint-Exupéry, envoyé en Espagne comme reporter par *Paris-Soir* en 1937, écrit un article intitulé « Sur le front de Carabancel » (la Pléiade, p. 412 à 416).

La *copla* (chanson andalouse) a été traduite de façon approximative, traduction écrite en partie de la main de Saint-Exupéry.

CARNET I

I 1 *MV*^{2} : formule de l'énergie.

MV : formule de la quantité de mouvement.

I 28 *Reine* : mécanicien qui accompagnait le pilote Serre. Leur avion tomba en panne dans le désert en 1928. Les deux hommes furent retenus cinq mois prisonniers chez les Maures. Saint-Exupéry, alors chef d'escale à Cap-Juby, fit de nombreuses tentatives pour les faire libérer.

I 29 *Maritain* (Jacques) : philosophe et essayiste français (1882-1973). Converti au catholicisme, il fut l'un des principaux interprètes de la pensée de saint Thomas d'Aquin. Il s'éleva contre la philosophie matérialiste et la doctrine de Bergson. Il aborda les problèmes de l'expérience, de la philosophie religieuse, de l'esthétique et de la politique en humaniste chrétien.

I 37 *Freud* (Sigmund) : neuropsychologue et psychiatre autrichien (1856-1939). Fondateur de la psychanalyse.

I 38 *Hes.* : abréviation non résolue.

I 42 *Sertillanges* (1863-1948) : père dominicain artisan du renouveau thomiste (doctrine de saint Thomas d'Aquin). Prédicateur de renom pendant la guerre de 1914. Professeur à l'Institut catholique, il perdit sa chaire pendant les années vingt et s'exila aux Pays-Bas. Progressiste dans les années trente, ses idées l'amenèrent à se prononcer pour une révolution chrétienne et nationale en 1940. Parmi ses nombreux ouvrages, *Les Sources de la croyance en Dieu* (1905) a servi de base aux réflexions de Saint-Exupéry sur la religion.

I 47 *Vautel* (Clément Henri Vaulet, dit) [1876-1954] : journaliste et homme de lettres, romancier à succès dans les années vingt et trente (*Madame ne veut pas d'enfants*, 1924, *Voyage au pays des snobs*, 1928), il fut considéré comme le symbole du bourgeois ignorant dans les milieux de l'aviation.

I 48 Carlos ? Gallus ? Sallès ? lecture douteuse.

I 56 *Paracelse* (Philippus Auerolus Theophrastus Bombastus von Hohenheim, dit) : médecin et alchimiste suisse (1493-1541). Il enseigna la médecine à Bâle et critiqua les doctrines de Galien et Avicenne sur lesquelles se fondaient les théories médicales des humanistes. Son système s'appuyait sur l'analyse entre les différentes parties du corps humain (microcosme) et celles de l'univers (macrocosme). Il contribua au développement de la chimie et de l'homéopathie.

Newton (sir Isaac) : mathématicien, physicien, astronome et penseur anglais (1642-1727). Énonça en 1669 la théorie de la lumière blanche et, en 1675, la théorie des lumières et des couleurs. Il créa un nouvel outil mathématique, « le calcul des fluxions », fondement du calcul différentiel et du calcul intégral. Sa théorie de l'attraction universelle identifie la pesanteur terrestre et l'attraction entre les corps célestes. Il réalisa une œuvre importante en astronomie en inventant le télescope à réflexion en 1671, et l'analyse spectrale de la lumière.

I 57 $\frac{mm'}{r^2}$: formule proportionnelle à la force d'attraction que subissent deux corps de masse *m* et *m'* distants de la distance *r*.

I 58 $\frac{1}{r^2}$ décroissance en $\frac{1}{r^2}$ de l'intensité d'une onde électromagnétique (dans le vide).

I 62 *S.D.N.* : Société des Nations. Organisation internationale créée en 1920 pour le maintien de la paix et le développement de la coopération entre les peuples. Née à la suite de la signature du traité de Versailles. Ses membres, originaires des pays européens, siégeaient à Genève. L'Amérique en avait été exclue bien que l'idée vienne du président Wilson. La S.D.N. fut incapable de faire face aux graves problèmes qui se profilaient : montée du nazisme, réarmement allemand, guerre d'Espagne, Anschluss, Seconde Guerre mondiale. Dissoute en 1946, elle fut remplacée par l'Organisation des Nations unies (O.N.U.).

I 65 *C.* : sans doute Consuelo, son épouse.

I 69 *La Rocque* (François, comte de) : officier et homme politique français (1885-1946). Plus jeune commandant de l'armée française en 1918, il quitta l'armée en 1928 avec le grade de colonel et se consacra à la politique. Élu président des Croix-de-Feu (voir I 84). Il fonda en 1936 le Parti social français (P.S.F.), suite à leur dissolution due à la participation non violente aux événements du 6 février 1934. Rallié à Pétain en 1940, il s'opposa à la collaboration et fut déporté en Allemagne. Il ne fut considéré comme résistant et réhabilité qu'en 1961. Les idées de La Rocque proposaient une alternative non marxiste à la gauche.

I 71 *Tual* (Roland) : représentant de Gallimard auprès des compagnies de cinéma. Saint-Exupéry le rencontra à plusieurs reprises. C'est par l'intermédiaire de Denise Tual, son épouse, qui dirigeait avec lui l'agence Synops, que Saint-Exupéry fait en 1936 la connaissance de Paul-Émile Victor.

I 79 *Bergery* (Gaston) : avocat et homme politique (1892-1974). Député radical, il fonde avec G. Izard et P. Langevin le Front commun contre le fascisme (1933) et *La Flèche*, journal antimilitariste qui attaque les industriels du réarmement, à la fois contre Moscou et le capitalisme américain. Après avoir voté les pleins pouvoirs à Pétain, il est ambassadeur à Moscou (1940) et Ankara (1942-1944). Traduit devant la Haute Cour de justice, il fut acquitté au lendemain de la libération.

I 84 *Croix-de-Feu* : association d'anciens combattants de droite, fondée en 1927, regroupant des anciens blessés de guerre, devenu en 1936 le P.S.F. (Parti social français), un des premiers partis politiques français. Mermoz en faisait partie.

En 1935, profitant des incidents qui opposent les Éthiopiens aux Italiens de Somalie, l'Italie attaque l'Éthiopie et le général Badoglio envahit le pays. Plaidant vainement sa cause auprès de la S.D.N., le négus Hailé Sélassié doit s'exiler. Réunie à la Somalie et l'Érythrée, l'Éthiopie fait alors partie de l'Afrique orientale italienne et le roi Victor-Emmanuel II prend le titre d'empereur d'Éthiopie.

I 86 *Lamarck* (Jean-Baptiste de Monet, chevalier de) : naturaliste français (1744-1829). S'occupe d'abord de botanique (*La Flore française*, 1778) puis est nommé à la chaire des animaux sans vertèbres au Muséum (1793). Il élabore une théorie sur l'évolution des êtres vivants et soutient l'hérédité des caractères acquis.

Poincaré (Henri) : mathématicien français (1854-1912). Fit de nombreux travaux de recherche et élabora la théorie des équations différentielles ainsi que son utilisation en physique, mathématique et en mécanique céleste. Il consacra ses derniers écrits à la philosophie des sciences.

I 87 En 1935, André Gide, alors inscrit au parti communiste, fait un voyage en U.R.S.S. où il est accueilli très chaleureusement. Cependant, dans son récit de voyage, il nuance sa position avant de s'opposer vivement aux communistes.

I 95 *LB.* : Léon Blum ?
LG. : Légion d'Honneur ?

I 103 *Les Maures* : allusion aux populations habitant Cap-Juby où il a vécu entre 1927 et 1928.

I 109 *Kaganovitch* (1893- ?) : industriel et homme politique russe. Ministre des Transports (1935) — constructeur du métro de Moscou —, commissaire de l'Industrie lourde (1937) et des Industries pétrolières (1939). Évincé sous Khrouchtchev en 1957, on ignore la date de sa mort.

Renault (Louis) : industriel français (1877-1944). Il fonda avec ses frères les usines Renault de Billancourt en 1899, d'abord spécialisées dans les voitures de course. La Première Guerre mondiale le dirige vers la construction de tanks légers et de moteurs d'avion. Après l'armistice, il devient le premier constructeur français d'automobiles. Suite à une collaboration avec la Wehrmacht pendant la guerre de 1939, l'usine fut nationalisée en 1945.

I 130 *Rasurel* : nom d'un tissu à mailles larges que l'on utilisait pour fabriquer des tricots de corps.

I 133 *Carrel* (Alexis) : chirurgien et physiologiste français (1873-1944). Prix Nobel de médecine en 1912, il réalisa de nombreux travaux sur la suture des vaisseaux sanguins, les greffes de tissus et d'organes et la culture des tissus d'embryons de poulet. Il est l'auteur de l'ouvrage *L'homme, cet inconnu* (1936). Saint-Exupéry fera sa connaissance à New York en 1941.

I 142 *Branly* (Édouard) : physicien français (1844-1940), connu pour avoir inventé l'organe principal du téléphone sans fil.

I 148 *Man Ray* : peintre dessinateur et photographe (1890-1976), pionnier de l'avant-garde américaine. Peintre influencé par les Fauves, Cézanne, le cubisme puis Duchamp. Arrivé à Paris en 1921, il adhère au mouvement dada, puis est attiré par le surréalisme. Il est surtout connu pour ses photos.

Malgré ses divergences politiques avec Mermoz, Saint-Exupéry les ignora pour privilégier son amitié avec le pilote qu'il avait connu en 1927 à l'Aéropostale.

Mamoulian (Ruben) : cinéaste américain (1890-1976). Réalisateur de *Appluse* (1930), *Les Carrefours de la ville* (1931) avec Gary Cooper. Réalise ensuite des comédies musicales.

I 156 *Jouvenel* (Bertrand de) : économiste et essayiste (1903-1987). Refuse l'idée du fascisme à l'imitation de l'Allemagne et de l'Italie, tout en admettant certaines idées de la droite. Saint-Exupéry n'aimait ni l'homme ni ses idées.
Écrits : *Vers les États-Unis d'Europe* (1930)
La Crise du capitalisme américain (1933)
Du pouvoir (1945)

I 166 *Ypérite* : gaz de combat à base de sulfure d'éthyle (appelé aussi gaz moutarde) suffocant, toxique et lacrymogène. Utilisé pour la première fois par les Allemands en 1917, d'où son nom. Réutilisé par les Italiens lors de l'attaque de l'Éthiopie en 1935.

I 176 *Prévot* (André) : mécanicien de Saint-Exupéry, il l'accompagna lors de ses deux raids qui se terminèrent mal en Libye fin 1935 et au Guatemala en 1938.

I 182 *Desnos* (Robert) : poète (1900-1945). Fit partie du mouvement surréaliste. Génie de l'automatisme verbal, s'orientant ensuite vers des techniques plus traditionnelles, il est un maître de la poésie onirique. Grand résistant, il est déporté en Tchécoslovaquie et interné dans un camp d'où il écrivit des poésies poignantes.

Merle (Eugène) : journaliste. Il a fondé et dirigé plusieurs journaux (*Le Bonnet rouge, Le Merle blanc, Froufrou*) ; il créa *Paris-Soir* dans lequel fut publié le reportage de Saint-Exupéry sur Moscou en 1935. Ses journaux accueillaient les articles de toutes les tendances politiques.

Lindbergh (Charles) : aviateur américain (1902-1974). Effectua le premier sur son monoplan, le *Spirit of Saint Louis*, la traversée de l'Atlantique Nord d'ouest en est en trente-trois heures et trente minutes.

I 183 *M.* : Merle.

I 186 *Serre* (Édouard) : ingénieur polytechnicien, il dirigeait le service radio de l'Aéropostale. En septembre 1928, alors qu'il survolait le Sahara, il est capturé par les Maures avec le pilote Reine. Retenus six mois prisonniers, ils sont libérés grâce aux interventions fréquentes de Saint-Exupéry, alors chef d'escale à Cap-Juby. D'après ce dernier, il joua un mauvais rôle dans la liquidation de l'Aéropostale en 1931.

Doriot (Jacques) : homme politique (1898-1945). Ouvrier métallurgiste, secrétaire général des Jeunesses communistes, député en 1924, maire de Saint-Denis, il fut expulsé du Parti en 1934. Évoluant vers le fascisme, il fonda le Parti populaire français et le journal *La Liberté*, prenant position contre la politique du Front populaire. Il collabora avec les Allemands, créant la Légion des volontaires français contre les bolchevistes (L.V.F.) et combattit aux côtés des Allemands sur le front russe.

I 187 *Lévy* : personnage non identifié.

I 190 D'après un article de *Voilà* (n° 200) en date du 13 janvier 1935, Lindbergh aurait refusé de signer un télégramme qui aurait pu sauver la vie de Sacco et Vanzetti.

Breton (André) : écrivain français (1896-1966). Il abandonne ses études de médecine pour se lancer dans la littérature. Il rencontre Apollinaire fin 1917, puis Louis Aragon avec lequel il fonde en compagnie de P. Soupault *Littérature*. C'est dans ce journal qu'apparaît le premier texte surréaliste, *Les Champs magnétiques*. D'abord dadaïste, il rompt avec Tzara et, en 1924, écrit le premier *Manifeste du surréalisme*, doctrine fondée sur la pratique du sommeil hypnotique qui prône la révolution de la poésie par l'exploration du subconscient et la conquête d'un nouveau langage.

Breton adhère au parti communiste en 1927. Il le quitte après un voyage à Moscou et sa rencontre avec Trotski au Mexique en 1938. Il quitte la France en 1941 et s'installe à New York où il rencontre Saint-Exupéry à qui il reproche de ne pas prendre position. La réponse virulente de Saint-Exupéry, *Lettre à André Breton*, ne sera jamais envoyée.

I 192 *Werth* (Léon) : homme de lettres (1878-1955). Anarchiste, antimilitariste, libre-penseur, il ne se veut d'aucun parti. Il rencontre Saint-Exupéry en 1935 par l'intermédiaire de René Delange. Malgré leur différence d'âge, une profonde amitié va lier les deux hommes qui ont la même forme de pensée. C'est à Léon Werth que Saint-Exupéry écrit la *Lettre à un otage* (1942) et qu'il dédie *Le Petit Prince* (1943).
Écrits : *Clavel soldat*.

I 194 *C.E.* : *Le Canard enchaîné*.

I 195 *Hispanos* : voitures fabriquées par la société hispano-suisse Hispano-Suiza, créée en 1904 à Barcelone. Elle ouvre une filiale en France en 1911, produisant des voitures de luxe, de grande puissance.

I 199 *« Muette » de Molière* : Lucinde, fille de Géronte dans *Le Médecin malgré lui* de Molière. La jeune fille se fait passer pour muette pour ne pas épouser le vieillard que lui destine son père.

Virus filtrants : nom donné à certains microbes qui parviennent à traverser certaines membranes imperméables aux microbes ordinaires.

I 202 *J.* : Jouvenel.

I 213 *Front populaire* : gouvernement né d'un rapprochement des partis de gauche et dirigé par Léon Blum de juin 1936 à juin 1937.

I 229 *P.-L. W.* : Paul-Louis Weiller (1893-1993). Aviateur, héros de la guerre de 1914, devient industriel dans la construction aéronautique. Administrateur de la société Gnome et Rhône qui équipait les avions des différentes armées avant la dernière guerre, dont le Bloch 174, piloté pour la première fois par Saint-Exupéry le 29 mars 1940.

I 233 *Lhoste* (Ernest) : professeur de mathématiques à l'École polytechnique. Saint-Exupéry et lui avaient le projet d'écrire un livre sur l'économie politique. Ce projet n'a jamais abouti.

I 235 La semaine de quarante heures a été instituée en 1936 par le gouvernement du Front populaire.

I 238 *Létales* : qui entraînent la mort.

I 245 *Bernanos* (Georges) : écrivain (1888-1948). D'abord journaliste, militant de l'Action française, il se détourne de ce mouvement et critique la politique bourgeoise du gouvernement. Animateur spirituel de la Résistance. Venu tardivement à la littérature (1926), il rédigea en dix ans une œuvre réaliste et visionnaire.
Écrits : *Sous le soleil de Satan* (1926)
Le Journal d'un curé de campagne (1936)
La Nouvelle Histoire de Mouchette (1937)
Dialogue des carmélites, œuvre posthume (1949).

La phrase dont parle Saint-Exupéry est extraite du *Journal d'un curé de campagne* : « Alors, dépouillés par la mort de tous ces membres artificiels, que la société fournit aux gens de leur espèce, ils se retrouveront tels qu'ils sont, qu'ils étaient à leur insu, d'affreux monstres non développés, des moignons d'hommes. »

I 253 *Caillaux* (Joseph) : homme politique (1863-1944). Député, il fut plusieurs fois ministre des Finances et contribua à faire voter l'impôt sur le revenu. *Le Figaro* ayant critiqué sa politique de façon virulente, sa femme en assassine le directeur (Calmette). Caillaux démissionne et est envoyé en Amérique du Sud (1914). Soupçonné d'intelligence avec l'ennemi au cours de la guerre de 1914, il est condamné (1920), puis amnistié et réélu député, puis sénateur à la commission des Finances.

I 258 *Berthollet* (Claude) : chimiste (1748-1822). Il découvrit les propriétés décolorantes du chlore. Il a établi avec Lavoisier et d'autres chimistes la nouvelle nomenclature de la chimie. Saint-Exupéry le confond avec Lavoisier qui mourut guillotiné en 1794.

Garcia Olivera : chef anarchiste espagnol de Barcelone. Ministre de la Justice du gouvernement de Largo Caballero de novembre 1936 à mai 1937.

I 260 *Dreyfus* : non identifié.

I 273 *Dichotomie* : pour un médecin, fait de toucher une partie des honoraires du chirurgien ou du laboratoire à qui il adresse ses malades.

I 280 *Andrée Viollis* : journaliste à *Ce soir* et *L'Humanité*. Grand reporter de 1913 à 1949. Fonda en 1934 le journal *Vendredi* avec André Chamson et Jean Guéhenno. La même année *Indochine S.O.S.*, paru chez Gallimard, fut préfacé par Malraux.

I 282 *Bark* : se conférer au chapitre VI de *Terre des hommes* : « Bark, esclave noir ».

I 287 *Powell* (William) : acteur de cinéma américain (1892-1984). D'abord acteur au théâtre, puis au cinéma muet avec des rôles de traîtres et de personnages de comédie. Le cinéma parlant lui permet de s'épanouir dans un rôle de détective. Le visage barré d'une fine moustache, il incarne alors le policier amateur qui résout ses énigmes avec désinvolture.

I 288 *Beaucaire* (Roger) : ingénieur à l'Aéropostale où il rencontre Saint-Exupéry. Les deux amis se retrouveront à New York en 1941.

I 290 *Bordaz* (Robert) : économiste (1908-1996).

I 301 *Section dorée* = nombre d'or. Nom donné aux artistes de la Renaissance au rapport $\frac{1+\sqrt{5}}{2}$, soit 1,618. Deux dimensions sont alors dans la même proportion que la plus grande avec leur somme. Formule utilisée en architecture (pyramide de Kheops, Parthénon), sculpture et peinture.

I 309 *« Le bois retentissant sur le pavé des cours »* est un vers de Baudelaire tiré de « Chant d'automne » du recueil *Les Fleurs du mal.*

CARNET II

II 3 *Le colonel* : voir La Rocque, I 69.

II 6 *Vorone* ou Voronej : centre industriel d'U.R.S.S., au cœur d'une riche région agricole et industrielle jouxtant Moscou.

Médicis : famille italienne de marchands et de banquiers qui joua un rôle primordial à Florence tant sur le plan historique, politique et artistique du XVe siècle à 1743. Les mécénats les plus connus furent ceux de Cosme l'Ancien (1389-1464) et de Laurent (1449-1492). Cette famille donna deux reines à la France : Catherine de Médicis, femme d'Henri II, et Marie de Médicis, femme d'Henri IV.

Aragon (Louis) : écrivain et poète français (1897-1982). Il fonde avec A. Breton et P. Soupault la revue *Littérature* en 1919. D'abord dadaïste, il se tourne vers le surréalisme en 1921. Il adhère au parti communiste en 1927. Avec son épouse Elsa Triolet, il milite pour l'intellect au service de la révolution. Créateur aux multiples facettes — romancier, essayiste, critique d'art et polémiste —, Aragon est aussi un poète d'une grande diversité.

II 20 *Jacob* : patriarche biblique. Fils d'Isaac et de Rébecca. Il achète à son frère Ésaü son droit d'aînesse contre un plat de lentilles. Père de douze fils qui formeront les douze tribus d'Israël.

II 22 *Latécoère* (Pierre) : industriel (1883-1943). Constructeur des avions Salmson pendant la Première Guerre mondiale. Il créa une ligne aérienne transportant le courrier de Toulouse à Dakar, puis vers l'Amérique du Sud : l'Aéropostale. Saint-Exupéry y fut pilote entre 1927 et 1931.

Rosenthiel : personnage non identifié.

Avion à roulettes : Mermoz se battit pour imposer, lors de la traversée de l'Atlantique, des avions normaux plutôt que des hydravions plus lourds et plus lents.

Ekener (Hugo) : ingénieur et aviateur allemand (1868-1954). Il prend en 1929 la succession du comte Zeppelin. Il fit le tour du monde (1929) et explora le pôle Nord (1931) en zeppelin.

II 23 *Ontologisme* : connaissance de l'être en tant qu'être. Raisonnement fondé sur la doctrine de saint Anselme pour prouver l'existence de Dieu par sa perfection.

Finalisme : doctrine qui explique les phénomènes et les systèmes de l'univers tendant vers un but.

II 25 *Maud'huy* (Bertrand de) : avec Pozzo di Borgo, il avait adhéré aux Croix-de-Feu. Au moment de la création du P.S.F., ils quittent le mouvement pour une action plus militante.

II 27 *Appareils terrestres* : voir note II 22.

II 28 *Protoplasme* : mot ancien pour cytoplasme ; ensemble constitué du hyaloplasme (liquide visqueux) et des organites cellulaires dans une cellule vivante.

II 29 *B. J.* : Bertrand de Jouvenel.

II 32 *P.S.F.* : Parti social français. Voir I 69.

Riz et pruneaux : technique alimentaire servant à donner l'un ou l'autre pour enrayer diarrhée ou constipation.

$\frac{I}{R^3}$: inverse d'un volume.

II 41 *Romains* (Louis Farigoule, dit Jules) : écrivain français (1885-1972). Normalien agrégé de philosophie, il enseigna jusqu'en 1919, puis se lança dans la littérature. Son œuvre est fondée sur l'humour (*Les Copains*, 1913, *Knock*, 1923). Sa grande fresque romanesque, *Les Hommes de bonne volonté* (1932-1947), reflète une conception humaniste et libérale du monde.

II 55 *Ferrier* (Paul) : personnage non retrouvé.

CARNET III

III 4 *Hauts salaires chez Ford* : Ford avait institué une politique de hauts salaires pour que ses ouvriers soient les premiers consommateurs des produits qu'ils fabriquaient.

III 11 *H.* : initiale d'un nom barré, illisible.

III 13 Consuelo, sa femme.

III 23 *Trotsky* (Lev Davidovitch Bronstein, dit) : théoricien et homme politique russe (1879-1940). Étudiant militant dans le milieu révolutionnaire, il fut arrêté et déporté en Sibérie (1898). Il s'évada et s'exila en Grande-Bretagne où il prit le nom de Trotsky. Il participa à la révolution de Pétersbourg en 1905 et formula sa théorie de la révolution permanente. Opposé à la Première Guerre mondiale, il se rallia aux bolcheviks. En 1917 il devint commissaire du peuple et réorganisa l'armée russe. Il s'opposa à Staline et fut expulsé d'U.R.S.S. Il vécut en Europe, puis au Mexique où il fut assassiné par un agent stalinien.

Air France : compagnie aérienne fondée en 1933, regroupant les petites compagnies d'aviation françaises. Saint-Exupéry postula pour y être intégré mais sa candidature fut repoussée à cause de jalousies dues à sa notoriété d'écrivain. Il y travailla au service de la propagande.

III 25 *Prévost* (Jean) : journaliste et essayiste (1901-1944). Rencontre Saint-Exupéry en 1923. C'est lui qui fera publier sa première nouvelle, *L'Aviateur*, en 1926. Résistant ayant rejoint le maquis, il sera assassiné dans le Vercors le 1er août 1944.

III 31 Voir note 1 dans Agenda.

III 32 *Cot* (Pierre) : homme politique (1895-1977). Député radical-socialiste (1928 à 1940), il rallia ce parti au Front populaire. Ministre de l'Air (1933 à 1938), il se réfugia en Amérique en 1940. En 1943 il est à Alger. Après la guerre il se rapprocha des communistes et fut élu député jusqu'en 1967.

III 43 *Malraux* (André) : écrivain français (1901-1976). Voyagea en Indochine à la recherche de statues khmères (*La Voie royale*), puis passa en Chine où il fut en contact avec les révolutionnaires.

Dans ses livres, Malraux exalte la volonté de puissance par l'action. Prix Goncourt en 1933 pour *La Condition humaine*, il condamne le fascisme allemand et espagnol dans *Le Temps du mépris* (1935), *L'Espoir* (1937).

Combattant dans la Résistance, il participe ensuite au gouvernement du général de Gaulle en tant que ministre des Affaires culturelles de 1958 à 1969.

III 47 *L.L.D.* : *Luftlandedivision.*

III 58 *Blum* (Léon) : écrivain et homme politique. Normalien, il entre au Conseil d'État en 1895. Il écrit un essai critique sur le mariage en 1907 dans lequel il développe la théorie de l'instinct polygamique naturel. Inscrit au parti socialiste en 1907, il est élu député en 1919. Hostile au bolchevisme, il présida le premier gouvernement du Front populaire en 1936. Il fut déporté à Buchenwald en 1943. À sa libération en 1945, il constitua un gouvernement socialiste qui mit en place les institutions de la IVe République.

III 61 *Tautologie* : caractère redondant d'une proposition dont le prédicat énonce une information déjà contenue dans le sujet. Relation d'identité établie entre deux éléments formellement identiques.

III 74 *Le Verrier* (Urbain) : astronome (1811-1877). En désaccord avec l'observation des tables d'Uranus, il supposa l'existence d'une masse inconnue qui perturbait le mouvement, il détermina ainsi les éléments de l'orbite de la planète Neptune qu'il venait de découvrir le 31 août 1846. Il fut élu député (1849), puis sénateur (1852). Directeur de l'Observatoire, il révisa les tables des mouvements planétaires.

III 78 *Fitzgerald* (George Francis) : physicien irlandais (1851-1901). Il étudia la théorie des ondes électromagnétiques avant leur découverte par Hertz. Il formula l'hypothèse du raccourcissement des objets en mouvement et fut à l'origine du relativisme.

Lorentz (Hendrik Antoon) : physicien néerlandais (1853-1928). Auteur de la théorie électronique de la matière, il effectua des recherches sur l'influence du magnétisme sur les phénomènes de radiation, qui sont à l'origine de la révolution relativiste d'Einstein. Prix Nobel de physique en 1902.

III 91 *Les deux cents familles* : nom donné sous la IIIe République aux familles bourgeoises représentées dans de nombreuses sociétés industrielles, financières et commerciales. Avant la nationalisation de la Banque de France en 1936, seuls les deux cents actionnaires possédant le plus grand nombre d'actions de la Banque pouvaient participer aux assemblées générales de celle-ci.

III 93 *Perrin* (Jean) : physicien (1870-1942). Il étudia les rayons cathodiques ainsi que la physique nucléaire (existence de l'électron) et effectua des recherches pour prouver l'existence de l'atome. Il participa à la fondation du C.N.R.S. et créa le palais de la Découverte. Il reçut le prix Nobel de physique en 1926.

Langevin (Paul) : physicien (1872-1946). Il fit des recherches sur les gaz ionisés. Il a travaillé sur le magnétisme et la théorie de la relativité. Pendant la Première Guerre mondiale, il met au point la technique des ultrasons et leur emploi pour la détection des sous-marins.

Antifasciste et pacifiste, il fonda en 1934 un Comité d'action antifasciste et de vigilance en compagnie d'Alain et Rivet.

III 98 *Aron* (Raymond) : philosophe et sociologue (1905-1983). Rédacteur en chef de la *France libre* à Londres, fondateur des *Temps modernes*, avec Sartre, il fut éditorialiste au

Figaro. Il fut le théoricien de l'idéologie technocratique et critique du marxisme par ses analyses économiques, sociales et politiques du monde contemporain.
Écrits : *La Philosophie critique de l'histoire* (1938 à 1950)
Le Grand Schisme (1948)
L'Opium des intellectuels (1955)

III 112 *Mythe du canard sauvage* : titre d'une œuvre d'Henrik Ibsen, auteur norvégien qu'appréciait Saint-Exupéry.

III 114 *Eddington* (Arthur Stanley) : astronome et physicien anglais (1882-1944). Il appliqua la théorie de la relativité à l'astronomie.

III 120 *Aland* : archipel de trois cents îles situé en Finlande à l'entrée du golfe de Botnie dont la population de langue suédoise vit d'agriculture, de chasse et de pêche.

III 132 *Déat* (Marcel) : homme politique (1894-1955). Normalien, professeur de philosophie, il se lance dans la politique : socialiste, il est élu député en 1932, puis nommé ministre en 1936. Il se prononça pour la politique de compromis avec l'Allemagne. Il collabora pendant l'Occupation en devenant secrétaire d'État au gouvernement de Vichy en 1944. À la Libération, il fut condamné à mort par contumace.

Borel (Émile) : mathématicien et homme politique (1871-1956). Auteur de travaux en analyse et sur le calcul des probabilités. Député de l'Aveyron (1924), il devint ministre de la Marine en 1925.

CARNET IV

IV 5 *Dniéprostroï* : barrage d'U.R.S.S. sur le Dniepr mis en service en 1932.

IV 9 *B.* : Léon Blum ou Emmanuel Berl.

IV 30 *Déterminisme* : système philosophique selon lequel tout dans la nature obéit à des lois rigoureuses, y compris les conduites humaines.

Finalisme : doctrine philosophique qui explique que les phénomènes et le système de l'Univers tendent vers un but donné.

IV 40 *Duclos* (Jacques) : pâtissier et homme politique (1896-1975). D'obédience communiste, il fit partie de la commission exécutive de la IIIe Internationale en 1935. Député de 1926 à 1932 puis de 1936 à 1939, il entra dans la résistance du P.C.F. sous l'Occupation. Réélu député à la Libération, il fut président du groupe parlementaire communiste et vice-président de l'Assemblée nationale entre 1946 et 1948. Sénateur en 1959, il se présenta à la présidence de la République en 1969. Éditorialiste à *L'Humanité*, il fut directeur de plusieurs journaux.

F.A.I. : Fédération anarchiste ibérique dont le chef Durruti fut présenté à Saint-Exupéry par Henri Jeanson, lors de son séjour en Espagne.

IV 51 *Lagarde* : personnage non identifié.

IV 57 *Sitges* : petit port au sud de Barcelone où se serait passée une anecdote non relatée par Saint-Exupéry.

IV 73 *Sirius* : constellation ?

Transformisme : théorie de l'évolution des êtres vivants depuis les plus rudimentaires jusqu'aux plus compliqués. Les organismes se succèdent dans le temps et se transforment en d'autres.

Vitalisme : théorie selon laquelle la vie est une force *sui generis*, un principe autre que celui de l'âme et autre que celui des phénomènes physico-chimiques et qui régit l'organisme d'un être vivant.

IV 79 *Entropie* : du grec *entropê*, retour.

Fonction d'état qui caractérise la tendance qu'a un système à évoluer vers un état final différent de l'état initial dans lequel il se trouve.

IV 82 *Mutationnisme* : théorie qui explique l'évolution des êtres vivants par mutation.

Déterminisme : voir note IV 30.

IV 83 *Vitalisme* : voir note IV 73.

Rostand (Jean) : biologiste et écrivain (1894-1977). Il travailla sur la parthénogenèse et la tératogenèse, surtout sur les batraciens. Il a publié de nombreux ouvrages mettant la science à la portée de tous.

Bernard (Claude) : physiologiste (1813-1878). Médecin, il siégea à la chaire de médecine expérimentale au Collège de France en 1855. Il est surtout connu pour sa découverte de la fonction glycogénique du foie. Tous ses travaux convergent vers la notion d'équilibre entre le sang et la lymphe qui est la condition d'une vie organique autonome.

IV 98 *Photons* : particules de masse et de charge nulles associées à un rayonnement lumineux ou électromagnétique. Les photons se déplacent à la vitesse de la lumière. Leur énergie est égale au produit de la fréquence de l'onde à laquelle ils sont associés, par la constante de Planck.

IV 100 *Leibniz* (Gottfried Wilhelm) : philosophe et savant allemand (1646-1716). Il étudia la philosophie et les mathématiques et obtint le titre de docteur en philosophie en 1664. Il inventa une machine à calculer et dégagea la notion de fonction mathématique. D'un caractère et d'une culture encyclopédiques, il rédigea de nombreux ouvrages mathématiques.

IV 107 *Mallarmé* (Stéphane) : poète (1842-1898). D'abord professeur d'anglais dans diverses villes de province, il est très attiré par la poésie (Baudelaire et Edgar Poe). Il devint le maître de la génération symboliste et fit du langage l'instrument privilégié de ses recherches.

IV 108 *Voltaire* : journal qui avait publié un article diffamatoire sur Saint-Exupéry après son accident dans le désert de Libye fin 1935.

IV 113 *Chonez* (Claudine) : femme de lettres et journaliste (1906-1979). Journaliste à *Marianne*, elle publia un recueil de poèmes, *Morsures de l'ange* (1936).

IV 124 *Ressort de soupape et Daurat* : Didier Daurat pénalisait les mécaniciens chaque fois qu'une soupape de moteur d'avion se rompait. Cette sanction fit diminuer le nombre d'incidents.

IV 129 Extraits du psaume CII, versets 1-2 et 5. « Bénis Yahvé mon âme [...] n'oublie aucun de ses bienfaits [...] et comme l'aigle se renouvelle ta jeunesse... »

IV 136 *Rivière* (Jacques) : écrivain (1886-1925). Un des fondateurs de *La Nouvelle Revue française* (1910), il la dirigea de 1919 à sa mort.

Il entretint avec Alain-Fournier (son beau-frère), Gide et Claudel une importante correspondance. Il écrivit un roman sur ses années de captivité pendant la Première Guerre mondiale (*L'Allemand,* 1918).

Non-assistance à la Finlande : en septembre 1939, l'Armée rouge envahit la Finlande. La S.D.N. demande aux Alliés d'intervenir, mais ils n'arrivent pas à temps et la Finlande doit signer un traité de paix avec Moscou.

Grève perlée des usines : bien que le droit de grève soit interdit sous le régime de Vichy, les ateliers des différentes usines font grève successivement.

IV 148 *Empereur de Byzance et yeux crevés* : allusion à Basile II (957-1025) qui, après la victoire de Stoumitza en 1014, fit crever les yeux de quinze mille prisonniers bulgares, excepté cent cinquante qu'il éborgna afin qu'ils puissent guider les autres sur le chemin du retour auprès de leur tsar Samuel.

IV 164 *Vautel* : voir note I 47.

CARNET V

V 14 *Monteverdi* (Claudio) : compositeur italien (1567-1643). Maître de chapelle à Saint-Marc de Venise de 1613 à sa mort. Parmi ses nombreuses œuvres, il composa *L'Orfeo,* premier drame lyrique qui révolutionna l'histoire musicale en 1607. La majeure partie de son œuvre fut détruite lors du sac de Mantoue en 1627. *Le Couronnement de Poppée* (1642) annonce le mélodrame et l'opéra moderne.

V 19 *Maxwell* (James Clerck) : physicien écossais (1831-1879). Il entreprit l'étude mathématique du champ des forces magnétiques des courants (1855-1856) et élabora la théorie de l'électromagnétisme de la lumière en 1865. Il fut l'un des inventeurs de la T.S.F. dont il établit les fondements théoriques.

V 20 *Gradient* : taux de variation d'une grandeur en fonction d'un paramètre.

V 27 *Daladier* (Édouard) : homme politique (1884-1970). Agrégé d'histoire, député radical-socialiste (1919-1940), il fut plusieurs fois ministre à partir de 1924, puis président du Conseil au moment de la crise financière de 1933. Instigateur du Front populaire, il fut ministre de la Défense et signa les accords de Munich en 1938. C'est son gouvernement qui déclara la guerre à l'Allemagne le 3 septembre 1939. Ministre de la Guerre, il fut déporté en Allemagne en 1943.

V 28 *Herschel* (William) : astronome allemand (1738-1822). Constructeur de télescopes, il découvrit la planète Uranus en 1781 ainsi que deux satellites de Saturne. Il entreprit une étude systématique de la répartition des étoiles, découvrit le rayonnement infrarouge (1801) et établit l'existence du système binaire (1803).

V 29 *Jeanne* Léonie Dumont (1890-1968), seconde femme de Gaston Gallimard.

V 30 *H.* : Holweck (Fernand) : physicien français (1890-1941). Auteur de travaux sur les rayons X dont il établit la continuité avec les rayons ultra-violets (1920). Il conçut une pompe à vide moléculaire. Il reçut plusieurs fois la visite de Saint-Exupéry pendant l'hiver 1939-1940. Arrêté par la Gestapo, il mourut à la prison de la Santé.

V 33 *Alain* (Émile Chartier, dit) : philosophe et essayiste (1868-1951). Il enseigna la philosophie et fit paraître des *Propos* (1908-1919). Il eut une grande influence entre les deux guerres. D'après ses écrits, il se veut maître à penser et éducateur, voulant sauver l'homme de toutes les tyrannies.

V 36 *Brasillach* (Robert) : écrivain (1909-1945). Journaliste à *L'Action française*, il fut aussi critique de théâtre. Engagé dans la politique d'extrême droite, il devint rédacteur en chef de *Je suis partout*, journal pro-nazi, en 1934. Il adhéra au fascisme et fut fusillé à la Libération.
Son œuvre romanesque est empreinte d'un réalisme tendre et d'une nostalgie de l'adolescence.
Écrits : *L'Enfant et la nuit* (1934)
Comme le temps passe (1937)
Les Sept Couleurs (1939)

V 42 *Corniglion* : ami de Saint-Exupéry, pilote comme lui, il s'engagea dans l'aviation de la France libre. Il retrouve Saint-Exupéry à Alger en 1940 et finira la guerre avec le grade de général.

V 45 *Yvonne* : Yvonne de Lestrange ?

V 46 *Lavoisier* au lieu de Le Verrier.

V 47 *Simenon* (Georges) : écrivain belge (1903-1989). Il écrivit des romans populaires avant de se lancer dans le roman policier. Traduits dans le monde entier, portés à l'écran, ses romans s'organisent autour de la personnalité du commissaire Maigret.

Ses autres œuvres s'articulent sur la difficulté d'être un homme.

V 52 *Berl* (Emmanuel) : écrivain et journaliste (1892-1976). Éditorialiste à *Marianne*, il y rencontra Saint-Exupéry.

Herriot (Édouard) : écrivain et homme politique (1872-1957). Il présida le parti radical de 1919 à 1957. Maire de Lyon (1905), sénateur (1912-1919), il fut ministre des Travaux publics (1916-1917) puis député (1919-1940).

Président du Conseil puis ministre d'État (1934-1936), il fut élu président de la Chambre des députés (1936-1940). Il demanda aux Français de se regrouper autour du maréchal Pétain puis quitta le gouvernement de Vichy et fut mis en résidence surveillée et déporté (1940). Président de l'Assemblée nationale (1947-1954), il écrivit plusieurs ouvrages critiques.

V 71 *Zaharoff* (Bazil) : industriel de l'armement.

V 74 *Autogire* (et non autogyre) : aéronef dont la sustentation est assurée par une voilure tournante et la propulsion par une hélice à axe horizontal.

Joukovsky (Nikolaï Iegorovitch) : aérodynamicien russe (1847-1921). Il étudia surtout les écoulements des fluides autour des profils d'ailes et d'hélices d'avion. Créateur avec Tupolev de l'Institut central d'hydro-aérodynamisme en 1918.

Heisenberg (Werner) : physicien allemand. (1901-1976). Auteur de postulats de la mécanique quantique, il élabora la notion de champ moléculaire. Il obtint le prix Nobel de physique en 1932.

Cette phrase surprenante à plus d'un titre suppose de la part de Saint-Exupéry quantité de réflexions sur la mécanique ondulatoire dont on ne trouve pas la trace écrite dans ses *Carnets*. Essayons d'y suppléer.

h est une notation familière pour la constante de Planck, bien connue des physiciens et unité élémentaire d'action. Cette constante figure dans l'équation fondamentale de la mécanique ondulatoire.

$$\Delta \theta + \frac{8 \eta^2 m}{\eta^2} (E - V) \theta = 0$$

Elle figure aussi dans la relation non moins fondamentale de De Broglie :

$$\lambda = \frac{h}{m V}$$

associant une longueur d'onde *h* à une particule douée d'une quantité de mouvement *m* V. Par cette dernière relation surtout, on voit *m* associé à *h* par des facteurs purement cinématiques, λ, V. Il est donc assez profond de remarquer que ce qui est propre à la masse est aussi propre à *h*.

V 85 *Leclerc* = Leclaire. Copilote avec Guillaumet sur l'hydravion *Lieutenant-de-Vaisseau-Paris* lors du record de distance entre le Maroc et le Brésil en octobre 1937.

Doret (Marcel) : aviateur (1896-1955). Il obtint avec deux autres aviateurs — Lebois et Mermet — le record de distance en circuit fermé (10 372 km en 1931) et participa à de nombreux meetings aériens en présentant des avions ou en faisant des acrobaties aériennes.

INDEX

CARNETS

DU MÊME AUTEUR

Aux Éditions Gallimard

COURRIER SUD, *roman*. (Folio n° 80)

VOL DE NUIT, *roman*. (Folio n° 4 et Folio Plus n° 20)

TERRE DES HOMMES, *récit*. (Folio n° 21)

PILOTE DE GUERRE, *récit*. (Folio n° 824)

LETTRE À UN OTAGE, *essai*.

LE PETIT PRINCE, *récit, illustré par l'auteur*.

CITADELLE, *essai*. (Folio n° 108)

LETTRES DE JEUNESSE.

CARNETS.

LETTRES À SA MÈRE. *Édition revue et augmentée en 1984*. (Folio n° 2927)

UN SENS À LA VIE, *essai*.

PAGES CHOISIES.

LETTRES DE JEUNESSE À L'AMIE INVENTÉE.

ÉCRITS DE GUERRE 1939-1944. (Folio n° 2573)

Cahiers Saint-Exupéry

CAHIERS, I.

CAHIERS, II.

CAHIERS, III.

Dans la « Bibliothèque de la Pléiade »

ŒUVRES, I. *Nouvelle édition en 1994*.

En CD-ROM

LE PETIT PRINCE. *Adaptation et mise en scène de Romain Victor-Pujebet, avec la voix de Sami Frey.*

Composition Interligne.
Impression Société Nouvelle Firmin-Didot
à Mesnil-sur-l'Estrée le 3 février 1999.
Dépôt légal : février 1999.
Numéro d'imprimeur : 45848.

ISBN 2-07-040612-1/Imprimé en France.

87445